JACQUES OSCAR LUFULUABO

L'OMBRA DEL CASTIGO

Thriller

info@joloscar.com
www.joloscar.com

Foto e grafica di copertina:
© Massimiliano Ranauro

ISBN: 978-1-519-13535-3

«*La nostra mente può fare di un inferno un paradiso*
e di un paradiso un inferno»
John Milton.

«*Nulla è buono o malvagio in sé, è il pensiero che lo rende tale*»
William Shakespeare

1

Le parole di Rosa lo avevano perseguitato per tutta la giornata. Riecheggiando nel cranio come urla nella notte, lo avevano percosso oltre i limiti del possibile. Il pomeriggio era trascorso nel tentativo di placare un folle impulso di rabbia, ma nulla era servito allo scopo. Franco capì che il solo modo per far cessare il tutto era quello di agire. Senza perdere altro tempo corse dunque fuori di casa, salì in auto, e in pochi attimi si gettò nel traffico della sera.

Rosa viveva dall'altra parte della città. Impiegò quasi un'ora per raggiungere la sua abitazione. Un'ora durante cui la tensione finì di inghiottirlo. Il flusso di vetture, che dapprima inondavano la strada, scomparve lentamente sotto i suoi occhi e quando giunse a destinazione le vie erano pressoché deserte. Solo i fari del suo maggiolino scassato restavano a illuminare la zona.

Avvolto dal silenzio della sera, dubbioso se lei lo avrebbe lasciato entrare o meno, si sentì assalire dai cattivi pensieri, finché l'uscita di un vecchio dal palazzo lo ridestò. Mettendo fine a ogni esitazione, incurante dell'auto in doppia fila, corse in direzione del portone, che però tornò a chiudersi poco dopo.

«Maledizione!» gridò, sentendo la rabbia salire su.

Avrebbe voluto prendere a calci il portone. Sollevò un pugno nell'atto di colpirlo, ma quel tipo era là poco distante che lo fissava. Così si trattenne, serrando i denti e contraendo con forza i muscoli del collo e del braccio. In quel pugno chiuso riuscì a percepire tutta la tensione che scuoteva il suo animo e, come per allontanarla da sé, strinse la mano con maggior vigore.

"Che idiota" pensò poi. Aveva vissuto in quello stabile un

anno intero. Con Rosa si erano lasciati solo da qualche mese. Lui non si era ancora sbarazzato delle chiavi, così le estrasse di tasca e aprì.

Prima di entrare, lo sguardo ricadde sulla pulsantiera del citofono. Notò la targhetta dell'interno cinque, con su scritto: "Franco Mezzana – Rosa Fogliani". Sorpreso nel vedere il suo nome ancora là, si chiese come mai Rosa non si fosse presa la briga di toglierlo. Non che ne fosse dispiaciuto. Tutt'altro. Lei aveva chiaramente espresso l'intenzione di cancellarlo dalla sua vita. Leggere il proprio nome, accanto al suo, pareva lasciar spazio a un barlume di speranza. A ogni modo quel pensiero svanì in fretta. Il tempo di ricordare il motivo della sua visita. Lui era lì in cerca della verità. E in un modo o in un altro l'avrebbe ottenuta. Così lasciò andare il portone e si avviò su per le scale.

Ogni cosa era come l'aveva lasciata. L'illuminazione nell'androne era ancora fuori uso. Lo stesso valeva per le luci dei pianerottoli, che fungevano ormai da semplice decoro. Franco salì incurante al secondo piano, finché, raggiunta la porta, sentì l'ansia crescere a dismisura. Un lieve rumore alle spalle bastò a farlo sobbalzare. Con la strana impressione di essere osservato, si voltò a scrutare nell'oscurità che avvolgeva il piano intero, ma non vide né udì nulla. Tornò quindi a girarsi, prese la chiave dell'appartamento e fece per inserirla nella fessura. Notando che non entrava, capì che Rosa doveva aver cambiato la serratura. Tutto a un tratto realizzò come il nome sul citofono fosse solo una questione secondaria e, colto dall'ira, prese a bussare con prepotenza.

«Rosa!» gridò inferocito. «Apri!»

Quando la porta si aprì, gli occhi erano ormai assuefatti dall'oscurità. Abbagliato dal chiarore che proveniva dall'interno, sollevò istintivamente un braccio per ripararsi dal fascio di luce. Poi, prima di poter dire o fare alcunché, sentì una mano afferrarlo e trascinarlo dentro.

«Razza d'idiota. Sei impazzito?» disse Rosa. «Hai intenzione di svegliare tutti?»

**

Rita Visentini, un'eccentrica e arzilla vecchietta, abitava uno degli appartamenti del terzo piano. Tutti nel condominio la conoscevano bene per i suoi modi di fare. Amava spettegolare su chiunque. Più e più volte l'avevano sorpresa a origliare alle porte dei vicini, a sbirciare dalla finestra le vite altrui, a spiare furtivamente in quella che era la normale vita condominiale.

Si era coricata da poco, quando un rumore assordante proveniente dalla strada la ridestò all'improvviso. Incuriosita si levò dal letto e guardò fuori dalla finestra. Il colore luminescente di un'automobile le balzò agli occhi, ben prima che lo sportello del mezzo si aprisse di colpo. L'uomo al volante si precipitò nel palazzo e il fatto che non si fosse preoccupato di parcheggiare, nonostante i tanti posti vuoti, stimolò ancor più la sua curiosità. Corse quindi all'ingresso, per scoprire cos'avesse quel tale di così urgente da fare. Accostò l'orecchio alla porta e rimase in ascolto. Nella scala regnava il più assoluto silenzio. Solo un minuto più tardi, sentì un susseguirsi di colpi, accompagnati dalle grida di qualcuno, provenire dal piano di sotto. Sempre più intrigata, sgusciò fuori di casa. Si sporse avanti per capire chi fosse mai quel maleducato. L'oscurità, però, le permise appena di distinguere una sagoma che, agitandosi nell'ombra, sferrava calci e pugni alla porta della vicina. Poi la porta si aprì, rischiarando quella silhouette, ma tornò a chiudersi un istante dopo, inghiottendo l'uomo all'interno dell'appartamento. Un lasso di tempo troppo breve per identificarlo.

Dispiaciuta del fallimento, Rita tornò in casa rassegnata. Appena dentro, però, sentì delle grida giungere dal piano sottostante. Corse allora alla finestra della cucina, dove la Fogliani era solita lasciare i vetri aperti fino a sera tarda. Pensò che da lì avrebbe potuto seguire l'evolversi della vicenda in tutta calma. Purtroppo le voci giungevano distanti. I due dovevano essersi fermati nell'ingresso. O nel soggiorno, che dava sull'altro lato del palazzo. Cercando di decifrare almeno parte del discorso, lei si sporse per quanto possibile, ma fu tutto inutile.

Tuttavia restò in quella scomoda posizione nella speranza che le cose cambiassero presto. E quando ciò accadde, la faccenda parve prendere una piega inaspettata.

Rita riconobbe, nella voce dell'uomo misterioso, l'ex compagno della Fogliani. Ne rimase assai stupita. In fondo a lei era sempre parso un tipo gentile e ben educato. Cercò di capire cosa i due si stessero dicendo di così terribile da generare una tale lite. A ogni modo, non una parola era comprensibile in quello sbraitare. Ritrasse quindi il capo, fece per chiudere la finestra, quando un rimbombo improvviso giunse dal piano di sotto. Istintivamente tornò a sporgersi avanti ed ebbe l'impressione che nell'alloggio sottostante volassero oggetti da una parte all'altra della stanza. Sentì uno specchio, o una vetrina, fracassarsi. Qualcosa poi doveva aver colpito il soffitto, perché un colpo risalì dal pavimento. Le grida si erano fatte più acute e violente e lo spavento, per quanto stava accadendo, non tardò a impadronirsi di lei. Incerta se chiamare o meno la polizia, prese il telefono con la mano tremolante. Per alcuni istanti tenne la cornetta sollevata, chiedendosi se facesse la cosa giusta. Quando infine si decise a comporre il numero, le grida cessarono all'improvviso e lei riagganciò sollevata da un peso.

Diede allora uno sguardo all'orologio. Era il dodici luglio ed erano da poco passate le dieci e mezza. La mattina seguente doveva alzarsi presto. La figlia l'aveva invitata a trascorrere da lei alcuni giorni. Rita non voleva certo perdere il treno a causa di quei due. Di emozioni forti ne aveva avute abbastanza. Così, come se nulla fosse accaduto, richiuse la finestra e tornò a infilarsi nel letto.

***

Rosa aveva ventotto anni. Era un tipo originale. Un viso carino il suo, che si distingueva dagli altri grazie al particolare contrasto che il verde degli occhi creava con i bei capelli rossi. Era una persona allegra e vivace, ma quella sera la luna si era messa di traverso e il suo umore era pessimo.

«Io ti denuncio brutto pazzo», aveva detto a Franco chiudendogli furiosamente la porta in faccia.

Rimasta sola, continuò a imprecargli contro come se lui fosse lì presente a subire i suoi insulti. Quel demente le aveva messo la casa sotto sopra. Finalmente se n'era andato, ma si era lasciato dietro la devastazione. Vedendo la stanza a soqquadro, lei portò le mani alla testa e tirò un respiro profondo, di sollievo e disperazione al tempo stesso. Pezzi di vetro erano sparsi per tutto il salone. Delle quattro sedie attorno al tavolo, solo una era rimasta in piedi al suo posto. Sul pavimento, i frantumi di un vaso compensavano gli spazi lasciati vuoti dai vetri dello specchio e poco distante, c'era quanto restava della pianta. Con il filo del telefono strappato via, l'apparecchio giaceva muto sul divano, mentre altri oggetti più o meno grandi erano sparsi in terra nel disordine più assoluto.

«Maledetto!» fece Rosa ancora una volta, prima di recarsi nell'ingresso. Dal ripostiglio tirò fuori una scopa e un vecchio secchio. Quando poi rientrò nel salone e lo sfacelo tornò a mostrarsi ai suoi occhi, si sentì nuovamente trasalire. Avrebbe voluto chiamare la polizia, sporgere denuncia, ma il suo sguardo ricadde impotente sull'apparecchio ormai inservibile. Il cellulare forse era scampato al disastro, ma alla sola idea di cercarlo in quello scompiglio, decise di lasciar correre. La serata era già stata fin troppo pesante. Rassegnata si chinò quindi in terra, per raccogliere ciò che non era andato distrutto. Tirò su le sedie e le rimise al loro posto. Quando poi si apprestò a racimolare l'ammasso di vetri, sentì bussare alla porta. Pensò che al contrario di lei, quel bastardo non ne aveva ancora avuto abbastanza.

«Vattene!» si limitò a dire, decisa a non aprire

Il campanello però prese a suonare ripetutamente. Con i nervi a fior di pelle, ebbe l'impressione di impazzire. L'unica soluzione era quella di aprire. Senza neanche accendere la luce, attraversò l'ingresso con le peggiori intenzioni. Una volta aperto avrebbe preso a urlare di brutto e magari ci avrebbe pensato qualcun altro a chiamare la polizia.

Purtroppo non ebbe tempo di dire una sola parola. Schiusa la porta, riuscì appena a contemplare un lieve riflesso che sfrecciava nel buio. Intravide una mano sfiorarle il viso. E in questa un oggetto metallico che non riuscì a distinguere. Una frazione di secondo dopo, si accorse che un dolore lancinante risaliva dal collo. Sentì il fiato venir meno. Portò le mani alla gola per il dolore e, stupita, percepì un liquido caldo e denso che le si andava riversando sulle braccia. Per alcuni secondi rimase in quella posizione barcollando su se stessa. Con la bocca spalancata, nel disperato tentativo di tirare un ultimo respiro, emanò un lamento gutturale. Poi crollò a terra stremata. Solo allora, sentendo il gelo traversarle il corpo, capì che la morte era ormai prossima.

2

«Dottor Gilberti! Finalmente la trovo», disse Lisa. «Sono due giorni che provo a contattarla».

«Mi spiace», replicò la voce al telefono. «Ho avuto più lavoro del solito».

«Volevo sapere cosa ha deciso riguardo la conferenza. Sarà presente?»

Prima che l'altro potesse rispondere, l'apparecchio emise un bip e una luce rossastra prese a lampeggiare. Lisa non avrebbe voluto rimandare oltre, tuttavia si scusò con l'interlocutore e lo mise in attesa. La voce della segretaria risuonò dal vivavoce, ad annunciare una chiamata della Fogliani sull'altra linea.

«Sono occupata Stefania», replicò lei. «Si faccia lasciare un messaggio».

«È già la terza volta che chiama».

«Ora non posso», ribatté Lisa seccamente, tornando alla telefonata di poco prima.

«Scusi l'interruzione», disse.

«Non si preoccupi. Immagino quanto sia impegnata in questi giorni. A ogni modo ho controllato la mia agenda. Per quella data non ho impegni che non possa rimandare. Pertanto consideri pure la mia presenza».

«Ah! La ringrazio professore. Allora è certo che la conferenza si terrà per la prossima settimana come da programma».

Dopo aver scambiato qualche altra parola, i due si salutarono. Quando la comunicazione cadde, lei si lasciò andare sullo schienale con un senso di sollievo.

Lisa Colasanti aveva quarantatré anni e apparteneva all'alta società. Orgogliosa del cognome che portava, non aveva mai preso quello del marito, Vincenzo Della Torre. Da sei anni in qua, dirigeva *VitaNuova*, un centro di recupero per tossicodipendenti che si dislocava con le sue strutture in diverse parti del paese. Per tutta la mattina era stata trattenuta al telefono. Quelli della sede principale avevano deciso di tenere un convegno sulle nuove metodologie di supporto e a qualcuno era venuta la brillante idea di affidarle il compito dei preparativi. Lei naturalmente aveva delegato la maggior parte delle mansioni agli assistenti, ma gli esponenti di spicco aveva preferito contattarli personalmente, per esplicitare il tema del simposio e l'importanza che rivestiva dal punto di vista socio-sanitario.

Delle dieci persone previste, per presenziare la conferenza in qualità di relatori, solo sei avevano dato la propria disponibilità. Due erano impossibilitate, mentre altre due erano risultate irreperibili. Per scrupolo, Lisa sarebbe tornata a contattarle nei giorni seguenti, ma a questo punto la questione era superflua. Era riuscita ad assicurarsi la presenza delle figure più significative, pertanto poteva ritenersi soddisfatta.

Come spesso le capitava alla conquista di un traguardo professionale, tornò a pensare a quando, sette anni prima, era entrata al centro. Dopo un solo anno di attività, le era stata proposta la direzione e lei non aveva mai smesso di chiedersi se fosse stato per le sue capacità, o per la levatura del ruolo sociale che rivestiva. Sapeva bene quale influenza la sua nomina avesse apportato all'organizzazione. Oltre ad aumentarne il prestigio e la credibilità, aveva permesso che i supporti finanziari aumentassero sensibilmente. Non tanto per l'incremento delle agevolazioni statali, quanto per le cene di beneficenza che lei era solita organizzare e alle quali partecipavano figure di rilievo dell'alta società. Insomma, era contenta del suo lavoro, ma quel dilemma senza risposta non l'aveva mai fatta sentire completamente soddisfatta.

Comunque erano le dodici e di lì a poco, il marito sarebbe passato a prenderla per il pranzo. Perciò lasciò andare gli interrogativi. Riunite le sue cose, fece per alzarsi, quando le venne in mente l'ultima chiamata ricevuta. Con un certo fastidio tornò quindi a sedere e compose il numero d'interno della Fogliani. Il telefono però parve squillare inutilmente. Lei attese qualche altro istante, dopodiché, all'ennesimo squillo a vuoto, riagganciò spazientita.

Sul punto di alzarsi sentì qualcuno bussare e, prima di poter dire avanti, vide la porta spalancarsi. Rosa Fogliani piombò nell'ufficio agitando in aria una manciata di fogli.

«Beh?» fece Lisa stizzita. «Non si usa più chiedere permesso?»

«È quasi mezz'ora che aspetto una sua chiamata e...»

«E io ho avuto una mattina piena di impegni. Non credo di dovermi giustificare con lei. A ogni modo, mi dica. Cosa c'è di tanto urgente da entrare in quel modo?»

«Riguarda la gestione del personale».

«Ebbene?»

«Io ho terminato di coordinare l'equipe dalla settimana scorsa, ma dalle carte vedo che ha introdotto un nuovo elemento senza informarmi».

In qualità di psicologa, Rosa Fogliani rivestiva la carica di coordinatore terapeutico. Benché spettasse a Lisa occuparsi dell'equipe, dal punto di vista tecnico e gestionale, Rosa fungeva da intermediario tra lei e il personale. Non poteva restare all'oscuro di questioni che riguardassero il buon andamento del centro.

«Ha ragione. Mi scusi», disse Lisa accennando un senso di smarrimento. «Mi era proprio passato di mente».

Rosa non disse nulla. Si limitò a fare una piccola smorfia di rassegnazione.

«So che avrei dovuto informarla prima», riprese Lisa. «Ma io stessa ne sono venuta a conoscenza da poco. Lo scorso mese avevo fatto presente, alla sede centrale, che la nostra è l'unica divisione a non aver ancora introdotto l'arteterapia come supporto curativo. Ebbene, la settimana passata mi hanno informato che la richiesta è stata finalmente accettata. Il nuovo operatore dovrebbe arrivare proprio domani».

«Sarebbe stata un'ottima notizia se mi avesse tenuto al corrente. Ora dovrò rimettermi al lavoro».

«Mi spiace dottoressa. È solo che questa conferenza...»

«Disturbo?» disse qualcuno in quell'istante.

«Oh! Vincenzo. Scusa il ritardo», fece Lisa alla comparsa del marito. E tornando a rivolgersi all'altra, disse: «Spero che possiamo ritenere chiusa la faccenda».

«Certo. Stia pure tranquilla», rispose questa, con un'aria per nulla convincente.

«A proposito… Ecco il fascicolo del nuovo operatore. Ci troverà tutti i dettagli necessari».

Vincenzo Della Torre era fermo sulla soglia dell'ufficio e la Fogliani, sul punto di uscire, lo fissò di prepotenza.

Lisa notò quello sguardo di sfida. Tuttavia, avvertendo ancora il disagio per la sgradevole situazione, rimase in silenzio. Si chiese quali problemi avesse mai quella donna. Solo quando si fu allontanata, lei si avviò in compagnia del marito. Passando, avvertì la segretaria che sarebbe tornata nel pomeriggio e questa la salutò augurandole buon pranzo.

***

Franco Mezzana era sul punto di lasciare il corridoio, quando scorse Rosa uscire dalla direzione. Ansioso di parlarle, tornò indietro e si accostò a lei, ancora incerto su cosa dire. Dopo alcuni istanti di silenzio fece per pronunciare qualcosa, ma il comportamento di Rosa – un nervoso spiegazzare di carte – non lasciava presagire nulla di buono. Poi Franco notò la Colasanti allontanarsi in compagnia del marito e capì. Da mesi, ormai, tra le due non correva buon sangue. I loro battibecchi erano all'ordine del giorno. Intuendo che doveva esserci stato l'ennesimo attrito, posò una mano sulla spalla di Rosa e disse: «Cos'è accaduto stavolta?»

Lei evidentemente non si era accorta del suo arrivo. Vedendolo, si scrollò bruscamente la mano di dosso. «Niente!» rispose poi seccamente. «Non è successo niente. E comunque la cosa non ti riguarda».

«Non credi sia ora di finirla con questa commedia?» disse lui. «Ti stai rendendo ridicola».

«Se essere ridicoli significa non averti tra i piedi, lo preferisco di gran lunga».

«Si può sapere cosa diavolo pretendi da me?»

«Voglio solo che sparisci. E a meno che non si tratti di lavoro, non cercarmi. Non parlarmi. Non pensarmi. Io per te non esisto. Hai capito? Non esisto!»

«Sei soltanto una stupida», ribatté lui strappandole i fogli di mano. «Parlare con te non serve a niente».

Senza aggiungere altro, le gettò in viso l'ammasso di carte e si allontanò irritato.

Franco Mezzana era responsabile del settore medico legale. Erano ormai tre anni che ricopriva quell'incarico e dirigendosi verso il proprio ufficio, situato una ventina di metri avanti, si chiese se non fosse giunto il tempo di cambiare ambiente.

Aperta la finestra nella stanza, si portò alla scrivania. Senza alcuno stimolo accese il computer per controllare la posta. In attesa che il processore si avviasse, prese a giocherellare con un vecchio rasoio a mano che utilizzava come tagliacarte. Era un *Globusmen Solingen,* con impugnatura in avorio e una lama *Focus High Class.* Un pezzo da collezione, ricevuto in eredità, che lo riportava ogni volta indietro nel tempo, ai giorni della sua infanzia. Ricordava quando il nonno gli aveva levato via dalla faccia i primi baffetti, facendolo sentire uomo, e il giorno in cui gli aveva fatto dono di quel bellissimo oggetto. "Un domani sarai tu a prendere il mio posto qui dentro", gli aveva detto in quell'occasione. E lui si era visto là, con la sua bella divisa da barbiere e con gli attrezzi nella mano. Poi il tempo aveva fatto la sua parte e, alla morte del nonno, quei sogni infantili erano ormai svaniti.

Con quello sguardo al passato aprì un cassetto della scrivania, dal quale tirò fuori una striscia di cuoio. Vi passò ripetutamente la lama da una parte e dall'altra, fino a raggiungere un'affilatura perfetta. Quindi prese un foglio piegandolo in due. Fece scorrere la lama all'interno. Vedendo come il taglio fosse preciso, lineare, si ritenne soddisfatto e ripose la cinghia al suo posto.

Prima di mettersi al computer verificò i messaggi nella segreteria telefonica. Ce n'era solo uno lasciato dall'ex moglie, a ricordargli i suoi doveri di padre. Al contrario, la casella di posta elettronica era inondata da decine di e-mail. Diede una rapida occhiata e notandone una inviata dal SerT, il servizio pubblico per la tossicodipendenza, aprì quella. Era una semplice e-mail di conferma, alla quale sarebbe succeduta la spedizione dell'apposito cartaceo. L'amministrazione lo informava dell'avvio delle pratiche per l'affidamento al centro di un detenuto. Il SerT, infatti, oltre a essere convenzionato con ASL e università, comunità terapeutiche, associazioni alcolisti e altre strutture socio-sanitarie, era anche collegato alla Prefettura, al Tribunale e agli istituti di detenzione.

Dall'e-mail spiccava in carattere evidenziato la voce "epatite B" e nel dossier allegato erano riportate tutte le patologie del soggetto, nonché la terapia da somministrare. *VitaNuova* era un'organizzazione pienamente conforme per l'accoglienza di questi utenti. Sin dal principio, il centro era stato ideato per rispondere al meglio a ogni esigenza. I soggetti affetti da epatite, o HIV positivi, che rappresentavano peraltro la maggioranza dei casi, erano ospitati in fabbricati separati dagli altri residenti. Il complesso prevedeva poi un'apposita ripartizione per la fascia minorile e un'adeguata divisione tra i sessi circa gli alloggiamenti. Uno specifico reparto, infine, era riservato a coloro che necessitavano di ulteriore supporto medico alla fine del percorso terapeutico.

Con gli occhi persi sullo schermo, Franco sentì emergere nell'animo un senso di amarezza. Una sensazione ricorrente, nonostante lavorasse lì da anni. Lui era contro ogni forma di gerarchia. A parer suo, ognuno era libero di fare ciò che voleva della propria vita. L'uso di droghe, però, l'aveva sempre osteggiato. Dal suo punto di vista erano una limitazione alla libertà dell'individuo. E vedere ogni giorno quelle persone, che si erano rovinate la vita, lo rattristava.

Per risollevare il morale, cercò di immaginarsi in qualche posto sperduto dall'altra parte del mondo. Di riflesso gli balzò alla mente Rosa. Sulla scrivania, teneva ancora la fotografia che li ritraeva con il mare del Messico alle spalle. Un'unica estate trascorsa assieme, resa irripetibile dalla consapevolezza che quei momenti non sarebbero più tornati. Con lei si erano conosciuti al centro di recupero e da subito si erano attratti a vicenda. Poi nel tempo avevano scoperto che qualcosa li accomunava. Entrambi anarchici, ognuno a modo proprio, avevano finito col creare un mondo tutto loro. Una favola durata un anno intero, ma che alla fine si era infranta contro uno scoglio invisibile. Così era almeno per lui, che non riusciva ancora a comprendere il motivo per cui lei lo avesse lasciato.

Ripensando allo screzio consumatosi poco prima nel corridoio, si pentì del suo ultimo gesto. Aveva lanciato quei fogli in preda alla rabbia. Questo probabilmente c'entrava qualcosa con la fine della loro storia. Lui era sempre stato un tipo irascibile, pronto a scattare alla prima parola di troppo. E lei non l'aveva mai sopportato. Sentendosi un idiota, provò un senso d'impotenza per la sua incapacità a controllarsi. Ma poi pensò che non tutto era perduto. In fondo poteva cambiare. Per Rosa lo avrebbe fatto. E forse lei gli avrebbe concesso una seconda opportunità.

3

Lisa e il marito erano stati invitati a pranzo da una coppia di amici. Riccardo Monti era un noto primario presso una clinica privata e sua moglie, Elena, la migliore amica di Lisa.

Le due si conoscevano sin dai tempi dell'università. Avevano frequentato assieme gli studi e, benché avessero preso strade diverse, non avevano mai smesso di frequentarsi. Erano entrambe donne impegnate. Il loro ultimo incontro risaliva ad almeno un mese prima. Elena era una giornalista affermata e, come per l'amica, il lavoro occupava gran parte del tempo.

Mentre i mariti si limitavano a scambiare un'amichevole stretta di mano, le due vecchie compagne di banco si abbracciarono affettuosamente.

«Tu devi svelarmi il tuo segreto», disse Lisa. «Ogni volta che ti vedo sembri ringiovanire».

«Non prendermi in giro».

«Prenderti in giro? Pare che tu non voglia invecchiare. Sei rimasta la stessa dai tempi di scuola».

«Oddio! Spero proprio di no. Ero solo una stupida ragazzina».

«Signore care, siete entrambe bellissime», interruppe Riccardo. «Ma che ne dite di continuare la conversazione a tavola?»

L'uomo fece strada da buon padrone di casa e gli altri lo seguirono senza replicare.

Con la giornata soleggiata, il pranzo era stato servito all'aperto, sull'ampio terrazzo che fuoriusciva dal salone. Benché non fosse un pranzo di gala, ogni cosa era stata meticolosamente ben disposta. La tavola, ornata da una vivace tovaglia colorata, era decorata da una fioriera centrale intonata con il servizio di piatti. Bicchieri e posate d'argento erano riposti anch'essi con gran cura. Lisa sperava in un pranzo tra amici senza troppi convenevoli. Provò un certo disagio per quel tipo di accoglienza. Sapendo che la cosa non dipendeva da Elena, e tanto meno da Riccardo, gettò uno sguardo di rimprovero al marito. Se tutto era stato fatto alla perfezione, era solo per non urtare la sua sensibilità. Da fanatico del lusso qual era, Vincenzo non esitava a snobbare le persone incapaci di dare un certo stile alla qualità della vita.

Appena i quattro presero posto, una giovane cameriera sbucò fuori con un portavivande tra le mani e, a una a una, pose davanti ai commensali delle tazze con del brodo caldo.

«E la cara vecchia Gina?» chiese Lisa, riferendosi alla cameriera.

«Purtroppo ha lasciato il servizio», rispose l'amica. «Ormai aveva una certa età».

«Mi spiace», si limitò a dire lei.

Ancora a disagio a causa del marito, rimase in silenzio per buona parte del pasto, sforzandosi di replicare alle domande che le venivano poste.

Quando venne servito il pesce, la cameriera fece per versarle del vino nel bicchiere, ma lei si affrettò a smuovere la mano in cenno di rifiuto.

Elena lanciò uno sguardo severo alla ragazza.

«Devi scusarla», si scusò poi dispiaciuta. «È nuova e...»

«Non preoccuparti», fece lei, capendo che la ragazza non aveva ricevuto istruzioni in merito.

Per rassicurare l'amica accennò un sorriso, a sminuire l'accaduto. Ciononostante, un silenzio opprimente prese a farsi spazio e un senso di imbarazzo si sostituì allo spirito vivace di pochi istanti prima.

Lisa era un'ex-alcolista. Chiunque la conoscesse bene lo sapeva. A suo tempo la storia aveva fatto scandalo. Il suo incubo era cominciato a diciannove anni, quando Enrico, il fidanzato di allora, l'aveva violentata. Rimettersi in piedi non era stato facile. Elena aveva rappresentato per lei un'àncora di salvataggio. Si era mostrata la sola capace di capirla veramente. E proprio questo rendeva la loro amicizia tanto speciale. Tuttavia la vita di Lisa si era fatta grigia. Non riuscendo più a vedere un futuro innanzi a sé, aveva a poco a poco trovato rifugio nell'alcool. Solo nell'ebbrezza era in grado di sfuggire a una realtà che non voleva e non riusciva ad accettare. Poi il suo percorso di ripresa aveva visto diverse ricadute. Aveva già sposato Vincenzo da un paio d'anni, quando ci era ricascata un'ultima volta. A trentuno anni, di nuovo con la bottiglia fra le mani, ancora pronta a distruggere quanto costruito.

In quell'occasione il marito l'aveva fatta ricoverare in una clinica specializzata, dov'era finalmente riuscita a lasciarsi tutto alle spalle. O quasi. Sapeva bene di essere una recidiva. Per paura di una ricomparsa del malessere, era giunta persino a commissionare un mobile bar con tanto di vetri blindati, di cui solamente Vincenzo possedeva la chiave. Certo il suo era solo il gesto eccentrico di una vittima. Se il malcontento fosse tornato a galla, avrebbe trovato l'antidoto in qualsiasi angolo di strada. Eppure la vista di quel mobile la faceva sentire protetta, dalle proprie incertezze e da se stessa.

Insomma, quella di Lisa non era stata una vita facile e nelle persone del centro lei si riconosceva. Per la strada della dipendenza c'era passata. Riusciva a comprendere pienamente i drammi esistenziali di quella gente che andava e veniva.

Pensando a loro, guardò l'orologio. Benché il pranzo non fosse terminato, decise che era meglio tornare al lavoro. Ripensare al passato l'aveva avvilita. Non sarebbe stata una buona compagnia.

«Dovete scusarmi», disse. «Ma devo scappare».

«Come sarebbe?» ribatté Vincenzo. «Non vorrai lasciare il pranzo a metà?»

«Non preoccuparti Vincenzo», disse Elena.

Lisa guardò allora l'amica e, sollevata, le accennò un sorriso. Lei come sempre l'aveva capita.

4

Per tutta la notte Ivano non era riuscito a chiudere occhio. Come non accadeva ormai da tempo, si era alzato di buonora in preda all'euforia. Dopo una colazione abbondante, aveva provveduto a lustrarsi a dovere, per poi attendere impaziente che la mattina passasse. Era una giornata speciale. Lo avevano assunto presso una comunità di recupero. E nel pomeriggio avrebbe preso servizio.

Appena fu ora di uscire, schizzò via con l'agitazione in gola. Non ricordava di aver mai fatto richiesta di assunzione presso quella struttura. Di curriculum ne aveva inviati troppi per esserne sicuro. A ogni modo il centro era all'urgente ricerca di un arteterapeuta e la sua candidatura era magicamente spuntata fuori.

Ivano Terravalle aveva trentatré anni, ma il vissuto alle sue spalle superava di gran lunga quello di molta gente. Era appena dodicenne la prima volta che aveva fumato dell'hashish. Come tanti giovani adolescenti, non lo aveva mai ritenuto un pericolo. "Non saranno un paio di canne a rovinarmi la vita" si era sempre detto. E aveva continuato a ripeterselo fino a quando, dalle droghe leggere, era passato a quelle pesanti. Oppio, morfina e crack, cocaina, eroina e LSD, le aveva proprio provate tutte. Facendo dentro e fuori dai centri di recupero, aveva visto cambiare la sua vita solo a ventisei anni, quando ormai deciso a farla finita, tentò il suicidio. La madre lo aveva rinvenuto nella vasca con le vene tagliate, immerso in una pozza di sangue, ma ancora vivo. Giusto il tempo di chiedere aiuto. I dottori erano riusciti a riprenderlo per i capelli.

Smettere per poi ricominciare era ormai un'abitudine. Quella volta, invece, Ivano aveva lanciato un grido d'aiuto e si era lasciato aiutare davvero. Imparando a valorizzare ciò a cui non aveva mai dato importanza, tra cui se stesso e la propria arte, aveva scoperto che quell'arte, mai apprezzata da nessuno, poteva essere una medicina per tanti. Così, dopo un cammino turbolento per uscire dalla dipendenza della droga, aveva finito con lo specializzarsi in arteterapia.

Tuttavia nel settore il lavoro scarseggiava. Per lui pareva proprio non esserci spazio. Desideroso di mettere in pratica quanto appreso, aveva dovuto sopportare tre anni di attesa, fatti di lavori saltuari e mal pagati, ma ora finalmente era giunto anche il suo momento.

Sceso dall'auto diede uno sguardo all'orologio. Arrivato con lieve anticipo, si avviò in tutta calma. Si era recato in quel posto già due settimane prima, per parlare con l'addetto alla gestione del personale, un certo signor Bernini. Sapendo che stavolta sarebbe stato ricevuto dal direttore, cercò di immaginare la persona che si sarebbe trovato davanti. Pensò a un uomo sulla sessantina, ben piazzato, con un paio di lenti al naso, che lo studiava con aria diffidente. Poi ricordò il giorno del colloquio. Quel tale gli aveva fornito un nome. Non lo ricordava, ma era certo che fosse quello di una donna. Estrasse il biglietto su cui aveva annotato il tutto e constatò che non sbagliava.

Varcato il portone d'entrata, percorse il breve corridoio che introduceva all'atrio principale. Affisso sul muro di fronte, un pannello riportava la pianta planimetrica dell'intero edificio. Una freccia in alto indicava l'ufficio di direzione e lui proseguì fino a raggiungere l'anticamera della segreteria. All'interno della sala, vide una donna dietro la scrivania indaffarata al computer e, sulla parete in fondo, una porta con affissa la targa della direzione.

«Buongiorno», disse la segretaria quando si accorse della sua presenza. «Posso aiutarla?»

«Sono Ivano Terravalle. Avrei appuntamento con la dottoressa Colasanti».

«Solo un istante, prego» replicò lei. E dopo averlo annunciato, fece cenno di passare.

Appena dentro, Ivano notò che la direttrice era una bella donna. Di classe, per giunta. Si chiese cosa c'entrasse una persona del genere con un posto come quello. Ma in fondo la cosa non lo riguardava. Tra l'altro aveva imparato a diffidare dalle apparenze.

«Buongiorno signor Terravalle», disse Lisa facendosi avanti. «È un piacere conoscerla».

«Il piacere è mio», rispose lui porgendole la mano.

Stranamente lei restò immobile. Non vedendosi ricambiare il saluto, Ivano provò un certo disagio.

«Devo dire che non è affatto la persona che mi aspettavo», disse allora, per allontanare quella sensazione.

Immediatamente però se ne pentì. Quella frase lasciava lo stesso spazio a un complimento quanto a un'offesa. Ancora non sapeva con chi avesse a che fare e la paura di aver commesso un errore lo mise in agitazione. Si chiese in quale modo lei avesse interpretato le sue parole.

«Perché, chi si aspettava di trovare?»

«No, niente. Facevo per dire», rispose lui, cercando di rimediare allo sbaglio.

Lisa accennò un sorriso e lo invitò a sedersi.

«Le hanno già mostrato l'istituto?»

«Sì. Il signor Bernini mi ha fatto da guida».

«Bene. A ogni modo prenda questo materiale informativo. Le sarà certamente d'aiuto», disse lei, riponendo una cartella sulla scrivania.

«Certo», rispose lui. «Le assicuro che per domani conoscerò vita morte e miracoli di questo posto».

«Non esageri. Qui siamo rigorosi, per motivi che può benissimo immaginare, ma non siamo certo in uno stato di polizia».

Ivano si sentì sollevato. Aveva di fronte una persona con cui si poteva dialogare. Non c'era motivo di agitarsi. Tuttavia, quando la direttrice chiese se avesse particolari questioni da porre, fece cenno di no. Pensò che al momento era meglio tenere per sé i propri dubbi.

«Allora non mi resta che presentarla a chi si occupa della supervisione del personale», disse lei, pigiando il tasto dell'interfono. «È la persona a cui dovrà fare riferimento».

Lisa chiese alla segretaria di rintracciare la Fogliani, ma questa la informò che era appena andata via.

«Beh... Pare che dovremo rimandare l'incontro a domani», disse allora.

«Non si preoccupi, non c'è problema».

«Magari nel frattempo potrà dare un'occhiata ai moduli che le ho dato».

«D'accordo», replicò lui un po' amareggiato.

Quando la direttrice si alzò in piedi e prese a fargli strada verso la porta, lui la seguì in silenzio. Prima di uscire, tornò poi a porgerle la mano. Senza volerlo urtò il mobile di fianco e il braccio balzò avanti, andando a sfiorare la spalla della donna. Ivano rimase stupefatto vedendola retrocedere di scatto, quasi a schivare un serpente velenoso. Pensò di essersi sbagliato sul suo conto. Se in presenza di un ex-tossico si terrorizzava per una semplice stretta di mano, forse non era la persona più adatta a ricoprire quell'incarico.

«Mi scusi», disse, più a disagio che mai. «Non volevo...»

«A domani», interruppe lei, troncando la conversazione.

***

Turbato dalla vicenda, Ivano si affrettò a uscire da quel posto. L'astruso comportamento della direttrice aveva fatto riemergere in lui incertezze remote. Tirò dei respiri profondi per distendere i nervi. Si chiese dove potesse aver sbagliato. Tuttavia, incapace di dar senso a quel comportamento illogico, si rassegnò a restare con i suoi dubbi.

Raggiunta l'auto nel parcheggio, notò due donne più avanti parlottare tra loro. Una era di schiena, eppure avrebbe potuto riconoscerla tra mille persone. Il rosso dei suoi capelli era equiparabile a un prelievo delle impronte, o a una lettura della retina.

«Ehi, Giada!» gridò, agitando un braccio in aria.

Lei si voltò un istante e lo guardò con aria sconcertata. Poi, nell'indifferenza totale, tornò a dargli le spalle.

Non l'aveva riconosciuto.

D'altronde era comprensibile. Di anni ne erano passati ben

otto, dalla fine della loro storia, e d'allora si erano persi di vista. Perciò, senza dar peso alla cosa, prese ad avanzare in direzione di lei. Era curioso di vedere che faccia avrebbe fatto nel capire chi fosse.

Purtroppo, dopo appena qualche passo, vide le due salutarsi. Senza degnarlo di attenzione, lei salì in macchina e partì. Quando l'auto passò a qualche metro da lui, Ivano fece per dire qualcosa, ma il mezzo era già troppo distante perché lei potesse sentirlo. Deluso, rimase con lo sguardo a seguire la vettura, finché, oltrepassata la recinzione in ferro attorno al parcheggio, imboccò la strada e scomparve.

«Scusi», disse allora all'altra donna, che nel frattempo si era incamminata verso di lui. «La sua amica lavora qui?»

«Chi?» chiese questa perplessa.

«Quella con cui parlava poco fa».

«Ah, sì. Ma non siamo amiche», rispose lei continuando per la sua strada. «È una psicologa del centro».

«Una psicologa?» fece lui meravigliato.

La ragazza però sembrava andare di fretta e non si degnò di fornire ulteriori informazioni.

5

Giada Rubini lavorava per un'impresa di pulizie. Era il solo posto che aveva trovato alla morte del padre e d'allora le cose non erano mai cambiate. Quella mattina l'ascensore era più lento del solito. Quando, dopo un continuo sali e scendi, si decise ad aprire le porte, lei spinse dentro il carrello e pigiò il pulsante per l'ultimo piano, dal quale sarebbe ridiscesa di gradino in gradino.

Appena fuori vide il corridoio quasi deserto. Fatta eccezione per i quattro o cinque dipendenti, che ogni giorno trovava lì a parlottare tra loro, non c'era altra gente. Più volte, Giada si era chiesta quali mansioni svolgessero quelle persone all'interno dell'azienda. Negli anni le aveva viste sempre e solo conversare, mai affaccendate in qualcosa che lasciasse pensare a un lavoro. Lei non aveva mai osato chiedere nulla. Anche perché per quanto quei volti le fossero familiari, appartenevano a perfetti sconosciuti. Nessuno di loro l'aveva mai degnata di uno sguardo.

Ormai abituata a non essere vista, avanzò indifferente. Dopo aver riempito un secchio d'acqua, aggiunse del detergente per il pavimento e si portò alla fine del corridoio. Come ogni giorno, avrebbe dovuto pulire centottantatré gradini. Erano quelli in fondo i suoi veri compagni. Infatti, senza amici con cui parlare, in un giorno come tanti si era ritrovata a conversare con loro, scoprendo di poter confidare ogni cosa senza sentirsi giudicata. Aveva imparato a distinguerli uno dall'altro, trovando perfino un nome per ciascuno di loro. Un gioco sciocco per scacciare il tempo e la solitudine.

Nel passare lo straccio in terra, mise le cuffie alle orecchie e prese ad ascoltare alla radio le notizie del giorno. Sentì che un tipo aveva fatto una vincita fenomenale al lotto. Beccando in pieno una cinquina secca, si era visto piovere i soldi dal cielo. L'annunciatore alla radio diceva che la vincita era avvenuta in un paesino con poche centinaia di abitanti. Di sicuro avrebbero impiegato poco tempo a scovare il nuovo milionario. A Giada comunque interessava poco o nulla sapere chi fosse. La sola cosa certa era che lei, al contrario di quel tipo, avrebbe continuato a sudare sette camicie per un misero stipendio. Proprio quella mattina le era arrivata la bolletta della luce, mentre una settimana prima aveva ricevuto quella del gas. Inoltre, con l'aumento dell'affitto di casa, quel mese avrebbe dovuto raschiare il poco che restava dal suo conto in banca.

Con quei brutti pensieri per la testa, tirò via le cuffie e passò una mano sulla fronte sudata. Si fermò un istante per riprendere fiato, provando soprattutto a calmare i nervi. Sbuffando poggiò le spalle al muro. Sollevò la testa in aria. Avrebbe voluto piangere. Ed era sul punto di farlo. Fu trattenuta solo dal rumore di passi provenienti dalla rampa di sopra. Una giovane ragazza le passò davanti incurante di dove mettesse i piedi e lei sentì la collera reprimere ogni altra emozione. Detestava le persone che si lasciavano dietro le proprie orme, senza rispetto per il suo lavoro. In quell'istante avrebbe volentieri gridato la sua furia, ma com'era solita fare, sopportò in silenzio.

Sceso qualche altro gradino, la ragazza si arrestò all'improvviso. Voltandosi verso di lei, prese a osservarla con aria incuriosita.

«Ti serve qualcosa?» chiese Giada, sentendosi addosso i suoi occhi.

«No, niente. Ammiravo i tuoi capelli. Mi piacciono tanto. Io volevo tingerli, ma ancora non sapevo come. Ora credo proprio che li farò rossi come i tuoi».

«Per me puoi farteli anche verdi», ribatté lei irritata.

Spiazzata dalla risposta, con un accenno di delusione in viso, la ragazza si voltò e riprese la discesa. E nel sentire i suoi passi farsi più lontani, Giada tornò ai propri pensieri.

6

La *Co.S.Mic* era quotata in borsa tra le più importanti holding del paese. Fondata in origine col nome *Co.S.Class*, l'azienda aveva aperto i battenti nel 1932. Suo padre fondatore era stato Alberto Colasanti, che puntando sulla produzione di scarpe, era riuscito a ottenere un posto di risalto nel mercato mondiale. Alla sua morte, Vincenzo Della Torre – da tempo sposato con Lisa – gli era succeduto come presidente, trovandosi a gestire il pacchetto di maggioranza delle azioni. Con il quasi totale appoggio degli azionisti, era riuscito a far eleggere Guido Marinelli, suo uomo di fiducia, quale amministratore delegato. Dopodiché aveva dato il via all'acquisizione crescente di altre società. Attualmente, la *Co.S.Mic* deteneva quote di partecipazione in ben trentaquattro aziende.

Della Torre era un uomo robusto. La sua stazza massiccia poteva incutere un certo timore. Tuttavia era un tipo dall'aspetto gradevole. Capelli brizzolati e un volto ben delineato gli conferivano un indiscutibile tocco di classe. Aveva avuto praticamente tutto dalla vita. Ormai era un uomo di potere. In passato, però, aveva toccato la miseria con mano. Il padre era morto poco dopo la sua nascita. Ed era poco più che maggiorenne, quando la prematura scomparsa della madre lo aveva costretto ad affrontare le difficoltà della vita. Con grande sforzo si era mantenuto agli studi di Economia e commercio, servendo ai tavoli di giorno, per studiare di notte. C'erano voluti otto anni per laurearsi, ma alla fine ce l'aveva fatta. Quel meritato pezzo di carta gli aveva spalancato le porte. Dopo pochi mesi, infatti, era riuscito a trovare un buon posto presso una grossa azienda e la sua vita era cambiata di colpo.

Con Lisa si erano conosciuti a una festa tra amici. In quell'occasione Vincenzo non ne era rimasto particolarmente attratto. Benché fosse una bella ragazza, non era il suo tipo di donna. L'interesse per lei nacque solo qualche settimana più tardi, quando venne a sapere chi fosse in realtà. D'allora aveva fatto di tutto per conquistarla e a soli trentadue anni, con un matrimonio da favola, si era visto entrare nell'alta società.

Stava esaminando alcuni documenti, quando gettò un'occhiata all'orologio. Si erano già fatte le cinque meno un quarto e la riunione con il Consiglio di Amministrazione era fissata per le cinque.

«Gilda...» disse, pigiando un tasto sul telefono. «Gli altri sono già arrivati?»

«Sì Presidente. Sono tutti in sala riunioni», rispose la segretaria.

«Perché non mi ha avvertito?» l'ammonì lui.

«Mi scusi, ma non mi aveva detto...»

«Non sono io a doverle insegnare il mestiere», la zittì interrompendo la comunicazione.

L'inefficienza era qualcosa che non tollerava assolutamente. Specie dai suoi collaboratori. Infastidito, raggruppò i documenti sulla scrivania, aprì un cassetto e vi ripose il tutto. Avrebbe finito di esaminarli il giorno dopo.

In sala riunioni, i membri del CdA stavano discutendo infervorati su alcuni dei temi all'ordine del giorno. Ognuno era impegnato a far valere la propria opinione. L'ingresso di Vincenzo era passato inosservato. Poco dopo una donna si voltò e, vedendolo arrivare, gli andò incontro.

«Ciao Sabrina», disse lui, con un sorriso sarcastico stampato in viso. «Non finisci mai di stupirmi. Avrei giurato che oggi avresti messo la procura in mano a qualcuno e non ti saresti fatta vedere».

«E perché avrei dovuto?» rispose lei. «Per darti una soddisfazione in più?»

«Su! Non prenderla così a male. In fondo siamo dalla stessa parte».

«Noi? Tu e io... dalla stessa parte? Cos'è? Vuoi farmi ridere?»

«Io penso solo al bene dell'azienda. Faccio quello che tu non hai il coraggio di fare».

«Tu fai ciò che è meglio per te. È questa la verità».

«Mah...! Pensala un po' come vuoi», concluse Vincenzo allontanandosi da lei.

Sabrina Colasanti era la sorella minore di Lisa e, al contrario di lei, era una donna assai determinata. Seconda azionista di maggioranza, dai colleghi era temuta e rispettata. A quella stima, però, si accompagnava una certa intolleranza, a causa delle sue idee sulla gestione dell'azienda. A differenza degli altri membri del CdA, non appoggiava le scelte del cognato. E in una costante lotta di potere, cercava nuove alleanze per far valere il proprio pensiero.

Vincenzo salutò tutte le persone in sala con una calorosa stretta di mano. Poi ciascuno prese posto per dare il via all'assemblea. I punti all'ordine del giorno riguardavano questioni concernenti la gestione, nonché l'approvazione di un nuovo piano aziendale. Vincenzo era consapevole della contrarietà di Sabrina su quest'ultima voce. E sapendo già che ogni punto sarebbe stato approvato a maggioranza, la guardò soddisfatto. Anche lei lo fissava con aria di sfida. Sembrava voler ribadire che la partita non era ancora chiusa. Lui sorrise divertito. La osservò qualche altro istante, finché Marinelli prese a parlare e diede inizio alla riunione.

7

Si era già fatta ora di cena quando Ivano rincasò. Deluso dagli eventi della giornata, aveva girovagato per la città senza una meta precisa. Rimossa dalla mente l'immagine della direttrice, aveva trascorso il resto del tempo pensando a Giada. Il fatto che non l'avesse riconosciuto gli era dispiaciuto parecchio.

Per tutto il giorno non aveva toccato cibo e ora l'appetito cominciava a farsi sentire. La testa però era altrove. Mettersi ai fornelli era fuori discussione. Perciò prese dal frigo una birra ghiacciata e preparò un panino tanto per saziare lo stomaco. Accomodatosi nel soggiorno, prese a mangiare con avidità. Solo dopo aver ingoiato l'ultimo boccone, sentì la sete corrodergli la gola. Afferrò allora la lattina, inghiottì qualche sorso e passò infine una mano ad asciugare le labbra.

Ormai soddisfatto, si lasciò sprofondare sulla poltrona con lo sguardo rivolto a un angolo della stanza. Su quel lato della parete, erano raggruppati i dipinti creati quando Giada era ancora parte della sua vita. Quadri, messi lì a conservare precisi istanti della propria esistenza, che rievocavano suggestioni lontane. Ivano ricordò quanto lei avesse significato per lui. Lo aveva aiutato a superare momenti terribili. Giorni in cui, senza il suo aiuto, non ce l'avrebbe fatta ad andare avanti. A quel tempo avevano entrambi una vita difficile. Capirsi a vicenda era quantomeno un bisogno. E per quanto lei facesse un uso sporadico di stupefacenti, era stata comunque una compagna di viaggio.

Attendere una notte intera, per tornare a incontrarla, sembrava un tempo troppo lungo. Il solo intravederla aveva riacceso in lui un sentimento che riteneva svanito e adesso sentiva crescere l'impazienza. Pensò che da qualche parte doveva conservare ancora il suo recapito telefonico. Se non lo aveva cambiato, poteva quantomeno sentirla.

In cerca di quel numero, prese a frugare dentro ogni cassetto. Non ricordava proprio dove l'avesse infilato. Poi intuì che la vecchia rubrica doveva trovarsi nel mobile dell'ingresso. *L'armadietto del surplus,* come l'aveva ribattezzato, dopo avervi rinchiuso una montagna di cose inutili. Frugando all'interno, tirò fuori roba di ogni genere. Rispuntò perfino il vecchio diario di Giada. Ricordò come a quel tempo fosse un bisogno, per lei, riportare su carta i fatti eclatanti della vita. Ricordò il giorno in cui quella mania ossessiva era giunta al termine. Ricordò come lei glielo avesse consegnato, con l'incarico di disfarsene una volta per tutte. E per chissà quale ragione, lui non lo aveva mai fatto. Più volte negli anni era tornato a sfogliarlo, finché, finito nel mobile, lo aveva cancellato dalla memoria. Facendo scivolare le pagine fra le dita, accennò un sorriso divertito. In fondo, era curioso come il passato tornasse a mostrarsi a distanza di anni.

Riposto il diario come un antico cimelio, riprese a frugare, e alla fine anche la rubrica saltò fuori. Scorrendo gli occhi sui fogli logori, vide che molti nomi erano illeggibili, consumati dal tempo. Quello di Giada per fortuna era ben visibile.

Senza attendere oltre, prese dunque il cellulare e chiamò. Il telefono parve squillare a vuoto. Convinto che il numero fosse ormai inservibile, era sul punto di chiudere, quando finalmente qualcuno rispose.

Preso dall'eccitazione, sentì le parole venir meno.

«Pronto?» insisté la voce al telefono.

«Giada...» disse infine lui. «Sei tu?»

«Chi è?»

«Ciao. Sono Ivano».

La voce della donna si interruppe per qualche istante.

«Ivano?» ripeté poi meravigliata.

«Sì Giada. Sono io. Come stai?»

«E tu che vuoi dopo tutto questo tempo?»

«Scusa se disturbo, ma non potevo più aspettare».

«Aspettare cosa?»

«Sai, oggi ti ho vista. Ti ho salutato, ma non mi hai riconosciuto».

«E tu chiami dopo anni, solo per dirmi che mi hai visto per la strada?»

«No, no! Ti ho vista a lavoro. Non ci volevo credere. Chi lo avrebbe mai detto che saresti diventata una psicologa?»

«Psicologa? Ma di che diavolo parli?»

«Perché non è così? Me lo ha detto la ragazza con cui parlavi nel parcheggio. Non è vero?»

Dall'altra parte ci fu un lungo silenzio, finché, con rinnovato interesse, la voce di Giada tornò a risuonare.

«Devo vederti», disse.

«Certo! Non vedo l'ora che arrivi domani. Così potremo incontrarci e…»

«No, no! È urgente», ribatté lei. «Devo vederti subito. Dobbiamo parlare».

Ivano rimase stupito. Fece per parlare, ma non ne ebbe il tempo.

«Ti sei trasferito o abiti ancora al solito posto?» chiese lei.

«Sono dove mi hai lasciato».

«Allora fra una mezz'ora sono da te».

Lei riattaccò senza aggiungere altro e lui, sconcertato e compiaciuto al contempo, si lasciò sprofondare nella poltrona in attesa del suo arrivo.

***

Giada era corsa via lasciando la cena a metà. Senza nemmeno preoccuparsi di spegnere le luci, aveva agguantato le chiavi della macchina e si era precipitata fuori.

La sera si apprestava a far spazio alla notte e per la strada c'erano poche auto. Con le mani sul volante, ma la testa completamente altrove, lei correva impazzita come in preda a un delirio. In un primo momento le parole di Ivano le erano parse del tutto prive di senso. Poi un pensiero improvviso era balenato alla mente e aveva capito. Doveva trattarsi di Rosa, la sua gemella. Da bambine accadeva spesso che le confondessero l'una per l'altra.

Certo a metterle al mondo era stata la stessa donna, Silvia

Fogliani. Ma se per Rosa era stata una madre, Giada non poteva dire altrettanto. Ricordava bene il giorno in cui i genitori decisero di separarsi. Di comune accordo avevano scelto il destino delle proprie figlie, decisi a tenerne una ciascuno. Rosa era rimasta con la madre, mentre a Giada era toccata la sfortuna di crescere con il padre, Sergio Rubini. Questo l'aveva allevata nella paura e nell'umiliazione, instillando in lei sentimenti iniqui. Più volte l'aveva fatta sentire indegna di esistere. Così era cresciuta ostile nei confronti della madre, che anziché lottare l'aveva lasciata andare. L'amore per lei era mutato in rancore, e poi in odio.

Giada aveva sempre attribuito alla sorella la colpa di tutto, ritenendola la vera causa di quella separazione. Sempre e solo lei era il pretesto di continui litigi, che sfociavano ogni volta in vere e proprie colluttazioni. A questo si aggiungeva un incredibile senso d'invidia. Rosa aveva avuto la buona sorte di crescere con l'amore di una madre. E questo lei non glielo aveva mai perdonato.

Da anni, ormai, aveva cancellato dalla memoria il ricordo di entrambe. Dal giorno in cui scrisse una lettera senza ricevere risposta. Attese una settimana e poi un'altra e un'altra ancora. Quando infine chiese spiegazioni al padre, questo le disse che le due erano morte in un incidente. In realtà avevano semplicemente traslocato, all'insaputa di lei. Tuttavia, in quell'occasione, Giada scelse di credere alle parole del padre. Preferiva saperle morte, anziché continuare a soffrire per loro.

D'allora non ne aveva più saputo nulla e la cosa non l'aveva più interessata. O almeno così aveva continuato a credere fino a quel momento. Le parole di Ivano avevano inaspettatamente risvegliato sentimenti reconditi. Quanto pensava di essersi lasciata alle spalle era riaffiorato in un impeto violento.

***

Giada prese a suonare il citofono ripetutamente, finché la serratura scattò. Notando che il palazzo era ancora privo di ascensore, corse per sei piani di fila. Giunta in cima trovò Ivano ad attenderla sulla soglia di casa. Sopraffatta dalla corsa, non riuscì a dire nulla. La salita l'aveva sfinita.

Lui la strinse in un lungo abbraccio per poi invitarla a entrare. Senza esitare, lei si accomodò nel salotto e si lasciò cadere sulla poltrona. Chinandosi avanti pose i gomiti sulle cosce, a sostenere il peso del busto. Tra il respiro affannato e la fatica mescolata all'agitazione, sentiva il cuore battere impazzito. Ciò nonostante si fece forza e tirò un respiro profondo per riprendere fiato.

«Dov'è che mi hai vista?» chiese poi.

«Ehi! Ma si può sapere cos'hai? Dopo tanti anni è la prima cosa che ti viene da chiedermi?»

«Saltiamo i convenevoli», replicò lei. «Ripetimi quanto hai detto al telefono. Dove mi hai vista?»

Ivano sembrò irritato dal suo comportamento. Tuttavia rispose senza obiettare oltre.

«Al centro di recupero», disse. «Oggi era il primo giorno di lavoro. E tutto mi sarei aspettato, tranne che trovare te».

Giada non capì di che lavoro parlasse e comunque non le interessava.

«Sei sicuro che fossi io?»

«Certo. Mi è bastato vedere i tuoi capelli per...»

«Allora non mi hai visto in faccia?»

«Sì che ti ho vista. Mentre parlavi nel parcheggio. Ti sei voltata a guardarmi, ma non mi hai riconosciuto. E se devo essere sincero mi è dispiaciuto».

Giada rimase qualche istante a riflettere in silenzio. Se perfino Ivano era stato tratto in inganno, doveva proprio trattarsi di Rosa.

«Insomma, si può sapere cos'è questo mistero?» chiese lui, sempre più incuriosito.

«Non è me che hai visto, ma mia sorella».

«Di che parli?» ribatté lui. «Tu non hai sorelle».

«Credimi, è così».

«Cos'è? Vuoi prenderti gioco di me?»

«Assolutamente no. Ti giuro che è vero».

«E perché non me ne avresti mai parlato?» chiese lui, sempre più scettico.

«Credevo fosse morta».

«Mi hai preso per un idiota? Non so a che gioco stai giocando, comunque domani…»

«No!» ribatté subito lei, balzando dalla poltrona e afferrandolo per la camicia. «Tu non devi assolutamente parlarle di me. Promettilo. Me lo devi promettere».

«Ehi, va bene! Faremo come vuoi tu. Però calmati».

Nonostante lui avesse assentito in modo arrendevole, un viso corrucciato mostrava chiaramente il suo disappunto. Giada capì di aver agito troppo frettolosamente. Presa dall'ansia, non si era preoccupata in alcun modo di valutare le reazioni dell'altro. Che lei non fosse lì per lui, ormai era fin troppo evidente. E questo non lasciava supporre nulla di buono.

«Ma cosa speravi di ottenere venendo qui?» chiese Ivano indispettito.

Lei gli si avvicinò senza replicare. Prese a carezzargli il viso e con dolcezza gli scompigliò i capelli. Sbottonandogli la camicia posò le mani sul suo petto, gli accostò la bocca all'orecchio e, in un sussurro, disse: «Non so ancora come, ma ora che l'ho trovata, mi prenderò la mia vendetta. E tu dovrai aiutarmi».

Ivano la guardò stupito. Aprì la bocca per parlare. Tuttavia, prima che potesse pronunciare una sola parola, lei pose le labbra sulle sue, a soffocare ogni interrogativo.

8

Il rumore dei macchinari era insopportabile. Disturbata dal frastuono, Rosa si svegliò di soprassalto. Gettando uno sguardo
alla sveglia sul comodino, pensò che qualcuno doveva essersi
impazzito. Iniziare i lavori a quell'ora del mattino era roba da
matti. Per svegliarsi del tutto, passò le mani sul volto a strofina-
re gli occhi, sollevò il busto sulle braccia, e guardò fuori dalla
finestra. Di fronte al suo appartamento stavano costruendo un
nuovo edificio. La faccenda andava avanti ormai da mesi. Lei
non si era mai abituata. Non ce la faceva più a sopportare quel
trambusto che una mattina dopo l'altra le toglieva il sonno. Lo
stress avrebbe finito per ucciderla.

I manovali erano all'opera già da un pezzo, ma facevano solo il proprio lavoro. Non poteva certo prendersela con loro. Ciò
che odiava, in realtà, era quello scheletro grigiastro, di pilastri e
solai, che aspettava solo di essere rivestito. La sua era una stanza molto luminosa. Proprio perché amava la luce del mattino
aveva piazzato lì la camera da letto. Adorava svegliarsi con il
sole in faccia. Quando però le mura del palazzo sarebbero state
edificate, i raggi di sole se li sarebbe visti portar via. A ogni
modo non poteva farci niente. Lo sapeva bene. Così, rassegnata
all'idea, si alzò e si recò in bagno a fare una doccia.

Finito di lavarsi, indossò i vestiti già pronti dalla sera prima,
si sistemò i capelli e andò a preparare la colazione. Messa sul
fuoco la macchina del caffè, tirò fuori dal frigo una bottiglia di
latte, del burro e della marmellata. Aprì un pensile per prendere
il pane, quando un sorriso malinconico le si stampò in faccia.
All'interno dello sportello aveva incollato una fotografia. La
sola che le restava, di lei in compagnia della madre e della so-

rella. L'aveva messa là in modo da poterle rivedere ogni giorno, così da impedire al ricordo di affievolirsi nel tempo. Dapprima aveva pensato di farla incorniciare, per sistemarla in qualche punto della casa. Ma trovava queste cose di uso troppo comune. Tenerle all'interno di un pensile, invece, era un bel modo per non doverle dividere con nessuno.

La caffettiera ormai fischiava e in un susseguirsi di rigurgiti rilasciava nell'aria il vapore e l'aroma della miscela. Anche il latte si era riscaldato a sufficienza. Dopo averlo versato in una tazza, vi lasciò colare un po' di caffè, riversando quel che restava in una tazzina.

Aveva da poco iniziato a mangiare, quando sentì lo stomaco fare i capricci. Travolta da un senso di nausea, ripensò alla cena della sera prima. Era rincasata col nervoso, infastidita da come erano andate le cose al lavoro. Per togliersi dalla testa l'accaduto, aveva ingurgitato di tutto e di più, finché le immagini di Franco e della Colasanti si erano dissolte nel nulla. Ora, però, quell'abbuffata la stava ripagando fino all'ultimo. Avvertendo un conato di vomito corse in bagno, ma dalla bocca non uscì nulla.

La giornata era cominciata male. E pareva dover peggiorare. Ripensare al giorno prima, infatti, le fece tornare in mente quanto l'aspettava al lavoro. Avrebbe dovuto riorganizzare buona parte dei turni e la sola idea la metteva di malumore. Per scacciare il pensiero, mandò giù un altro sorso di caffè. Solo dopo, provando un certo disgusto, ricordò come fosse conciato il suo stomaco. Svuotò allora la tazzina nel lavandino. Prese poi un antiacido e lo mandò giù.

***

Arrivare al lavoro non era stato facile. Il continuo voltastomaco l'aveva tormentata per tutto il tragitto. Rosa si mise alla scrivania cercando di ignorarlo. Forse il lavoro l'avrebbe aiutata a distogliere l'attenzione.

Affinché l'inserimento del nuovo operatore non intralciasse il lavoro degli altri, diede un'occhiata agli orari del programma settimanale. Sapeva bene però di compiere un'azione inutile. I turni erano già tutti ripartiti. Per introdurre una nuova attività, avrebbe dovuto per forza ridurne la durata a qualche altra. Significava decidere quale fosse più o meno rilevante. Il che non le piaceva affatto. Tuttavia era il suo lavoro e doveva farlo.

Dopo una ventina di minuti, venne interrotta dallo squillo del telefono. Era la direttrice che la convocava nel suo ufficio e, per una volta, si rallegrò di sentire la sua voce. Lasciò allora quanto stava facendo e si avviò.

«Mi cercava?» chiese, appena fu nella stanza.

«Venga dottoressa Fogliani», disse la Colasanti. «Volevo presentarle il nostro ultimo acquisto, Ivano Terravalle».

«Molto piacere», disse lei.

«Finalmente la conosco», rispose Ivano, guardandola con un'aria stralunata.

«Finalmente? Che intende dire?»

«Oh, niente», intervenne Lisa. «È solo che avrebbe dovuto prendere servizio ieri. Lei però era già andata via, perciò ho preferito posticipare a oggi la data di inizio».

«Ah, capisco».

Rosa notò che l'uomo continuava a fissarla. Non le aveva levato gli occhi di dosso dall'istante in cui era entrata. Iniziava a infastidirla. Scrutandolo attentamente, cercò di capire che tipo di persona fosse e cosa gli passasse per la testa. Da quanto aveva letto sul fascicolo, era un ex-tossico. Eppure, vedendo l'espressione alienata sul suo viso, si chiese quanto l'informazione fosse attendibile. Non si sarebbe meravigliata di scoprire che si era appena fatto una dose.

«Allora dottoressa, lo lascio nelle sue mani», disse Lisa.

«D'accordo».

I due si avviarono per il corridoio. Rosa indicò al nuovo arrivato i vari reparti amministrativi, tra cui il proprio studio. Con la scusa di prendere un caffè, gli mostrò la sala mensa adibita al personale. Dopodiché lo guidò qui e là per l'edificio, presentandolo ai suoi nuovi colleghi.

Benché il lavoro dell'uomo non lo richiedesse, aveva deciso di condurlo nella zona riservata agli alloggi. Si trovavano lì da poco, quando tre addetti, con guanti in lattice alle mani, comparvero all'improvviso facendo irruzione in una stanza. Presi alla sprovvista, i due rimasero fermi a osservare.

Un ragazzo era in piedi, fermo al centro della camera, mentre i tre uomini diedero il via a una vera e propria perquisizione. Cominciarono a rovistare nel comodino, tra gli indumenti, sotto il letto e in ogni altro punto che avrebbe potuto fare da nascondiglio.

«È un semplice controllo», disse Rosa, cercando di alleggerire la situazione. «Di tanto in tanto è necessario».

«Certo», concordò lui senza particolare stupore.

«Ok! Qui è tutto a posto», disse uno dei tre uomini. «Comunque devi venire con noi. Oggi è il tuo turno».

Rosa sapeva bene quale fosse il problema. Evidentemente era sorto il dubbio che il ragazzo avesse assunto di nascosto sostanze stupefacenti. Pertanto avrebbe dovuto sottoporsi a un controllo a vista delle urine. Guardando Ivano, pensò che era al suo primo giorno. Per evitare che si demotivasse ancor prima di iniziare, fece come per spiegargli la questione, ma poi si zittì, ricordando quanto letto sul fascicolo. Terravalle aveva fatto dentro e fuori dai centri di recupero. Di sicuro certe cose le conosceva bene.

«Controllo delle urine, eh?» disse infatti lui, quasi le avesse letto nella testa.

«Credo», si limitò a rispondere lei.

Quando la situazione tornò alla normalità, i due ripresero il loro giro. Percorsero parte della strada già fatta, fino a raggiungere una sala semi-allestita. Rosa informò Ivano che era quella assegnatagli per svolgere la sua attività e, per quanto l'ambiente fosse un po' ristretto, lui parve soddisfatto.

«Dovremo definire assieme il modello terapeutico da seguire», precisò lei. «Ma ora devo lasciarla. Potremo discuterne più tardi».

«D'accordo. Allora a dopo».

Rosa era sul punto di andarsene, quando scorse sul volto di quell'uomo un che di familiare. Lo aveva notato dall'inizio. Fino a quel momento, però, la memoria si era rifiutata di collaborare.

«Ma era lei ieri che gridava nel parcheggio?» chiese.

«Come?» replicò lui con una certa agitazione.

«Mi pareva, di averla già vista. Era lei nel parcheggio, vero?»

«Oh, sì! L'avevo confusa con un'altra persona».

«Ah, capisco».

«Allora arrivederci», disse Ivano.

Rosa lo vide porgerle la mano, quasi a sollecitarla. Ebbe la netta impressione che avesse fretta di concludere la conversazione.

«Arrivederci», rispose lei ricambiando la stretta di mano. «Le auguro una buona giornata».

9

Era già passata l'ora di pranzo, ma Rosa non si vedeva ancora. Appostata in prossimità del centro, nell'attesa di vederla spuntar fuori, Giada era rimasta in macchina per tutta la mattina. La sera prima Ivano le aveva fornito le indicazioni necessarie per raggiungere il posto e, come lui le aveva consigliato, si era soffermata sulla strada esterna che fiancheggiava il parcheggio. Da quel punto la visuale era ottima, nonostante la recinzione in ferro.

Gingillandosi a stringere il volante, comprimendolo come un panno da strizzare, gettava continue occhiate all'orologio sul cruscotto, ormai succube dell'impazienza.

Quando finalmente Rosa venne fuori, la individuò all'istante. Il fatto che fosse lontana era un qualcosa di superfluo. L'avrebbe riconosciuta a chilometri di distanza.

Notando come il tempo avesse accentuato la loro somiglianza, ebbe l'impressione di riflettersi in uno specchio. Provò un'emozione che non riuscì a descrivere nemmeno a se stessa. Un miscuglio di soddisfazione, odio, rabbia e contentezza e chissà cos'altro. In preda all'agitazione, il corpo prese a tremare senza preavviso. Un fuoco insopportabile le ribolliva dentro, eppure, scosse di fremiti la traversavano dalla testa ai piedi. Sentendo le mani farsi umide sul volante, si rese conto che stavano sudando, come anche la sua fronte. Passò allora un pugno chiuso sul volto, sfregò le mani contro i pantaloni e fece per levarsi quel sudaticcio di dosso. Infine, con il fiato appesantito, disse aspramente: «Ti ho trovata maledetta. Ora la dovrai pagare».

Mentre pronunciava quelle parole, prese a stringere con forza una busta di carta poggiata sul sedile di fianco. L'aveva portata da casa senza uno scopo preciso. Uscendo aveva inconsciamente afferrato un coltello dalla cucina riponendolo in quel sacchetto. Ma aveva agito senza alcuna ragione di fondo. Non c'era stato niente di programmato. Era semplicemente accaduto.

In effetti, fino a qualche istante prima, non sapeva neanche lei quali fossero le sue vere intenzioni. Ora aveva capito.

Sentendo quel coltello segarle la mano, si era avveduta del vero compito che l'aspettava. L'idea di eliminare la sorella le era passata per la testa migliaia di volte, ma mai avrebbe creduto che quelle fantasie arrivassero ad assumere una forma concreta nella vita reale.

Rosa era ancora nel parcheggio. Procedeva in tutta calma tra le file di auto. Nel solo guardarla, lei avvertì l'impulso irrefrenabile di schizzar fuori dalla macchina, raggiungerla alle spalle e portare a compimento la sua opera. Tuttavia, non avrebbe commesso una tale sciocchezza nemmeno se ne avesse avuto la possibilità. In quel modo la sua vendetta non sarebbe stata completa. Anche se per un singolo istante, voleva essere vista, riconosciuta. Rosa sarebbe dovuta morire nella piena consapevolezza di chi fosse il suo carnefice. Solo allora, lei si sarebbe sentita libera dai tormenti del passato.

Respirando profondamente, cercò di rilassarsi. Lasciò ricadere sul sedile il sacchetto col coltello e chiuse gli occhi per un momento. Il piano richiedeva concentrazione e sangue freddo, per cui era necessario calmarsi.

Ci vollero una trentina di secondi per riprendere il controllo.

Quando riaprì gli occhi Rosa era svanita. Travolta da un attacco di paura, sussultò. Questione di un attimo. Fu sufficiente voltare lo sguardo, perché la sorella comparisse poco distante, ancora ferma nel parcheggio. Era solo tornata indietro e stava conversando con un tale, apparso nella breve assenza che si era concessa. L'uomo era un tipo alto e robusto, dai capelli leggermente brizzolati. Giada ebbe l'impressione di conoscerlo. Da quella distanza però non riusciva a inquadrarne pienamente il volto. Tra l'altro, era alquanto improbabile che lei e quel tizio avessero qualcosa da spartire.

Trascorsero ancora un paio di minuti, prima che la conversazione giungesse al termine e i due si salutassero. Appena Rosa salì in macchina – un'auto color fucsia – Giada mise in moto preparandosi all'inseguimento. Doveva scoprire ogni dettaglio riguardo la vita della sorella, a partire dalla sua abitazione.

L'automobile fece il giro del parcheggio. Una volta fuori tornò poi nella sua direzione passandole di fianco. Giada diede immediatamente gas e partì. Decisa a non farsi scoprire prima del tempo, fece attenzione a mantenere sempre una buona distanza dall'altra vettura. Tuttavia, con la strada intasata dal traffico, l'impresa appariva tutt'altro che facile. Diversi veicoli si frapponevano nel mezzo. Sarebbe bastato un passante di troppo, o un semaforo rosso, perché l'inseguimento andasse a monte. In più occasioni aveva perso di vista la macchina e, se era riuscita a distinguerla in lontananza, doveva solo ringraziare il colore sgargiante del mezzo.

Dopo un lungo tragitto, Rosa abbandonò finalmente la strada principale e prese a districarsi per delle stradine secondarie. Tutto divenne allora più facile. Senza più ostacoli di mezzo, poteva tenerla d'occhio da lontano evitando ogni rischio. A ogni modo, Giada cominciava a spazientirsi di una corsa che sembrava non voler finire. Il dubbio di essere stata scoperta prese a insinuarsi nella mente. Un'incertezza che svanì prima di attecchire. Pochi minuti dopo, infatti, l'auto si arrestò, fece retromarcia e finalmente parcheggiò. Lei proseguì qualche metro ancora, per poi parcheggiare a sua volta. Vide la sorella dirigersi verso un palazzo adiacente e fermarsi di fronte a un portone dalle vetrate opache. Capendo di essere giunta dove voleva, restò a fissare l'edificio con una certa invidia. Quella zona era fra le più care della città. Le case costavano un occhio della testa e viverci era sinonimo di signori e di ricchezza e di bella vita. Una fortuna, quella, che sarebbe dovuta toccare a lei.

Rosa era sul punto di entrare, quando un veicolo sopraggiunse dall'altro lato della strada. Il conducente lanciò un colpo di clacson alla donna, che voltandosi fece un cenno di saluto con la mano. La macchina si arrestò proprio di fianco a quella di Giada e lei si accovacciò all'interno dell'abitacolo, ben attenta a non farsi notare. Nell'uomo che scese dall'auto, riconobbe la persona intravista mezz'ora prima nel parcheggio. Vedendone il volto da vicino, si convinse dell'impressione avuta in precedenza. Quel tale lei lo conosceva. Lo aveva visto più volte in televisione o sui giornali e sapeva bene chi fosse. Per un attimo stentò a ricordarne il nome, ma poi le tornò in mente. Della Torre. Così si chiamava. Si chiese cosa diavolo c'entrasse Rosa con un riccone del genere. Sollevando leggermente la testa, lo vide allontanarsi dall'auto e avviarsi in direzione della sorella, ancora ferma sulla soglia a impedire la chiusura del portone. Entrando, i due presero a scomparire alle spalle di quella vetrata opaca, ma prima che la loro immagine svanisse del tutto, lei riuscì a scorgerli abbracciati l'uno all'altra nell'atto di baciarsi.

L'invidia crebbe a dismisura. A Rosa erano toccate tutte le fortune del mondo. Persino quella di trovare un uomo ricco e potente. Divorata dalla gelosia, Giada si accasciò sul sedile con il morale a terra, vittima della sua stessa rabbia. Posò lo sguardo su un palazzo in costruzione poco distante. Percependo il senso di nudità, lo stato di incompiutezza emanata dall'edificio, sentì che rispecchiava perfettamente il proprio animo. Così restò a fissarlo in silenzio, rimuovendo dalla mente l'immagine della sorella e la sua idea di vendetta. La sola cosa a cui riusciva a pensare in quell'istante era il senso di pietà che provava per se stessa.

Una luce al secondo piano illuminò una finestra e, poco dopo, un'altra ancora sul lato adiacente, in faccia allo stabile in allestimento. Doveva trattarsi dell'appartamento di Rosa. Tuttavia, dal basso non era possibile vedere né sentire nulla. Perciò, senza esitare oltre, Giada mise in moto e si avviò sulla strada del ritorno.

10

Salendo le scale Rosa intimò a Vincenzo di far silenzio, ma lui continuava a ignorare i suoi rimproveri. Raggiunto l'appartamento si affrettò quindi a spingerlo in casa per chiudersi la porta alle spalle.

«Sarà la milionesima volta che ti metto in guardia», disse poi, trattenendo un sorriso. «Quella del piano di sopra è una vera pettegola. Ricorda che sei tu ad avere problemi. A me non interessa se ci scoprono».

«Sì sì, lo so. Ma non potevo più aspettare».

«Uh?»

«Mi hai capito. Non fare l'ingenua. Vieni qui».

Vincenzo sollevò le braccia per stringerla a sé, ma lei si districò immediatamente, corse dietro il divano e cominciò a ridere.

«Prima devi prendermi».

«Cos'è? Vuoi giocare? Sei una ragazzina capricciosa».

«È per questo che ti piaccio».

«Infatti! E adesso ho una voglia pazza di stringerti».

Con quelle parole a mezz'aria, lui balzò al suo fianco. Lei prese allora a sgattaiolare per la stanza come un leprotto in fuga. Rincorrendosi a turno per il soggiorno, prolungarono così quella che era una piacevole attesa. Rosa era ben consapevole dei rischi a cui Vincenzo andava incontro. Sapere quanto lui fosse pronto a esporsi, pur di vederla, la faceva sentire importante. Anche lei avrebbe fatto di tutto per dar sfogo a quella passione. Nata come una semplice attrazione, era lentamente mutata in una forma di dipendenza, un vero e proprio bisogno da sfamare giorno per giorno. Stare lontani era diventato impossibile per entrambi. Avevano bisogno l'uno dell'altra, allo stesso modo dell'aria che respiravano. Si appartenevano a vicenda. Sentivano di essersi sempre appartenuti, benché lui fosse legato a un'altra. In fondo, quello di Vincenzo era solo un matrimonio artificiale e non avrebbe potuto in alcun modo intaccare il loro legame.

Protrassero il loro gioco dai ruoli capovolti per una decina di minuti e dopo aver saltato in ogni angolo della casa, la gazzella si lasciò raggiungere nella camera da letto, per saziare la fame vorace del suo splendido leone. Sapendo quanto lui adorasse ammirare il suo corpo, Rosa non perse tempo a levarsi i vestiti di dosso. Un completino di pizzo nero metteva in risalto ogni sua forma, ma lei tirò via anche quello. Scivolò sul letto mettendosi su un fianco e accavallò le gambe una sull'altra.

Lui nel frattempo non fece un solo passo. Ipnotizzato dal suo fascino, era lì fermo che l'ammirava. Lei sollevò una mano e, con espressione maliziosa, prese a smuovere l'indice invitandolo a farsi avanti. Vincenzo esitò qualche altro secondo, forse timoroso di rovinare un momento perfetto. Poi sedendole a fianco prese a sfiorarla, tracciando ogni curva del suo corpo.

Provando in quel tocco una gradevole sensazione, lei restò immobile e lo lasciò fare. Quando infine sentì le sue mani agguantarla per i capelli, si protese verso di lui e lo strinse con violenza. A uno a uno lo spogliò di ogni indumento e in pochi istanti si ritrovarono nudi sul letto, uno sopra l'altra.

Lui era ormai dentro di lei, quando Rosa, con un respiro affannato, sentì il corpo farsi caldo e umido, mentre un senso di eccitazione e turbamento andava sempre più impossessandosi di lei.

***

Al risveglio, Rosa sentì le lenzuola ancora inumidite dal sudore. Vincenzo continuava a dormire beatamente. Voltandosi di fianco, lei si sollevò leggermente, pose un gomito sul cuscino, portò a sé il braccio e adagiò il mento sul pugno chiuso. Con delicatezza scostò il pezzo di lenzuolo che ricopriva il corpo del suo amante e restò ad ammirarlo. Amava osservarlo nel sonno, quando a dispetto della sua stazza appariva come un bambino indifeso. Passandogli una mano sul volto, rimosse con premura i capelli che si erano incollati alla fronte e con un tocco impercettibile gli carezzò la guancia.

Vincenzo aveva fatto irruzione nella sua vita come una meteora. Prima di incontrarlo non aveva mai capito cosa cercasse veramente in un uomo. La sua comparsa le aveva spalancato gli occhi, facendole capire come quella con Franco fosse una storia da poco. Lei cercava una figura paterna, una persona che le infondesse sicurezza e senso di protezione e con cui potesse al contempo condividere ogni cosa. E tutto questo l'aveva trovato in Vincenzo.

Osservando la fede che portava al dito, pensò per un istante a ciò che quell'anello simboleggiava. Provò una strana sensazione dentro di sé, ma non aveva nulla a che fare con la gelosia. La cosa riguardava solo lei e quelle che erano le sue ideologie. Tornò a rivedersi bambina, mentre seduta ai banchi di chiesa assisteva alla messa domenicale. Ricordò come la madre avesse in ogni modo cercato di infonderle il credo cristiano.

«Come faccio a sapere che Dio esiste?» le aveva chiesto una volta.

«Pensa che sia un bel gioco. Dove tu parli e Lui ascolta» aveva risposto la madre. «Vedrai che alla fine non avrai più bisogno di fare domande inutili».

E d'allora quel giochetto aveva funzionato. Perché, sebbene non credesse in nulla che non potesse vedere e toccare, qualcosa era comunque rimasto dentro di lei. Incertezze, a cui mai era riuscita a dare risposta, che spesso la mettevano all'angolo. Proprio come in quell'istante. Il pensiero di frequentare un uomo sposato la faceva sentire sporca. Non c'era una ragione precisa, se non quegli insegnamenti che la madre le aveva ripetuto migliaia e migliaia di volte. Non ci credeva. Non ci aveva mai creduto. Eppure, una parte di sé le diceva che stava sbagliando. E alla grande. A ogni modo il sentimento che provava per Vincenzo era troppo forte, perché quelle sgradevoli sensazioni potessero avere una conseguenza qualsiasi nel suo modo di agire.

11

Quella sera Lisa era rincasata prima del solito. Col marito abitavano in una stupenda villa in collina, appena fuori città. Un alto muro in pietra delimitava l'intero perimetro della proprietà, mentre all'interno un giardino ben curato circondava la costruzione. Al secondo piano, un enorme terrazzo permetteva di ammirare la città in lontananza e, a quell'ora del pomeriggio, i colori del tramonto regalavano alla vista effetti spettacolari.

Ad acquistare l'abitazione a suo tempo era stato il padre di Lisa e lei non aveva mai accettato di trasferirsi. Vincenzo avrebbe preferito spostarsi nelle zone centrali, per gestire più comodamente i propri affari, ma lei si era sempre rifiutata di considerare l'idea. Vivere nella casa in cui era cresciuta la faceva sentire protetta, al sicuro da tutto e da tutti.

Il marito sarebbe rientrato verso l'ora di cena, o forse anche più tardi. Non sapendo come impiegare il tempo, decise di fare qualche telefonata. Sulla lista mancavano ancora due relatori da contattare per la conferenza e pensò che quello fosse un buon momento.

Compose il primo numero per chiamare un certo dottor Tursi, ma come nei giorni precedenti, trovò la segreteria telefonica. Aveva già lasciato svariati messaggi, inutilmente, perciò riattaccò seccata e decise di eliminarlo del tutto. Passò poi al secondo contatto con fare svogliato. Un senso di torpore che svanì di colpo, quando una voce rispose dall'altro capo del telefono.

«Potrei parlare col dottor Parisi?» chiese, simulando un certo entusiasmo.

«Sono io. Con chi parlo?»

«Mi chiamo Lisa Colasanti. Dirigo il centro di recupero *VitaNuova*. La chiamavo perché stiamo organizzando una conferenza e ci farebbe piacere se volesse partecipare».

«Una conferenza a che riguardo?»

Lei spiegò tutto nel dettaglio e infine lasciò il proprio recapito per un'eventuale conferma.

Terminata la conversazione, si sentì sollevata. Finalmente aveva portato a termine quel compito odioso. Al resto avrebbe pensato Stefania. La faccenda non la riguardava più. Certo avrebbe dovuto presenziare la conferenza, ma per quanto concerneva l'allestimento, la questione terminava lì.

Lasciandosi andare sulla poltrona, pensò che avrebbe voluto dormire per due giorni di fila. Lo stress accumulato in quelle settimane, però, non le permetteva proprio di rilassarsi. Ritenne che il modo migliore per distendere i nervi fosse leggere un buon libro.

Sul fondo del soggiorno una grossa libreria occupava quasi l'intera parete. Lasciando scorrere lo sguardo sui titoli delle copertine, cercò qualcosa che potesse interessarla. A balzare agli occhi fu un libro vecchio e malridotto. L'intestazione, *A spasso per il mondo*, lasciava percepire un senso di libertà, così lo estrasse e tornò a sedersi. Era certa che quel libro le ricordasse qualcosa, ma non sapeva cosa. Quando prese a sfogliarlo poté ammirare le foto di splendidi paesaggi. Ebbe la netta impressione di trovarsi altrove. Finché una vecchia istantanea spuntò fuori dalle pagine all'improvviso, a spezzare quell'incantesimo. Il corpo prese a irrigidirsi, mentre un senso di terrore le si stampò in viso. La fotografia, scattata anni e anni prima, riprendeva lei ed Elena in compagnia di un ragazzo. Una dedica citava: *"A Lisa, il mio eterno amore. Enrico"*.

Lei aveva diciannove anni a quel tempo e quello nell'immagine era il suo ragazzo di allora. I due si erano conosciuti ai primi anni di università, quando Lisa credeva ancora nel vero amore. Aveva continuato a farlo fino al giorno in cui lui, ubriaco, l'aveva stuprata.

Un evento che l'aveva segnata per la vita. Fu a seguito di quella vicenda che iniziò a bere in maniera smisurata. I ricordi erano troppo pesanti da sopportare e nell'alcool aveva trovato il solo rimedio per non pensare a nulla. Lui era stato denunciato e arrestato. Ma ciò non era bastato a cancellarle dalla mente quelle circostanze drammatiche. A seguito di quel fatto, Lisa aveva distrutto ogni cosa che in qualche modo potesse legarla a lui. Si era liberata degli oggetti acquistati insieme, dei regali che lui le aveva fatto e di ogni foto in cui comparisse la sua immagine. Eppure, quella che teneva fra le mani era sopravvissuta nell'ombra. Nascosta tra le pagine di un libro, le era esplosa in faccia come una bomba a orologeria.

In preda a un attacco di isterismo saltò in piedi e corse in cucina, dove raramente era solita mettere piede. La domestica la guardò dapprima meravigliata, e in seguito, vedendola accendere un fornello e mettere qualcosa sul fuoco, disse preoccupata: «Ma signora, cosa...?»

Lisa la zittì con uno sguardo violento. Intimorita, la donna si ritirò in silenzio, mentre lei rimase a osservare quel brutto ricordo che a poco a poco svaniva consumato dalle fiamme.

***

Dopo più di mezz'ora, Lisa non era ancora riuscita a placare il senso di angoscia. Incapace di scacciare quel ricordo dalla mente adocchiò più volte il mobile bar e ciò che era sempre parso un folle gesto mostrava ora il proprio raziocinio. Se infatti ci fosse stata una bottiglia a portata di mano, avrebbe mandato giù qualche sorso senza esitare.

Per fortuna il cellulare prese a squillare, distraendola dai suoi pensieri deleteri. Desiderosa di silenzio e serenità, attese impaziente che l'apparecchio smettesse di fischiettare. Chi chiamava non pareva però disposto a desistere. Senza alcuna intenzione di rispondere, si sollevò quindi a forza per far cessare quella cantilena inopportuna. Prima di spegnere il telefono, incuriosita dal protrarsi della chiamata, gettò un'occhiata al display. Subito si pentì per quello sguardo di troppo. A quella persona non poteva proprio dire no.

«Ciao Luca», rispose, provando a darsi un certo contegno.

«Puoi parlare o c'è Vincenzo?» replicò la voce dall'altra parte.

«No, tranquillo. Dimmi pure».

«Ho bisogno di vederti».

«Possiamo rimandare a un'altra volta?»

«No. Non ce la faccio ad aspettare altri due giorni».

«Veramente io…»

«Ti prego. Devo vederti».

Mancavano pochi minuti alle sei e Vincenzo quasi certamente non sarebbe rincasato prima delle nove.

«D'accordo tesoro», disse allora lei. «Ci vediamo tra un'ora al solito posto».

«Ok! A dopo».

Lisa avrebbe preferito starsene da sola, ma forse il miglior modo per distendere i nervi era proprio quello di uscire. Così, senza indugiare oltre, infilò il cellulare nella borsa e afferrò le chiavi dell'auto. Quando infine si voltò vide Sabrina proprio innanzi a sé e sobbalzò per lo spavento.

«Oddio!» esclamò, portando una mano al petto. «Da quant'è che sei là?»

«Sono appena arrivata».

Lei la scrutò attentamente, dubitando per un attimo della sua sincerità. Poco dopo, però, scorse la cameriera mentre tornava nel retro. Era stata lei ad aprire la porta. Il fatto che fosse ancora lì confermava le parole della sorella. Lisa tirò allora un sospiro di sollievo. Non era stata scoperta.

«Come mai sei qui?» chiese, dopo averla fatta accomodare.

«Cos'è? Non posso più venire a trovarti? Questa un tempo era anche casa mia».

«E lo sarà sempre. Ma ormai passi di qua solo se hai bisogno di qualcosa».

«È vero. Hai ragione».

«È vero cosa? Ciò che dico o che ti serve qualcosa?»

«Devo parlarti dell'azienda».

«Eh?»

«Quello che sta facendo Vincenzo è inaccettabile».

Lisa non rispose immediatamente. I suoi pensieri erano altrove. Se Luca avesse richiamato in quell'istante, non avrebbe saputo come comportarsi. Estrasse allora il cellulare dalla borsa per togliere la suoneria. Riponendolo vide che i minuti correvano.

Avrebbe già dovuto trovarsi in strada.

«Lo sai», disse poi. «Io non mi occupo di queste cose».

«E invece dovresti», ribatté Sabrina irritata. «Dopotutto sei la maggiore azionista della società».

In effetti, Vincenzo Della Torre si limitava a gestire capitali. Anche se teneva il potere nelle proprie mani, di suo non possedeva nulla. Lisa aveva ereditato dal padre il proprio pacchetto di azioni, le proprietà immobiliari e ogni altra ricchezza. Il marito in tutto questo non c'entrava affatto. Lui avrebbe potuto comandare finché lei gli01o avesse concesso.

«Gli affari non mi sono mai interessati», ripeté. «Ho piena fiducia in Vincenzo e in ciò che fa. In fondo ha sempre badato lui ai miei interessi».

«Questo lo credi tu. Gli unici interessi che lui guarda sono i suoi. E comunque non è questo il problema. I progetti di nostro padre sono svaniti nel nulla. Tuo marito ha spazzato via tutto. Ormai siamo alla fine dei giochi e se tu non fai qualcosa adesso, sarà troppo tardi».

Il tempo continuava a passare e Lisa era stanca. Tra l'altro lo stato d'animo era completamente a terra. La ricomparsa di quella fotografia l'aveva scombussolata.

«Insomma, cosa vuoi che faccia? Parlerò con Vincenzo, se questo può farti star meglio. Va bene?»

«No. Non va bene affatto. Vuoi deciderti a capire? Il solo modo di far cambiare le cose è che tu prenda in mano le redini. A me serve il *tuo* voto, non quello di Vincenzo. Anche perché lui non ti ascolterà mai».

La conversazione andò avanti per un'altra mezz'ora. Sabrina persisteva nel proprio tentativo di persuasione, mentre lei continuava a rifiutare le sue motivazioni. Di alcune cose Lisa riusciva a malapena a cogliere il senso. Altre fingeva di non capirle, per non sentirsi colpevole.

Quando infine tornò a guardare l'orologio, vide che si erano quasi fatte le sette. Aveva perso la cognizione del tempo e un'ora era volata via senza che se ne rendesse conto.

«Scusa ma devo uscire», disse allora bruscamente. «Ho un appuntamento e non posso rimandare oltre. Ne parleremo un'altra volta».

Afferrò la borsa e si avviò alla porta.

«Ma certo! Continua a chiudere gli occhi», gridò Sabrina.

Lei però era già sulla soglia di casa e presa da tutt'altri pensieri, uscì senza replicare.

12

La giornata era stata frenetica. Franco teneva ancora sulla scrivania la corrispondenza recapitata in mattinata. Alcune pratiche urgenti da sbrigare avevano assorbito tutto il tempo e la posta era rimasta lì in attesa di essere letta. Data un'occhiata ai nominativi dei mittenti, prese il plico riportante l'intestazione del Sert, si armò del suo *Globusmen Solingen* e lasciò scivolare la lama all'interno.

Come previsto, conteneva il fascicolo atteso. In modo dettagliato riportava quanto già letto nell'e-mail. Lui tornò comunque a leggerlo scrupolosamente, per evitare di omettere informazioni importanti.

Stava ancora esaminando il dossier, quando venne interrotto dallo squillo del telefono. Sollevando la cornetta controllò il numero. Era quello della sua ex moglie.

«Ciao Tiziana. Avevo proprio in mente di chiamarti», disse vigliaccamente.

«Oh, certo! Ne sono sicura», replicò lei sarcastica.

Era ormai trascorso più di un anno dal giorno della separazione, tuttavia, il piccolo Diego li aveva uniti a vita. Pensando al figlio, Franco sorrise. Ricordò che alla fine del mese sarebbe stato il suo compleanno. Quasi sicuramente Tiziana chiamava per quello.

«Allora...» fece lui. «Come va?»

«Come vuoi che vada?» gridò lei inacidita.

«Ehi! Cosa ti prende? Datti una calmata».

«Calmarmi? Lo sai che giorno è oggi?»

«Sì, sì, non preoccuparti. Non mi sono scordato della festa di Diego».

«Che c'entra la festa? Tralasciando il fatto che non sei invitato, io ho telefonato per ricordarti che con questo sono tre mesi di fila».

«Come sarebbe non sono invitato?» chiese Franco, non afferrando le parole della donna. «E poi che vuol dire tre mesi...»

Capendo a cosa alludesse Tiziana, si zittì di colpo, e trasalendo volse lo sguardo al calendario sulla scrivania. Il mercoledì della settimana scorsa era barrato con una X. L'assegno di mantenimento. Gli era del tutto passato di mente.

«Hai ragione. Lo avevo proprio dimenticato».

«Sono stanca della tua negligenza».

«Ti chiedo scusa. Comunque lo sai come sono messo in questo periodo».

«Tieniteli per te i tuoi problemi. Non voglio sapere quale frottola tirerai fuori questa volta».

«Sai bene che i miei non sono pretesti».

Da qualche tempo Franco se la passava male. Le sue finanze erano in crisi. Comprare casa si era rivelato un vero errore. Per coprire il mutuo mensile, con tutti i risparmi dileguati, lo stipendio bastava a malapena a mantenere se stesso. Si era persino visto costretto a vendere l'auto sportiva, per ripiegare su un vecchio maggiolino usato dal verde raccapricciante.

«Dammi ancora un po' di tempo», supplicò. «Ti ho spiegato come stanno le cose».

«Potevi pensarci prima di comprare casa».

«Vuoi farmela pagare anche per questo? Non ti basta avermi portato via mio figlio?»

«Cosa vuoi da me? È lui a non volerti vedere».

«E tu certamente fai di tutto per fargli cambiare idea».

«Ora basta», sbraitò lei. «Sono stanca delle tue paranoie. Quanto avevo da dirti te l'ho detto. Ti lascio un'altra settimana. Poi chiamerò l'avvocato».

La donna riattaccò prima che Franco potesse replicare, ma in fondo era meglio così. Sapeva che le sue non erano minacce a vuoto. E lui era sprovvisto di argomenti utili a farle cambiare idea. Avrebbe dovuto trovare una soluzione al più presto, o sarebbe andato incontro a gravi problemi.

Il solo modo per uscire da quella situazione era vendere l'appartamento. Un'iniziativa che richiedeva tempo. Quello che Tiziana concedeva era veramente troppo poco. Pur di liberarsi di quella morsa alla gola, lui sarebbe tornato volentieri a pagare l'affitto, ma era impossibile vendere un immobile in pochi giorni senza rimetterci alla grande.

Chiedendosi come risolvere la faccenda, spostò lo sguardo sulla foto di Diego, messa proprio di fianco a quella con Rosa. L'immagine ritraeva il piccolo all'età di due anni. Rammentando quel periodo, la gioia di sentirsi padre, Franco si sentì trafiggere da una profonda malinconia. Ebbe l'impressione che quella scrivania trattenesse tutti gli insuccessi della sua vita: la questione del figlio, la storia con Rosa, e persino quel vecchio *Globusmen Solingen*. Tanti sogni e speranze infranti nel tempo.

Amava il figlio come nessun altro al mondo. Il fatto che questo si rifiutasse di vederlo, non riusciva ad accettarlo. Tuttavia il giudice aveva previsto una restrizione al diritto di visita e lui non poteva farci nulla. Schiacciato dal senso di impotenza, rimase a fissare la foto del piccolo, chiedendosi se la vita sarebbe mai tornata quella di un tempo.

13

Quel giorno il lavoro aveva impiegato più tempo del solito per giungere al termine. Trattenere le proprie emozioni aveva richiesto a Giada uno sforzo notevole. Dopo una notte insonne, infatti, era giunta alla conclusione che la vendetta poteva e doveva attendere. Ormai, faticava a sopportare la sua stessa immagine, tanto l'odio nei confronti della sorella. A sorpresa, però, quest'ultima era divenuta una gallina dalle uova d'oro. Doveva approfittare dell'occasione.

In un misto di astio e contentezza, estrasse dalla tasca un articolo in cui Della Torre compariva in compagnia della moglie. Stando alle informazioni, l'uomo disponeva di capitali enormi. Una relazione extraconiugale avrebbe di certo danneggiato la sua immagine pubblica. Giada aveva ben pensato che servirsi di Rosa, per ricattare lui, sarebbe stata in definitiva la soluzione migliore. Lei si sarebbe volentieri spinta oltre, ma in questo modo avrebbe aggiunto a una vendetta parziale un ottimo tornaconto.

L'idea l'aveva accompagnata per tutto il pomeriggio e il suo animo era in fibrillazione. Sicura che una boccata d'aria fresca l'avrebbe aiutata a distendere i nervi, si affrettò a recarsi nello spogliatoio.

Riposta la tenuta da lavoro, fece per chiudere l'armadietto, quando quel pensiero fisso le tornò alla mente più insidioso che mai. Affisse allora l'articolo di giornale all'interno dell'anta e, con un sorriso maligno, guardò l'immagine dell'uomo. Convinta che avrebbe pagato qualsiasi cifra, purché la storia non saltasse fuori, pensò alle tante cose che si era vista negare dalla vita, alle ingiuste privazioni subite, e come tutto ora sarebbe stato suo.

«Ti ho in pugno», disse allora soddisfatta. «Tu e quella maledetta puttana».

***

Giada aveva voglia di camminare e il caso aveva voluto che quella sera fosse senza macchina. La mattina, infatti, sapendo che una manifestazione avrebbe creato scompiglio, aveva preferito muoversi con i mezzi pubblici, così da evitare lo stress di un traffico caotico.

La fermata della metropolitana era abbastanza distante, ma il fatto non le dispiaceva. Una passeggiata rilassante era quello che ci voleva.

Sin da subito un venticello primaverile parve alleggerire la testa rischiarando le idee. La tensione andava sfumando passo dopo passo e lei prese a fare mente locale su quanto era intenzionata a mettere in atto. Fino a quel momento aveva lavorato di fantasia. Per ottenere un risultato concreto, le occorrevano prove, elementi tangibili da sbattere sotto il naso di Della Torre. Procurarsele però non sarebbe stato facile. Quanto accaduto la sera prima era stato un caso fortuito, che difficilmente si sarebbe ripetuto. Se i due non erano degli sprovveduti, riprenderli insieme costituiva un problema serio.

Consapevole che quell'ostacolo la separava dalla vittoria, ripercorse con la mente ogni istante della sera precedente, in cerca di un qualsiasi elemento che potesse tornare utile. Tuttavia, nulla lasciava figurare qualcosa di attuabile. Nella convinzione di aver fallito ancor prima di iniziare, si sentì assalire da uno sconforto abissale. Quell'enorme ricchezza, adagiata al palmo della sua mano, parve dissolversi in una nube d'aria.

Era già sul punto di arrendersi, quando il passaggio di un furgoncino le portò l'illuminazione. Sullo sportello era riportata l'insegna di una ditta di restauri. Di riflesso le tornò alla mente l'edificio in costruzione che fiancheggiava l'abitazione di Rosa. Da quanto aveva potuto constatare, proprio la camera da letto si affacciava dalla parte del fabbricato. Quella sarebbe stata una postazione perfetta per scattare delle fotografie. Quasi certamente, Della Torre sarebbe presto tornato nel suo nido d'amore. E quando ciò sarebbe accaduto, lei sarebbe stata lì, pronta a cogliere l'attimo.

Questa volta però non poteva lasciare nulla al caso. Se per un motivo qualsiasi le cose fossero andate storte, non sarebbe riuscita a perdonarselo. Doveva studiare tutto nel minimo dettaglio, a cominciare dalla strumentazione necessaria. La vecchia macchina fotografica che teneva in casa non era adatta per delle riprese in lontananza, o per una visuale notturna, e lei non poteva permettersi di mancare il bersaglio quando sarebbe stato a portata di mano.

Era quasi giunta alla metropolitana, quando vide un negozio che faceva al caso suo. Decise allora di entrare e prese a guardarsi attorno in cerca di qualcosa che si adattasse alle proprie esigenze. La merce esposta sui ripiani degli scaffali era veramente tanta, ma dal momento che di quella roba non se ne intendeva affatto, pensò di rivolgersi a un commesso per chiedere consiglio.

«Posso aiutarla?» chiese uno dei dipendenti.

«Cercavo una fotocamera. Che possa fare riprese da lontano e garantisca una buona ripresa notturna», rispose lei.

Il ragazzo propose alcuni modelli che potessero soddisfare le sue pretese, consigliando l'uso di un teleobiettivo che le avrebbe garantito ottime inquadrature da lontano. Il costo di quegli apparecchi, però, era al di fuori dalla propria portata. Tra l'altro non sarebbe stata nemmeno capace di adoperarli. Capendo con chi aveva a che fare, il commesso le propose di optare per una videocamera digitale e lei accettò. Stando alle parole del ragazzo, le avrebbe comunque consentito di fare buone riprese a distanza, anche con poca luce.

Non avendo con sé il denaro sufficiente, si recò alla cassa e pagò con la carta. Digitando il numero di codice, sentì il cuore stringersi forte. Il suo conto era quasi estinto e quella spesa era del tutto fuori programma. Se le cose non fossero andate come sperava, l'avrebbe pagata cara. A ogni modo, quella partita la doveva giocare. Non poteva evitarlo. Sapeva che se si fosse tirata indietro lo avrebbe rimpianto per il resto della vita.

14

Si erano ormai fatte le sette e mezza e Lisa non si vedeva ancora. Luca l'aveva chiamata più volte, ma a ogni tentativo si era sentito rispondere dalla voce irritante della segreteria.

Impaziente del suo arrivo, rimase appollaiato sul divano scrutando l'orologio con fare ossessivo. Perso in quel gesto ipnotico, ormai incapace di percepire il procedere costante delle lancette, ebbe l'impressione che il tempo si fosse arrestato e si chiese fin quando sarebbe riuscito a resistere. L'attesa lo stava facendo impazzire.

Inoltre, l'aria torrida che il pomeriggio si era lasciato dietro rendeva il tutto più opprimente. Vinto dall'arsura, si sollevò allora dal divano, estrasse dal frigo una birra ghiacciata e cominciò a bere. Immediatamente avvertì il liquido penetrare in gola con violenza e un amabile senso di refrigerio propagarsi in tutto il corpo. Sorpreso, nel constatare che la bevuta aveva al contempo placato la sete e attenuato l'inquietudine di poco prima, tirò un sospiro di sollievo e si portò alla finestra. Nella speranza di scorgere l'auto di Lisa diede una sbirciatina fuori, ma la strada era più deserta che mai. Così lasciò andare la tenda e tornò a sedersi.

In cerca di qualcosa da fare nel frattempo, prese a guardarsi attorno. Gettò un'occhiata in direzione della cucina e della camera da letto e ripensò a quando, con Lisa, avevano affittato l'appartamento. Era stata lei a scegliere quel posto, perché lontano da tutto e tutti. La zona era poco trafficata e la gente che l'abitava sembrava farsi i fatti propri, senza ficcanasare nelle vite degli altri.

Erano ormai trascorsi cinque anni dal loro primo incontro. Il tempo era volato. Luca pensò a come la sua esistenza potesse dirsi spoglia e priva di significato, prima che lei entrasse a farne parte. Anche se non glielo aveva mai confessato, il bisogno di sentirla vicina era cresciuto a dismisura. Non poteva più tollerare di vederla di sfuggita, una volta a settimana. Tantomeno che ciò avvenisse nel segreto e nella menzogna. Voleva poter gridare il suo amore al mondo intero, spiattellare a chiunque la verità, per porre finalmente un epilogo a quello stato di cose. Sarebbe bastato rivelare a Vincenzo la realtà dei fatti, e tutto si sarebbe aggiustato. Dividerla con lui era ormai inaccettabile. E questa volta glielo avrebbe fatto capire. L'avrebbe costretta a scegliere da quale parte stare. Se dalla sua, o da quella del marito.

***

Lisa avanzò spedita finché una fila di macchine la costrinse a rallentare. A causa di lavori in corso, un'unica corsia consentiva la circolazione e l'intasamento rallentò la viabilità fino ad arrestarla del tutto. Vedendosi bloccata nel traffico, sentì l'agitazione salire. Per uscire dall'ingorgo ci sarebbe voluto parecchio e lei era già in ritardo di mezz'ora.

Il fatto che Luca l'avesse cercata di martedì non lasciava presagire nulla di buono. Il giorno stabilito per i loro incontri, scelto di comune accordo, era il giovedì. Inoltre le telefonate erano assai rare. Se lui l'aveva chiamata doveva trattarsi di una questione urgente e lei continuava a chiedersi quale brutta notizia l'attendesse all'arrivo.

Quell'interrogativo non faceva che aumentare il senso di ansietà. Per quanto si trovasse a chilometri da casa, i cattivi pensieri non l'avevano lasciata andare. Sino a quel momento era stata distratta dalla guida, ma la sosta bastò per riportare a galla ogni emozione. Continuava ancora a tormentarsi, accanendosi a rievocare quella maledetta foto. Il tentativo ostinato di liberare la mente pareva solo peggiorare la situazione. In aggiunta, il fatto di dover incontrare Luca rendeva il tutto più difficile. Lui faceva parte suo malgrado di quell'intreccio insano. Era proprio lui il tassello conclusivo della storia. E di lì a poco sarebbe tornata a vedere il suo viso. Questa volta, però, tutto sarebbe stato diverso, più difficile del solito, perché in lui avrebbe rivisto un passato da dimenticare. Un passato difficile e insidioso, che pareva consumare il senso del presente e vanificare le speranze future.

***

Erano le otto spaccate quando Luca tornò spazientito a guardare l'orologio. L'agitazione lo stava logorando a poco a poco. Con i nervi tesi si portò alla finestra e si sporse per quanto possibile. In cerca di Lisa, tentò disperatamente di spingere lo sguardo oltre l'orizzonte della strada, ma la sola cosa che vide fu il sopraggiungere della sera. Estrasse allora il cellulare e ripeté l'ultimo numero in memoria. Ancora una volta, sentì rispondere quella vocina che ora detestava più che mai. Non sapeva più cosa pensare. Forse Lisa ci aveva ripensato. O chissà? Aprendo la porta si era trovata davanti Vincenzo di ritorno dal lavoro. Ecco! Doveva essere andata proprio così. Anche perché altrimenti lei lo avrebbe chiamato.

Elaborando altri possibili pretesti, a giustificare quel ritardo, non uno pareva far breccia dentro di lui. Un pensiero incalzante aveva ormai preso a gironzolargli per la testa. Davanti ai suoi occhi c'era l'immagine fissa di due macchine fracassate a causa di un frontale. E in una delle due, tra un ammasso di lamiere e schegge di vetro, scorgeva il viso insanguinato di Lisa. Si era trattato di una frazione di secondo, ma era stata sufficiente. Nell'istante stesso in cui quell'idea gli aveva sfiorato la mente, la paura si era impadronita di lui. Incapace di dominarla, si era sentito inghiottire da quel brutto pensiero che non riusciva più a ricacciare indietro. Attimo dopo attimo, il timore pareva farsi sempre più concreto. Ma non poteva accadere realmente. Non ora. Lei era la persona che aveva atteso per una vita intera. E adesso, dopo averla finalmente trovata, non poteva perderla di nuovo.

***

Lisa non era solita portare con sé le chiavi dell'appartamento. Le teneva in casa, ben riposte nel cassetto di un armadietto, e uscendo in tutta fretta aveva dimenticato di prenderle. Era sul punto di suonare il citofono, quando la serratura scattò e il portone si schiuse. Evidentemente Luca doveva averla scorta dalla finestra. D'istinto gettò uno sguardo in alto. Poi non vedendo nessuno, si avviò su per le scale.

Il suo passo, pigro e incerto, a ogni gradino sembrava rallentare sempre più. Qualcosa in lei si rifiutava di procedere, di avanzare speditamente, forse cercando di rinviare per quanto possibile l'inevitabile finale. Una sensazione angosciante le suggeriva di tornare indietro, di fuggire via, lontano da Luca, ma il suo amore per lui andava ben oltre. Ignorando il tutto salì quindi gli ultimi gradini e, giunta al piano, lo vide venirle incontro. Lui si precipitò verso di lei come non aveva mai fatto prima. Spalancando le braccia fece per stringerla a sé. Lisa però lo respinse con un gesto deciso. Spingendolo a forza lo ricacciò in casa, varcò la soglia, e si chiuse la porta alle spalle.

«Ti sei impazzito?» disse una volta dentro. «Hai dimenticato il motivo per cui abbiamo preso questo posto? Vuoi che ci vedano insieme?»

Senza dire una parola, Luca si limitò a stringerla forte. E la strinse con una tale energia da procurarle dolore.

«Ahi! Mi fai male», disse lei.

Del tutto indifferente alle sue parole, lui non mollò la presa, né allentò la morsa.

«Mi stai facendo male», tornò allora a ripetere, cercando di divincolarsi.

Quando Luca si decise a lasciarla andare lo guardò con l'intenzione di riprenderlo. Scorgendo però l'espressione di terrore che contornava il suo viso, ricordò la telefonata, l'esplicita richiesta di vederla quella sera stessa.

«Cos'è successo? Perché hai quella faccia?» si affrettò a chiedere preoccupata.

Lui rimase alcuni istanti a guardarla in silenzio, con lo stesso identico sguardo del loro primo incontro. Quando infine esplose in tutta la sua ira, sbraitò: «Sono due ore che ti aspetto. Dov'eri finita?»

«Ah, è per questo? Scusa ma ho avuto qualche problema. Prima Sabrina mi è piombata in casa senza preavviso. Poi il traffico. Non sono riuscita a fare prima di…»

«E perché non rispondevi al cellulare?» la interruppe lui.

«Cosa?»

«Ti ho chiamato e richiamato. Non potevi degnarti di fare una telefonata per avvisarmi?»

«Oh, hai ragione», disse lei, volgendo un'occhiata alla borsa. «Mi era del tutto passato di mente. Ho tolto la suoneria quando è arrivata Sabrina e mi sono scordata di riattivarla».

«Non farmi più uno scherzo del genere. Non sapevo più che immaginare. Temevo avessi avuto un incidente o ti fosse successo chissà cosa».

«Mi spiace tesoro», disse Lisa, passandogli una mano fra i capelli.

Lui schiuse la bocca per dire qualcosa. Sopraffatto però dall'emozione, ricacciò indietro quelle che forse erano parole superflue.

Replicando al suo silenzio, Lisa restò a fissarlo in viso. Inaspettatamente sentì riemergere la spiacevole sensazione che, seppur per poco tempo, pareva averla abbandonata. Quel viso le parlava, esprimendo più di mille parole. Era lì a mostrarle la propria impotenza, per quel paradosso che delineava la sua esistenza. Rifiutare qualcosa per desiderarla al tempo stesso.

«Perché mi hai chiamato?» chiese, per spezzare un silenzio insopportabile. «Cosa c'era di tanto urgente?»

«Io non ce la faccio più ad andare avanti così», rispose lui. «Devi dirglielo. È ora che tu dica a Vincenzo come stanno le cose».

«Ne abbiamo già discusso. Sai come la penso. L'argomento è chiuso».

Gettando la borsa sul divano, Lisa sollevò il capo e tirò un respiro profondo. Si sforzò di mantenere la calma, ma non era facile. Una tensione forzata le aveva logorato i nervi. Con la fotografia rispuntata dal nulla e il volto di Luca lì a fissarla, tenere il distacco non era affatto facile.

Spingendosi in prossimità della finestra, prese a guardare fuori, nel tentativo di pensare ad altro. Proprio allora un passerotto atterrò sul davanzale, forse con l'intenzione di riprendere fiato. L'uccello saltellò roteando su se stesso e nel sollevare il becco parve incrociare il suo sguardo. Lei rimase a osservarlo divertita, fin quando il pennuto tornò a spalancare le ali, impaziente di riprendere il volo. Lisa avrebbe voluto imitarlo, librarsi in cielo, o quantomeno sentirsi libera di volteggiare con la fantasia. Invece i suoi pensieri la tenevano ben salda a terra. Ed erano proprio là, dietro di lei.

Tornò quindi a voltarsi verso Luca. Guardandolo, si rese conto che la paura era svanita dal suo viso. In quel momento, però, la sua immagine non faceva che aggiungere dolore al dolore. Sentì l'esigenza preponderante di fuggire via. E forse l'avrebbe fatto, se lui non fosse tornato a parlare.

«Sì, certo! So bene come la pensi», disse. «Ma tu? Tu lo sai come la penso io? Te lo sei mai chiesto? Non immagini nemmeno come ci si possa sentire al posto mio».

Incapace di reggere lo sguardo di biasimo, Lisa chinò il capo a fissare il pavimento. Sapeva di non aver colpa per quello stato di cose. Così come non ne aveva lui. Ciononostante si sentiva responsabile di tutto. Il terrore del passato, un senso incredibile di vergogna, le impedivano di fare la cosa giusta.

«Non posso», disse con voce sommessa. «Lo capisci? Non ce la faccio».

«Ascoltami bene mamma», eruttò Luca. «È arrivato il momento di scegliere. Lui o me».

A quell'aut-aut Lisa non seppe come reagire. Sentendosi sovrastare dall'angoscia, rimase a fissare il figlio senza pronunciare una parola. Come accadeva spesso, scorse sul suo viso le stesse espressioni del padre e, come ogni volta, provò un senso di repulsione. Una costante che faceva parte del loro rapporto malato. Amare chi rievocava sofferenze lontane non era affatto facile. Tuttavia, l'amore che lei provava era quello di una madre. E a tale verità non poteva ribellarsi.

«Non puoi farmi questo», disse in tono di supplica.

«Ma come fai a non capire? Questa farsa poteva avere senso i primi tempi, ma ora le cose sono cambiate», rispose Luca. «Ormai va avanti da cinque anni. Non posso più accettare che per vedere mia madre debba attendere il giovedì e nascondermi in un misero appartamento, come se facessi qualcosa di male.

Quindi ora, o glielo dici tu, o lo faccio io».

***

Con i finestrini spalancati su entrambi i lati, Lisa correva sparata lasciando che il vento le graffiasse il volto. Sentiva le lacrime schizzare via dalle guance, trascinate a forza da un soffio impetuoso. Questo però non bastava a rimuovere il macigno dallo stomaco. Continuando a piangere disperata, non faceva che soppesare le parole del figlio. In più occasioni le aveva chiesto di riconoscerlo, ma stavolta la sua era una pretesa, che non poteva più essere ignorata.

Vedendosi alle corde, ripensò a quella che era stata la propria esistenza. Un destino beffardo si era sempre preso gioco di lei, negandole ogni volta la libertà di prendere le proprie scelte.

Aveva da poco compiuto i diciannove anni, quando Enrico l'aveva violentata lasciandola incinta. L'amore si era convertito in un odio sincero e profondo e con lui aveva odiato anche il figlio che portava in grembo. O almeno così aveva creduto. Infatti, sul punto di abortire, era tornata sui suoi passi, rendendosi conto che quella piccola vita non l'odiava affatto. Le emozioni che provava si muovevano all'interno di una grigia sfera affettiva e, per quanto qualcosa di macabro avvolgesse quei sentimenti, non poteva far finta di nulla negandone l'esistenza. Così alla fine aveva deciso di tenere il bambino, anche contro il volere della famiglia. A seguito di quella vicenda, però, la donna dal carattere forte e sicura di sé era svanita. Pertanto, quando il padre le impose di dare il figlio in adozione, lei non fu capace di opporsi.

Era stato proprio il padre a occuparsi di tutto. Tenendo la stampa lontana dalla vicenda, aveva lasciato una rendita vitalizia a nome del nipote e, nominando per lui un tutore legale, se n'era infine lavato le mani. Al contrario di Lisa, che vedendosi strappare il piccolo aveva finito per toccare il fondo e si era data all'alcool.

Vincenzo era totalmente all'oscuro della vicenda. Il tutto era accaduto anni prima del loro incontro e lei si era sempre ben guardata dal dirglielo. Aveva chiesto alla sorella e a Elena di rispettare il suo silenzio, di mantenere il segreto, e loro lo avevano fatto. Anche il resto della famiglia aveva tenuto il più stretto riserbo. Alla fine quel segreto era divenuto per Lisa qualcosa di inconfessabile, una prigione dalla quale era impossibile fuggire.

A ogni modo, per quanto ogni traccia fosse stata occultata al meglio, Luca era riuscito a scovarla. Ricordava bene la prima volta che le era comparso davanti. A lei era bastato vederlo, per notare in lui qualcosa di familiare. In quell'occasione era corsa via, colta dal panico. E benché a distanza di cinque anni avesse imparato ad amarlo, ad accettarlo, non era mai riuscita a ignorare ciò che rappresentava.

Ciò nonostante, lui rimaneva suo figlio. Dopo averlo ritrovato non poteva perderlo di nuovo. Era giunto il momento di confessare. Vincenzo doveva conoscere la verità.

15

Quella mattina le giubbe colorate dei fantini spiccavano al sole. In sella ai propri cavalli, ancora bloccati nelle gabbie di partenza, sembravano tutti emanare un fremito impellente, scatenato dall'attesa di schizzar fuori. Allo stesso modo dei loro purosangue, che in uno scalpitare febbricitante persistevano ad agitarsi all'interno delle celle, scalciando e scuotendo il muso a scatti. Continuando a serrare le redini, i fantini cercavano di trattenere quell'impeto di eccitazione, ma il pubblico era già in preda all'euforia in attesa del segnale di partenza.

Quando finalmente lo starter diede il via, le gabbie si spalancarono. Al classico suono metallico dell'apertura cancelli, seguì l'immediata uscita degli animali, che schizzarono via tra un boato di voci levatosi dalle tribune. Zolle di terra si sollevarono dal suolo al loro passaggio. Correndo selvaggiamente, si lasciarono dietro una nube polverosa.

Riccardo Monti era fra la moltitudine di persone e, come tanti altri, anche lui sentì il cuore rallentare e il fiato arrestarsi un momento, per riesplodere poco dopo in un grido violento. Il cuore aveva preso a battere molto più velocemente di prima. Una sensazione che non era mai riuscito a decifrare e della quale non avrebbe saputo fare a meno.

Nonostante fosse ben conosciuto nelle sale da gioco, dove scommetteva ogni volta cifre astronomiche, frequentava l'ippodromo di rado. Come non accadeva da tempo, quella mattina si era voluto concedere una giornata di puro piacere.

Seguire la corsa dal vivo era tutt'altra cosa. Specie per uno come lui, che dalle corse al galoppo era sempre stato affascinato. Aveva iniziato ad amarle sin da piccolo, quando con il padre si

recava all'ippodromo la domenica mattina. Tornarvi era un po'
come rievocare i vecchi tempi.

Allo stesso modo del padre, i cavalli li amava, li aveva sempre amati. La sola cosa che li distingueva era la mania per le
scommesse. Infatti, se il padre amava le corse e la competizione,
lui adorava ancor più quel mettersi in gioco in prima persona,
la scarica di adrenalina che provava nel rischiare su qualcosa di
incerto e del tutto imprevedibile, il senso di eccitazione nella
speranza di una vittoria. Insomma, aveva sempre sperato di fare
il colpaccio, ma quello che lo catturava veramente erano i brevi
istanti, dal segnale di partenza, durante i quali poteva sognare,
sperare, credere di farcela ad azzeccare la tris vincente. Un breve lasso di tempo nel quale poteva dire a se stesso: "Sì, sì! Stavolta la becco". Nella maggior parte delle occasioni, i suoi
tentativi si erano rivelati solo inutili fallimenti. A ogni modo,
per tenere in piedi il proprio sogno, a lui bastavano le poche
volte che ci era andato vicino.

Riccardo stava in quel giro ormai da anni e di gente ne conosceva parecchia. Da diverso tempo era in confidenza con un
tipo che lavorava nei box. Più volte questo gli aveva soffiato
delle buone dritte e quella mattina il consiglio era stato di
scommettere sul numero quattro nella terza corsa. Da quanto
diceva era un cavallo sicuro e Riccardo lo aveva giocato come
vincente. Anche perché a lui non piaceva puntare sul piazzato.
Certo, vincere sarebbe risultato più facile. Al piazzato veniva
chiesto solo di rientrare nella terna vincente. Che poi arrivasse
primo, secondo, o terzo, non faceva differenza. Diminuire il
rischio, però, era proprio ciò che toglieva l'anima alla scommes-
sa. Quel rischio lui l'amava.

I cavalli avevano già percorso metà della pista. Il numero
quattro, un andaluso di cinque anni dal mantello grigio, era in
terza posizione. Conosciuto con il nome di Tango, aveva alle
spalle un buon numero di vittorie. Davanti a lui si trovavano
Monna Lisa e Capitano, che lo distanziavano rispettivamente di
tre e quattro lunghezze. Erano proprio gli altri due cavalli che
Riccardo aveva scelto per la tris. Insomma, la vittoria era là a
portata di mano. Sarebbe bastato ancora qualche piccolo sforzo,

per realizzare un sogno. Tuttavia Tango iniziava a perdere terreno, trascinando con sé le speranze di Riccardo. Lungo il percorso, l'orizzonte di una chimera parve farsi sempre più distante, sgretolandosi una falcata dopo l'altra.

La situazione perdurò alcuni istanti. Finché il fantino fece vibrare il frustino in aria. Colpì Tango con forza. Per magia, dal cavallo fuoriuscì un nuovo vigore. Prese ad aumentare l'andatura fino a raggiungere gli altri due. Si trovava ormai a una sola lunghezza di distanza, ma Capitano e Monna Lisa erano apparigliati tra loro. Lo spazio insufficiente non permetteva un sorpasso. Con le vene pulsanti e il sudore che colava dalla fronte, Riccardo sentì il cuore salirgli in gola.

«Vai Tango! Vai!», disse con un fiato di voce. E stringendo la giocata nella mano, si indirizzò al fantino: «Avanti! Frustalo. Fallo volare».

Quasi avesse udito le sue parole, questo tornò a colpire il cavallo, che con uno scatto incredibile iniziò a sorpassare gli avversari all'esterno.

Prossimi alla dirittura d'arrivo, i tre procedevano spediti fianco a fianco. Impossibile stabilire chi fosse avanti e chi indietro. Una ridottissima distanza di centimetri divideva uno dall'altro. Lui restò con il fiato sospeso finché i tre concorrenti non tagliarono il traguardo. Solo allora esultò in un grido pazzesco di gioia.

«Sì! Sì!» cominciò a urlare. «Ce l'ho fatta! L'ho beccato!»

Sollevò le braccia in aria e prese ad agitarsi gioioso. Ma la contentezza durò ben poco. Il tempo di sentire la voce proveniente dagli altoparlanti. Il Giudice di gara aveva deciso di avvalersi della fotografia per stabilire l'ordine d'arrivo, il che non aveva senso agli occhi di Riccardo. Tango si era piazzato in testa. Ne era convinto al cento per cento. Ricordò allora che in gara c'erano altri cavalli. Evidentemente, Capitano e Monna Lisa si contendevano il secondo e il terzo posto. A quel punto sentì che la faccenda non lo riguardava più. Qualunque fosse stato l'esito, ormai aveva vinto. Era convinto di avercela fatta. E continuò a crederlo finché la voce all'altoparlante tornò a tuonare, pronunciando l'ordine di arrivo. Al primo posto si era piazzato Capitano. Tango era secondo e Monna Lisa terza.

Immobile, incapace di realizzare quanto appena accaduto, Riccardo tentò di convincersi che doveva solo trattarsi di un brutto incubo. Alla fine però, vedendo i nomi apparire sul tabellone, fu costretto ad ammettere a se stesso l'ennesima sconfitta.

16

Davanti a una tazza di caffè freddo, ben riparato all'ombra di un ombrellone, Ivano se ne stava comodamente seduto al tavolinetto di un bar. Con Giada si erano dati appuntamento per le undici e trenta, in un localino dalle parti del centro, ma si erano già fatte le dodici e lei non si vedeva ancora. Si trovava lì da poco, quando lei aveva chiamato per avvertire che avrebbe tardato una decina di minuti. Il tempo però era trascorso e i minuti erano divenuti venti, e poi trenta.

Decise che non era il caso di attendere oltre. Alle tredici e trenta avrebbe dovuto prendere servizio e non voleva tardare a causa sua. Pertanto chiese il conto, pagò il dovuto, e fece per levarsi in piedi. Fu allora che vide Giada sbucare dal fondo della piazza. Sbuffando, si lasciò ricadere giù. Era davvero seccato. Vedendola sventolare il braccio in aria, si limitò a rispondere con un cenno del muso. Attese che lei fosse a pochi metri di distanza. Poi tirò via gli occhiali da sole, a mostrare l'irritazione con un'occhiataccia eloquente.

«Scusami», disse lei, recependo il messaggio all'istante. «Ho avuto qualche problema».

«Ok, ok!» fece lui in tono di resa. «Allora, di cosa volevi parlarmi? Spero che non sia ancora per la storia dell'altra sera. Io ho tenuto il becco chiuso come hai chiesto».

«Invece si tratta proprio di quello. È un'occasione unica. E ho bisogno del tuo aiuto».

«Uh?» fece Ivano.

Perplesso da quelle parole, prese a scrutare Giada preoccupato. Ricordava bene l'ultima volta che aveva chiesto il suo aiuto, e con un'espressione simile in viso. Era stato ben otto anni prima. In quell'occasione si era recata da lui disperata, suppli-candolo di aiutarla a sbarazzarsi del padre una volta per tutte. Lui non si era tirato indietro e avevano pianificato assieme ogni minimo dettaglio.

A quel tempo Ivano non aveva nulla da perdere oltre lei. Nel timore di essere piantato in asso, non aveva esitato ad appog-giarla nella sua follia. Ora però, tutto era diverso. La vita era cambiata. Aveva detto addio alla droga e finalmente, con il nuovo lavoro, era riuscito a dare una svolta alla propria esisten-za.

«Non mi piace quell'espressione», disse allora.

«Quale espressione?» replicò Giada.

«Quella che hai in faccia».

«Di che parli?»

«Hai lo stesso sguardo di otto anni fa. Ricordi? Io non l'ho certo dimenticato».

Lei sembrava aver rimosso l'evento dalla memoria, perché rimase a fissare Ivano con un certo stupore. O forse, più sem-plicemente, aveva capito che lui non era più la persona di un tempo, pronta ad accettare senza alcuna esitazione.

«Cos'è? Hai paura?» chiese lei in tono di sfida.

«Esatto».

«Beh, non devi. Questo non ha niente a che fare con quella storia. Si tratta di una cosa del tutto diversa. E può farci guada-gnare una montagna di soldi».

«Soldi?»

«Già! E tanti».

«Ma cos'hai intenzione di fare? Vuoi di nuovo ficcarti nei pasticci?»

«No. Ho solo intenzione di ricattare mia sorella. O meglio… Il tizio con cui se la spassa».

***

La giornata era proseguita in modo quasi innaturale. Pensan-do e ripensando alle parole di Giada, Ivano aveva trascorso il pomeriggio continuando a chiedersi se non avesse sbagliato ad accettare la sua proposta.

Il corso di pittura era da poco terminato e i ragazzi stavano abbandonando la sala. Una volta solo, prese a fare il giro delle postazioni radunando i pennelli utilizzati. Con la punta ben disposta verso l'alto, li inserì tutti in un ampio contenitore e li ripulì con dell'acqua. Un banco da lavoro radunava gli appositi prodotti per la pittura, tra cui i solventi per la pulizia. Infilati dei guanti in lattice, versò in un piccolo recipiente dell'essenza di trementina, vi immerse il primo pennello, e facendo roteare i peli fra le dita si dedicò a una pulizia meticolosa.

Quelle bacchette piumate rappresentavano uno strumento essenziale. Affinché si mantenessero a lungo, occorreva degnarle della massima cura. Eppure, proprio quella pulizia, logorando qualche pelo alla volta, avrebbe finito per consumarle nel tempo. Un paradosso in cui Ivano si rispecchiava perfettamente. Di fatto, nel sogno di rifarsi una vita aveva ormai incluso la presenza di Giada. Sperava di poter di nuovo condividere con lei la propria esistenza. Tuttavia, la sua ricomparsa stava per scombussolare tutto ciò per cui si era battuto negli ultimi anni.

La mattina lei lo aveva informato della relazione tra Rosa e Della Torre, di come intendesse ricattarli. Gli aveva spiegato nel dettaglio le proprie intenzioni e quello che sarebbe stato il suo modo di agire. A lui aveva semplicemente chiesto di tenere occhi e orecchie ben aperti all'interno del centro, per riferire ogni particolare che fosse tornato utile allo scopo. Da una breve ricerca in rete, era infatti venuta a scoprire che Della Torre era sposato con la direttrice di *VitaNuova*. Perciò, lui era il complice perfetto. Aveva libero accesso alla struttura. E anche se avesse fatto domande indiscrete, nessuno si sarebbe insospettito.

In un primo momento Ivano aveva visto nella proposta un'occasione da afferrare al volo. Dopotutto, osservare e riferire non lo esponeva ad alcun tipo di rischio. Qualcosa però continuava a dirgli che accettare era stato uno sbaglio. Una sensazione di fastidio che lo aveva accompagnato per l'intera giornata e della quale era ormai stanco.

Deciso ad allontanarla da sé, riportò l'attenzione a quanto stava facendo. Vide solo allora che la vernice si era disciolta da un pezzo. Notò che l'essenza di trementina, dapprima limpida e incolore, era impregnata dai rimasugli di colore e lui, allo stesso modo, provò a figurarsi come un pennello immerso nel solvente, per fare di quei brutti pensieri, semplici avanzi di colore.

Sembrava un'azione stupida, ma parve funzionare. Anche se per poco, infatti, sentì la testa liberarsi dalle idee che fino a quell'istante lo avevano ossessionato.

Alleggerito da un peso, prese quindi a esaminare le opere realizzate nell'arco della giornata, per cercare in ciascuna di esse un significato recondito. Ogni lavoro trasmetteva un messaggio personale. Consciamente o meno, era stato messo lì da colui che lo aveva creato, per gridare al mondo gioia o tristezza, dolore e disperazione o voglia di vivere e combattere. In quella sala si parlava nel silenzio. Spettava a lui il compito finale di estrapolare dalle immagini un significato, parole da mettere su carta. Un lavoro tutt'altro che facile.

Dopo aver scritto un accurato resoconto per ogni singola composizione, annotò le proprie opinioni riguardo i vari individui, a evidenziarne i lati positivi e quelli negativi. Un giudizio che non era certo rivolto alle creazioni artistiche, quanto a chi le aveva realizzate e a cosa tentasse di esprimere.

Terminato il rapporto, inserì i fascicoli in un raccoglitore e uscì dalla sala per recarsi nell'ufficio di Rosa. Era a lei che avrebbe dovuto sottoporre il tutto.

Il fabbricato era un vero labirinto. Girò a destra e a sinistra per un buon numero di volte, prima di raggiungere il corridoio in cui si trovava la zona amministrativa. L'ufficio di Rosa era aperto e all'interno non c'era nessuno. Decise di lasciare la cartellina sulla scrivania. E perché non sfuggisse all'occhio, la posò proprio in faccia alla poltrona.

Uscendo lasciò la porta aperta, così come l'aveva trovata, e si avviò sulla strada del ritorno. Dopo pochi passi, udì la voce di Rosa. Proveniva da un ufficio più avanti. Sentendola discutere con qualcuno in modo animato, ripensò a quelli che erano i patti con Giada. Lui doveva tenere occhi e orecchie ben aperti. Così tornò indietro e si avvicinò con cautela alla stanza da cui provenivano le voci.

***

«…non sono venuta qui per litigare. Ci siamo detti quanto c'era da dire e non c'è altro di cui parlare».

«Oh, certo! Cosa potrebbe esserci in fondo? Noi due, la nostra storia… Ma cosa vuoi che sia?»

Rosa era nello studio di Franco Mezzana da più di un quarto d'ora. Vi si era recata solo per discutere alcune problematiche relative a un paziente, ma lui l'aveva trattenuta sottoponendole il fascicolo ricevuto dal SerT, ritardando così la sua dipartita. Poi la conversazione si era spostata come al solito su questioni personali, che lei non aveva alcuna voglia di affrontare.

«Non c'è più nessuna storia», ribatté alle parole di Franco. «Ficcatelo in testa una volta per tutte».

«Ti ricordo che sei stata tu a venire da me. Non sono stato io a cercarti».

«Smettila di mischiare il lavoro con la vita privata. Comportati in modo professionale».

«Ah, certo! Per quello ti faccio comodo, però non perdi occasione per allontanarmi».

«Te l'ho già detto e ripetuto. Il lavoro è una cosa…»

«Cazzate!» la interruppe lui schizzando dalla sedia. «È a causa tua se mio figlio non vuole più vedermi. Lo sai questo? E ora vorresti liquidarmi come se niente fosse? Hai proprio capito male».

«Insomma, basta! Mi hai stancat…»

Prima che Rosa potesse terminare la frase, Franco afferrò dalla scrivania il suo *Globusmen Solingen* puntandoglielo alla gola.

«Dovrei sgozzarti in questo istante», disse inferocito. «Tu che dici?»

Rosa si raggelò all'istante. La sua comunque era una paura controllata. Conosceva bene Franco. Quello era il suo carattere. Tra loro di liti ce n'erano state parecchie e situazioni simili le aveva vissute più volte. Sapeva bene come comportarsi. Doveva solo lasciargli un po' di tempo per sbollire la rabbia e tutto sarebbe passato.

«Ti lascerò andare il giorno che morirai».

Una sorta di minaccia quella di Franco.

Lei non rispose, ma senza dar peso a quelle parole, scostò la sua mano dal collo e uscì dallo studio.

Varcando la soglia della porta in tutta fretta, non poté evitare di scontrarsi con Ivano nel corridoio.

«Accidenti!» esclamò.

«Oh! Mi scusi dottoressa Fogliani».

Rosa lo guardò, chiedendosi da quanto tempo si trovasse là e quanto fosse riuscito a sentire.

«Ero venuto a portarle la mia relazione, ma non l'ho trovata in ufficio. Gliel'ho lasciata sulla scrivania».

«Ah, d'accordo. Più tardi gli darò un'occhiata».

«Bene. Allora buona serata», concluse Ivano, incamminandosi verso la sala di pittura.

Perplessa, Rosa rimase a osservarlo di spalle mentre si allontanava. Forse i suoi dubbi erano generati dalla normale diffidenza verso l'ultimo arrivato. Tuttavia, per chi giungeva da quella direzione, l'ufficio di Franco era ben oltre il suo. Si chiese cosa diavolo facesse Terravalle accanto a quella porta.

17

Sabrina si era recata al centro *VitaNuova* per terminare la conversazione lasciata in sospeso con la sorella. Al suo arrivo era già ora di pranzo e il fabbricato le apparve deserto. Nemmeno Stefania era al suo posto. La segreteria era abbandonata a se stessa. Lei bussò all'ufficio di Lisa e, senza attendere risposta, dischiuse leggermente la porta. Mise dentro la testa, e disse: «Disturbo?»

«Oh, Sabrina! Tranquilla, entra pure. Non facevo nulla».

«Bene. Allora oggi non scapperai via».

«Non sarai venuta qui per continuare con quella storia?»

«Invece sì. E stavolta dovrai ascoltarmi».

«Ti ho già dato la mia risposta».

Il volto di Lisa mostrava un'aria afflitta e dispersa e lei non poté fare a meno di notarlo.

«Cos'hai fatto?» le chiese.

«Uh?»

«Che succede? Cos'è quella faccia?»

«Ah, niente. Non preoccuparti. Sono solo stanca».

Con uno sguardo scettico, Sabrina fissò la sorella per una manciata di secondi. Non credeva alle sue parole, ma decise di sorvolare sulla cosa. Dopotutto, lei era andata là con uno scopo preciso e se Lisa non aveva voglia di confidarle i suoi pensieri, non sarebbe stata lei a costringerla.

«Non so che problemi hai e non voglio saperlo», disse allora. «Ma ti assicuro che sono niente, rispetto a quelli che mi trovo a gestire io».

«Sei tu a crearteli», ribatté Lisa, con un'aria sempre più assente. «Nessuno ti costringe a fare ciò che fai».

«Oh, certo! Perché se non lo facessi io chi ci penserebbe? Forse tu che non osi nemmeno contraddire tuo marito?»

Sabrina era intenzionata a provocare la sorella, per costringerla ad affrontare una realtà che si ostinava a ignorare. Lei però rimase impassibile. Senza dire una parola, continuava a mostrare quell'oscura espressione, come se fosse da tutt'altra parte.

«Ma insomma! Che diavolo hai? Mi ascolti quando parlo?»

«Sì, sì. Ho solo qualche pensiero per la testa».

«Lisa, lo so che per te è difficile andare avanti», disse lei, che il trascorso della sorella lo conosceva bene. «Ma tu lo sai… Se qualcosa non va, con me puoi parlare. Cosa c'è? I vecchi fantasmi tornano a farsi sentire?»

«No. Ma cosa vai pensando? Comunque su una cosa hai ragione. Non voglio avere problemi con Vincenzo. E specie in questo momento. Quindi è inutile che insisti».

«E allora di cosa si tratta? Ha forse a che fare col misterioso appuntamento dell'altra sera?»

Lisa si ridestò di colpo. Voltandosi di scatto lanciò alla sorella un'occhiata ostile e, con tono secco, disse: «Stanne fuori! Hai capito? Questi non sono affari che ti riguardano».

Per Sabrina, quella che dapprima era una pura congettura, divenne tutto a un tratto una convinzione assoluta. Doveva esserci un motivo veramente serio che affliggeva la sorella. Incerta, se rispettare il suo stato d'animo o portare a termine la propria missione di convincimento, indugiò alcuni istanti restando in silenzio. Osservò Lisa attentamente, quasi a voler capire con lo sguardo cosa le passasse per la testa. Poi con una certa esitazione decise di fare un ultimo tentativo. Sviando il discorso in modo indiretto, disse: «Sono riuscita a convincere un paio di azionisti a passare dalla mia parte. Sono disposti ad appoggiarmi, ma il numero di voti è comunque irrisorio. Ho bisogno del tuo aiuto. Lo capisci? Da sola non potrò mai farcela».

«Vuoi spiegarmi perché fai tutto questo?»

«Cosa?»

«Questo! Non fai che combattere contro mio marito. Possibile che dopo tanti anni non ti sia ancora stancata? Per sopportare tutto ciò deve pur esserci un motivo che ti spinge. E io mi domando quale sia».

«È così infatti. Ed è un motivo fin troppo valido».

«Sarebbe a dire?»

«È stato papà a chiedermelo».

Lisa si voltò incuriosita e senza dire nulla restò a fissarla con uno sguardo interrogativo.

«Proprio così», riprese Sabrina. «Nostro padre ha aperto gli occhi troppo tardi. Quando si è reso conto di chi fosse veramente Vincenzo, avrebbe voluto mettere me al suo posto. Ma gli aveva già affidato la presidenza e lui ormai era troppo vecchio e malato per tornare a combattere. Questo me lo ha confidato sul letto di morte».

«Di che diavolo parli?»

«È la verità. Tuo marito è sempre stato un arrivista. Ed è riuscito pienamente nel suo intento. Si è guadagnato prima la tua fiducia e poi quella di nostro padre. Sei libera di non ascoltarmi, ma te ne pentirai un giorno, perché quando aprirai gli occhi sarà troppo tardi. Proprio come lo è stato per papà».

«Tu sei solo invidiosa. Ecco la verità. Odi Vincenzo solo perché è sempre arrivato dove tu hai fallito. Lui per te rappresenta tutto ciò che non sei riuscita ad avere. O forse sei gelosa di me? Magari perché non hai un uomo al tuo fianco».

«Ho già troppe responsabilità sulle spalle, per poter pensare agli uomini. E se c'è una colpevole in questo, sei proprio tu, che ti sei sempre ben guardata dal fare la tua parte. A ogni modo, io so solo una cosa. Nostro padre è morto con un unico rimpianto nel cuore. Quello di aver scelto Vincenzo».

«Sei una bugiarda. Non ci credo».

«E io non te lo chiedo. Volevi sapere quale fosse il motivo per cui faccio quel che faccio. Bene! Ora lo sai».

In quell'atto liberatorio, Sabrina provò per un breve istante una certa soddisfazione. Era riuscita a dire alla sorella come stavano realmente le cose. Una verità che aveva nascosto per anni era finalmente uscita allo scoperto. Tuttavia, quella piacevole sensazione durò ben poco. Il tempo di comprendere quale enorme errore avesse appena commesso. Vedendo Lisa che la fissava con disprezzo, come il peggiore dei nemici, capì che se non aveva guastato il rapporto con la sorella, si era comunque giocata una volta per tutte la possibilità di ottenere il suo aiuto.

18

Il sole era già tramontato e in strada i lampioni erano accesi da un po'. Tuttavia la sera tardava ad arrivare. In un cielo terso, filtravano gli ultimi riflessi al di là dell'orizzonte e quanto accadeva in basso era ancora ben visibile.

Appostata nell'edificio in costruzione, Giada attendeva impaziente da oltre un'ora. Ivano l'aveva informata che quella sera Della Torre si sarebbe recato a casa di Rosa. Li aveva sentiti parlare al telefono dandosi appuntamento per l'ora di cena. La Colasanti era fuori città per una conferenza e non sarebbe tornata prima di un paio di giorni. I due ne avrebbero approfittato per vedersi. Giada pensò che la fortuna continuava a sorriderle. L'uomo si sarebbe fermato per tutta la notte. E questo le avrebbe semplificato il lavoro.

Sapendo che delle riprese sfocate non sarebbero servite a nulla, e non potendo certo lasciar fare al caso, assieme alla videocamera aveva acquistato un leggero e maneggevole treppiede. In attesa che l'uomo si facesse vivo, aveva preparato con cura la strumentazione e si era preoccupata di fare qualche ripresa di prova, con l'obiettivo della macchina ben puntato sulla camera da letto. Il ragazzo del negozio non aveva mentito. L'apparecchio era perfetto per delle riprese da lontano. Almeno quel tanto che a lei bastava. Spostandosi all'estremità del fabbricato era riuscita persino a riprendere la sala da pranzo. Un'inquadratura che dal basso della strada si sarebbe detta impossibile.

Trascorsa un'altra mezz'ora, cominciò a preoccuparsi. Della Torre tardava ad arrivare. Lentamente, quella che era determinazione prese a mutare in agitazione. Forse un evento inaspettato aveva costretto i due a modificare i loro piani. Chissà? La moglie aveva cambiato programma e lui, senza una scusa pronta per l'occasione, si era visto costretto in casa.

Minuto dopo minuto, quei pensieri continuavano a farsi spazio nella testa, assumendo un aspetto sempre più concreto.

Il grigiore della sera si era ormai sparso nell'aria, quando finalmente i fari di un'automobile apparvero sulla strada, per arrestarsi poco dopo sotto casa di Rosa. Giada riconobbe subito la macchina. Era la stessa che aveva visto qualche sera prima. Infatti, un istante dopo, vide lo sportello aprirsi e Della Torre venir fuori. Grazie ai suoi capelli argentati, riuscì a distinguerlo chiaramente anche dall'alto. Subito accese la videocamera e lo riprese mentre si avviava al portone della sorella. Le foto di cui lei andava in cerca, ovviamente, erano di tutt'altro stampo, ma ogni cosa poteva tornare utile. Se non fosse riuscita a riprenderli in qualche atto osceno, avrebbe dovuto giocare la sua partita in maniera più sottile e allusiva.

A ogni modo quella ripresa era inutile. L'uomo era avanzato senza mai sollevare lo sguardo e inquadrato dall'alto, risultava solo una persona come tante.

Quando il portone si aprì e lui scomparve all'interno, Giada attese smaniosa che si illuminasse la camera da letto. Il tempo, però, trascorse senza che il minimo barlume giungesse a scacciare il buio. Dopo un paio di minuti capì di aver commesso un grosso sbaglio. Avrebbe dovuto posizionare l'attrezzatura sull'altra estremità, quella che affacciava sul salone. In fondo Ivano era stato chiaro, parlando di una cena. Ovviamente i due dovevano trovarsi nel salone. Nell'impazienza, lei aveva ridotto ogni cosa all'istante finale, cancellando tutto il resto.

Lasciando lì l'armamentario, corse allora dall'altra parte e li vide al di là dei vetri. Accanto a una tavola apparecchiata, stretti in un forte abbraccio, si baciavano ardentemente. Lei si precipitò a prendere la videocamera, la sollevò con il treppiede e tornò verso il soggiorno. Purtroppo i due amanti si erano già distaccati l'uno dall'altra e ora sedevano al tavolo, mangiando come semplici amici.

Giada cominciò a imprecare contro se stessa e la propria ottusità. Si era lasciata sfuggire un'occasione d'oro.

«Stupida!» prese a ripetere. E senza smettere di ammonirsi, iniziò a riprendere quanto accadeva nell'appartamento.

L'intera cena si svolse in maniera del tutto normale. Fermi al proprio posto, senza lo scambio di una carezza, i due mangiarono limitandosi a parlare, come se consapevoli di essere spiati. Lei sapeva bene che era impossibile, eppure una strana impressione continuava a riproporsi. Sentì aumentare l'odio che provava nei confronti della gemella. Perché quanto stava accadendo non poteva essere un caso. Le buone occasioni andate in fumo; la staticità insignificante in cui procedeva quella cena... Avrebbe giurato che Rosa volesse prendersi gioco di lei.

Un paio di volte la vide scomparire dietro la porta della cucina, per riapparire poco dopo con una nuova portata. Anche il vino in tavola finì e lei andò a prenderne dell'altro. Ma in tutto ciò, nulla di quanto Giada avrebbe voluto vedere. In preda all'ira, pensò che se non fosse riuscita nell'intento di ricattarla, si sarebbe vendicata a suo modo.

Alla fine vide i due levarsi dalla tavola. La cena era finita.

Giada fece per zoomare l'inquadratura, quando l'immagine di Rosa scomparve dal display. Convinta di aver esagerato nell'ingrandimento, tornò a ridurre la visuale alle dimensioni iniziali, ma nel monitor della videocamera lei non appariva comunque. Gettò allora uno sguardo nell'appartamento e vide che effettivamente la sorella non era più là. Della Torre però era ancora nel soggiorno, pareva guardarsi in giro. Poi della luce scaturì dalla finestra della camera da letto. Giada capì allora che il momento decisivo era arrivato. Senza perdere tempo, si precipitò dall'altra parte, dispose in fretta l'apparecchio, e attese trepidante. Poco dopo anche l'uomo comparve nella stanza. Con un'angolatura di tre quarti, fece un primo piano su di lui, riprendendolo in modo inequivocabile. Tornando poi a inquadrare l'intera scena, riprese Rosa, che aveva ormai cominciato a svestirsi, e di nuovo lui, mentre tirava via la cravatta. Della Torre era sul punto di togliere la camicia, quando, inaspettatamente, lo vide voltarsi verso la finestra.

Sentendosi investita dal suo sguardo, ebbe un leggero sussulto e di scatto ritrasse l'occhio dal mirino. Per un istante aveva avuto l'impressione che quegli occhi penetrassero il buio della notte, fino a raggiungerla dall'altra parte della strada. L'unica intenzione dell'uomo, invece, era quella di chiudere il mondo al di fuori. Accostandosi alle tende, sciolse le corde che le tenevano assieme e le lasciò scivolare giù.

Tutto a un tratto Giada si ritrovò sola nel buio. La videocamera continuava a filmare, ma ormai era impossibile scorgere l'interno dell'appartamento. A ogni modo non aveva più importanza. Della Torre aveva pensato alla prudenza con qualche istante di ritardo. Lei lo aveva già ripreso, con il viso ben rivolto alla finestra e con Rosa seminuda alle spalle.

19

Franco si era recato a casa di Tiziana nella speranza di trovare una soluzione ai suoi problemi. La loro ultima conversazione non lasciava dubbi. Semmai ci fosse stata una remota possibilità di convincerla, era chiaro che non sarebbe stato per telefono. Si era quindi fatto forza, intenzionato ad affrontarla a viso aperto. Adesso però, fermo dinanzi al portone, iniziava a prendere coscienza di quale fosse la realtà. L'avrebbe implorata, pronto a prostrarsi ai suoi piedi, purché gli concedesse ancora un po' di tempo per trovare il denaro.

Quel giorno lei sarebbe stata di riposo. Quasi certamente l'avrebbe trovata in casa. E a quell'ora Diego doveva trovarsi ancora a scuola. Sapeva bene che se fosse passato in presenza del figlio, lei non gli avrebbe permesso di entrare. Più volte infatti, preso dallo sconforto, si era presentato chiedendo di poter vedere il piccolo, ma lei non si era mai lasciata convincere. Per quanto il suo sentimento fosse sincero e privo di ogni altra finalità, Tiziana si era sempre mostrata impassibile. Non era più la ragazza dolce e sensibile che aveva sposato un tempo. Con la separazione si era fatta dura e intrattabile. Il suo animo si era come svuotato di quella gioia di vivere che la caratterizzava e, del suo altruismo, non era rimasta alcuna traccia.

Franco suonò al citofono con un certo timore. Dopo alcuni secondi sentì la voce della donna gracchiare nell'aria.

«Chi è?» chiese.

«Sono Franco».

«Cosa vuoi?»

«Mi fai salire un istante? Vorrei parlarti».

«Uhm, d'accordo. Sali», rispose lei, facendo scattare la serratura.

Lui spinse allora il portone e si addentrò.

Ormai si sentiva un estraneo in quel luogo, eppure aveva vissuto lì per otto lunghi anni. Senza considerare il fatto che quella casa, almeno sulla carta, era ancora sua. Infatti, benché ne fosse proprietario, a seguito del divorzio il giudice l'aveva assegnata a Tiziana, in qualità di genitore affidatario. Fino ad allora Franco non ci aveva mai visto nulla di male. In fondo il benessere del figlio era la cosa più importante. Ma da quando questo si rifiutava di vederlo, l'idea di non poter mettere piede in casa propria era insopportabile.

Quando raggiunse il piano trovò la porta socchiusa. Entrando non vide anima viva.

«Tiziana?» sussurrò.

«Aspetta un attimo», rispose lei dalla cucina. «Arrivo subito».

Dal rumore di pentole pareva impegnata a preparare il pranzo e lui restò in piedi in attesa della sua comparsa.

«Allora…?» chiese lei quando spuntò fuori.

Spiazzato dal tono duro della voce, Franco non trovò la forza di parlare. Gli bastò guardarla un istante per capire di essersi comportato da stupido. Lui aveva bisogno di tempo, ma lei glielo avrebbe negato.

«Insomma, cosa vuoi?»

«No, niente…» esitò lui. «È per quanto ci siamo detti l'altro giorno al telefono».

«Hai portato i soldi?»

«No. Al contrario. Sono qui per questo. Ora non ho il denaro, ma ti assicuro che se mi dai solo qualche mese riuscirò a mettere tutto a posto».

«Ma allora non sono stata chiara», disse lei. «Ho smesso di aspettare. Sono stata anche troppo paziente».

«Lo so Tiziana. Ma tu non puoi nemmeno immaginare…»

«Basta!» lo zittì lei. «Io dei tuoi casini non ne so e non ne voglio sapere niente. Non m'interessano i tuoi problemi. Ho già i miei da risolvere. Te l'ho detto. Trova i soldi o te la dovrai vedere con l'avvocato».

Franco sentì la collera salire dentro di sé.

Certo, con Tiziana si erano lasciati, ma lui era pur sempre il padre di suo figlio. Eppure lei lo trattava come una persona qualunque, se non peggio. Non mostrava il minimo senso di comprensione. Il suo sguardo sembrava perfino rivelare una certa soddisfazione per quella situazione. Avrebbe voluto afferrarla violentemente, percuoterla, ma sapendo che avrebbe solo aggravato la situazione si trattenne.

«Ma perché ti comporti così?» chiese.

«E me lo chiedi pure? Dopo quanto mi hai fatto passare, hai anche il coraggio di farmi questa domanda?»

Franco ripensò a come i rapporti con Tiziana si fossero guastati negli anni, un poco alla volta. Dopotutto non aveva tutti i torti. Lei non era stata la sola a cambiare. Nemmeno lui era più lo stesso di un tempo. Le difficoltà che aveva dovuto affrontare all'epoca lo avevano trasformato. E purtroppo, non in meglio. Fino a quell'istante aveva riversato su di lei la colpa di tutto, ma ora non sapeva più cosa pensare. Capendo quanto avesse contribuito nel creare la persona che aveva di fronte, si sentì pervadere dal senso di colpa.

«D'accordo», disse allora con nuovo vigore. «Ma questo riguarda solo noi due. Che c'entrava Diego. Perché me lo hai messo contro?»

«Io? Hai fatto tutto da solo».

Quella di Franco era una domanda retorica. Non cercava risposta. Un modo come un altro per spostare l'attenzione. Cosicché alla replica di Tiziana non riuscì a trattenersi.

«Sei una stramaledetta bugiarda» eruttò. «Un bambino non cambia dall'oggi al domani come se nulla fosse. Ammettilo! Sei stata tu. Cosa diavolo gli hai detto su di me?»

«Chiediti piuttosto cosa tu non gli hai detto. Non una parola sul perché te ne fossi andato di casa. E poi… Quando ti sei messo con la tua amichetta? Non gli hai risparmiato neanche quella. E avessi perlomeno inventato una stupida scusa. Per carità! Hai pensato che per lui fosse normale vedere il padre con un'altra donna. Tuo figlio è solo un bambino, ma tu sei stato più infantile di lui. Quindi ora non dare la colpa a me. Prenditela con te stesso».

«Ok! Hai ragione», ammise lui, sapendo bene di aver sbagliato. «Allora dammi la possibilità di rimediare. Lascia che ci parli».

Lei lo guardò un istante con un'aria dubbiosa.

«Non lo so», disse. «Devo pensarci».

«Permettimi di venire alla festa. Vedrai che saprò rimettere le cose a posto».

«No! Non voglio che gli rovini anche quel giorno. Ne riparleremo dopo il compleanno».

«Va bene. Dopo il compleanno».

«Intendiamoci! Ho solo detto che ci penserò. Non ti ho promesso nulla».

La visita non era stata poi così inutile. Benché il problema dei soldi fosse ancora là, era riuscito quantomeno a far breccia nella determinazione di Tiziana. E per non contrastarla, evitò di replicare. Se c'era anche la minima possibilità di riavvicinarsi al figlio, non voleva rischiare di giocarsela.

«E ora vattene. Diego sta per rientrare da scuola», concluse lei aprendo la porta.

«D'accordo. Allora aspetto una tua chiamata».

Franco scese giù con il sorriso stampato in faccia.

Una volta fuori fece per recarsi alla macchina, ma d'un tratto ripensò alle ultime parole di Tiziana. Diego sarebbe rientrato di lì a poco e lui aveva una voglia pazza di vederlo.

Erano trascorsi cinque mesi dall'ultima volta che lo aveva guardato in viso. Dal giorno in cui gli aveva presentato Rosa. In quell'occasione, aveva ben notato il dissenso nei suoi occhi innocenti, tuttavia aveva finto di ignorarlo. Nella sua ottusità di genitore, in una forma di egoismo primitivo, era stato per il figlio fonte di dolore. Non poteva perdonarselo.

In quell'istante avrebbe voluto scappar via, lontano dai propri sbagli, ma intravide Diego sopraggiungere in lontananza. Perciò si accucciò a ridosso di un'auto e rimase lì a guardarlo.

Da che Tiziana aveva cominciato a lavorare, la vicina si occupava di riportarlo da scuola. I loro figli frequentavano lo stesso istituto e per lei un bambino o due non faceva differenza.

Franco provò un certo sollievo vedendo il figlio giocherellare spensierato. Forse aveva inquadrato il problema in maniera esagerata. Non poteva aver sbagliato più di tanto se Diego era ancora capace di correre e saltare e sorridere. Anche se aveva anteposto la sua libertà ai bisogni del piccolo, pensò che un domani, quando si sarebbe fatto uomo, lui sarebbe arrivato a comprenderlo.

20

La clinica *Santa Caterina* si ergeva a ridosso di una pineta. Come ogni giorno a quell'ora del pomeriggio, raggi di sole filtravano tra le minuscole fenditure plasmate dall'ammasso di aghi verdastri. Riccardo Monti era nel suo studio, intento a esaminare le cartelle di alcuni pazienti, quando un'infermiera sopraggiunse sconvolta.

«Venga professore! Presto venga!» gridò.

«Cosa succede?» chiese lui in tutta calma.

«Di là in corsia, c'è un uomo che vuole uccidersi».

Quelle parole lo tennero bloccato alla sedia alcuni secondi. Il tempo di assorbirne il significato. Poi lasciò di colpo cadere le carte, balzò in piedi senza far domande e corse dietro alla donna.

Un giovane paziente si era portato oltre il parapetto di un balcone e minacciava di lasciarsi cadere giù. Ricoverato dalla settimana prima, quel giorno avrebbe dovuto sottoporsi a un intervento. Una semplice operazione all'ernia, per la quale non avrebbe corso alcun tipo di rischio. Tuttavia il ragazzo soffriva di disturbi psichici e nella sua mente si era convinto che i dottori, anziché curarlo, volessero ucciderlo.

Già dal giorno del ricovero c'era stato qualche segno premonitore. Mezze minacce, parole allarmanti, a cui Monti però non aveva dato alcun peso. Come anche quella mattina, quando con la sua equipe di medici aveva fatto il giro dei malati. Ora invece era tutto diverso. Quel tipo era là, di fronte ai suoi occhi, pronto a lasciarsi cadere nel vuoto.

«Avete avvertito i soccorsi?» chiese agitato a una delle infermiere.

«Sì dottore. Certamente».

La prima cosa che passò per la testa di Riccardo fu il buon nome della clinica. Una morte del genere avrebbe lasciato un marchio che sarebbe durato nel tempo.

«State lontani!» continuava a gridare il ragazzo. «State lontani o mi butto».

«Stai tranquillo», replicò lui, facendosi avanti di un passo.

«Ho detto indietro!»

«Sì, sì. Non temere. Io non mi muovo da qui».

Benché gli altri pazienti fossero già stati evacuati dalla camera, una massa di infermieri e dottori e portantini erano accorsi ad assistere alla scena. Considerate le condizioni mentali del paziente, Riccardo si voltò e disse: «Per favore, uscite fuori. Tutti. Uscite e chiudete la porta».

«Ma, professore...» fece uno degli infermieri.

Anche gli altri sguardi mostravano un certo dissenso.

«Ho detto tutti fuori», ripeté lui risoluto.

Nessuno ebbe il coraggio di contraddirlo e in pochi istanti la stanza si svuotò. Solo lui rimase in compagnia del ragazzo. Sapeva di correre un bel rischio in ciò che stava facendo, ma in quegli istanti non riusciva a pensare con la lucidità di sempre. All'interno della sua testa ogni idea pareva correre impazzita. Proprio come accadeva durante le corse dei cavalli. In fondo la scena non era poi così difforme da quel mondo. Lui era là, pronto a puntare su se stesso, vincente. Una giocata che non poteva permettersi di perdere. Avrebbe dovuto impedire a tutti i costi che quel tale commettesse una pazzia del genere. Quantomeno lì, nella sua clinica.

«Allora», disse con voce pacata. «Come posso aiutarti?»

«Non voglio il tuo aiuto. Voglio solo che mi lasciate in pace. Lo so cosa avete intenzione di fare».

«Potresti spiegarlo anche a me?»

«No! Tu sei uno di loro. Lo so che volete togliermi di mezzo».

Le parole del giovane smentivano le sue azioni. Se temeva per la propria incolumità, non poteva davvero cercare la morte. Capendo dunque con chi aveva a che fare, Riccardo disse: «Hai ragione ad aver paura. Anch'io ne avrei al tuo posto. Con certi mali non si scherza. Purtroppo solo pochi ne escono vivi».

«Di che parli?» chiese l'altro preoccupato.

«Senza pensare che a chi riesce a scamparla, lo attende solo una strada in salita. Anni e anni di dolorosa terapia. Chissà! Forse hai ragione. Faresti prima a saltar giù e toglierti il pensiero».

«Ma perché cos'ho? Cos'è che non mi avete detto?»

La piccola bugia bastò a distogliere l'attenzione del ragazzo dalla vicenda. Almeno il tempo sufficiente perché lui si lanciasse avanti. Lo afferrò alla vita, fece per tirarlo a sé, ma questo si lasciò andare. Penzolante nel vuoto, rimase quindi fra le sue braccia a scalpitare follemente.

«Presto!» gridò Riccardo. «Aiutatemi! Fate presto».

Gli infermieri si precipitarono nella stanza affrettandosi a soccorrerlo. Qualcuno afferrò il tale per la vestaglia. Qualcun altro lo strinse per le braccia. Ognuno prese a tirare, fino a riportare il corpo al di qua del parapetto.

Quando la situazione tornò alla normalità, Riccardo diede disposizioni affinché il paziente fosse trasferito in una camera singola e venisse sorvegliato a vista. Dopo qualche stretta di mano, una buona dose di complimenti, e qualche pacca sulla spalla, tornò poi nel suo ufficio. Ormai il peggio era passato, ma quegli istanti erano stati così intensi da procurargli un senso di spossatezza. Pensando di aver fatto più di quanto doveva, decise che il suo lavoro per quel giorno era terminato. Avvertita la segretaria di annullare gli appuntamenti, si recò quindi all'ascensore e scese nel parcheggio sotterraneo.

Quando le porte si schiusero tirò fuori le chiavi dell'auto e pigiò il tasto dell'antifurto. Sentendo il polpastrello scivolare sul pulsante, notò che le mani stavano sudando. Senza smettere di avanzare, ripose le chiavi nel taschino e cercò di calmarsi. Dopo qualche passo, però, qualcuno lo chiamò alle spalle. Si voltò per vedere chi fosse, quando il suo viso mutò di colpo in una maschera di paura. Con le ciglia levate in aria e gli occhi spalancati, restò a fissare due tipi che procedevano verso di lui.

Uno di grossa stazza, dall'aspetto trasandato, aveva una folta barba. L'altro, più snello e ben curato, nascondeva il suo sguardo dietro un paio di occhiali scuri. Riccardo li conosceva bene entrambi. Erano due uomini dello *Sbieco*. Uno strozzino che si era guadagnato quel soprannome dal suo atteggiamento intimidatorio. Parlando non degnava le persone di un solo sguardo, o si limitava a guardarle con la coda dell'occhio. Il che non metteva certo a proprio agio chi gli era di fronte.

Riccardo gli doveva una grossa cifra e le poche volte che si era trovato in sua presenza, aveva provato un autentico terrore. Si era pentito sin da subito di essersi rivolto a lui. Tuttavia, l'ossessione per le scommesse, l'incessante bisogno di denaro, lo avevano legato a quest'ultimo in maniera inscindibile. All'insaputa di Elena, si era giocato i risparmi di una vita. Il suo conto in banca era praticamente prosciugato. Lo *Sbieco* però aveva continuato a fargli credito, sapendo che lui era proprietario di numerosi immobili e che quindi, presto o tardi, avrebbe intascato il denaro con il dovuto interesse.

Elena era totalmente all'oscuro della faccenda. Lui non le aveva mai confidato da quale mania fosse avvezzo. I loro conti erano separati e a lei non era mai venuto in mente di sbirciare nelle tasche del marito. Gli immobili, però, erano beni in comune. Riccardo non poteva toccarli senza che lei ne venisse a conoscenza.

«Allora, Monti», disse il tipo con gli occhiali. «Cos'hai per noi di bello?»

«Ehi, aspettate. Diamoci una calmata. Ok?» disse lui spaventato.

«Lo *Sbieco* è stanco di aspettare. È ora di pagare».

«Sì, va bene. Ma non penserete certo che me ne vada in giro con tutti quei soldi nelle tasche».

«Certo che no», replicò l'altro divertito. «Fosse per me, ti darei il tempo di andare a prenderli. Ma non sono io a dare gli ordini».

«D'accordo. Allora fatemi parlare con lui. Li trovo i soldi. Li trovo!»

«Questo l'hai detto anche l'ultima volta. Noi siamo solo venuti a portarti un messaggino».

«Vi prego. Io...»

Riccardo non riuscì a terminare la frase. Il tizio corpulento lo colpì con violenza allo stomaco. Afferrandolo poi per una spalla, prese a colpirlo ripetutamente, facendogli sputare dalla bocca sangue e saliva. Il parcheggio sotterraneo era privo di telecamere di sorveglianza. Nessuno sarebbe venuto a soccorrerlo. Lui avrebbe voluto gridare, fuggire, magari difendersi, ma venne totalmente sopraffatto. I due uomini lo scaraventarono a terra iniziando a subissarlo di calci. Tirando a sé le gambe, portò allora le braccia alla testa, a raggomitolarsi su se stesso per proteggersi alla buona. Quando infine i due si arrestarono, rimase steso in terra, incapace di muovere un solo muscolo.

Il tizio con gli occhiali disse all'altro di prendere le chiavi dell'auto. L'amico si chinò su Riccardo e prese a frugare nelle tasche della giacca, fino a trovare ciò che cercava. Facendo ciondolare le chiavi in aria, l'uomo accennò un leggero sogghigno e disse: «Non ti spiace, vero?»

«Questo è solo un anticipo», aggiunse l'altro. «Sbrigati a saldare il conto. O la prossima non avrai modo di raccontarla».

I due si allontanarono soddisfatti e lui restò riverso al suolo, a osservarli mentre partivano a bordo di due automobili.

21

Rosa non se l'era proprio sentita di uscire di casa. Avvolta da un malessere generale, se ne stava distesa sul divano senza la minima voglia di fare alcunché. Erano da poco passate le quattro del pomeriggio quando sentì qualcuno suonare alla porta. Gettando uno sguardo in direzione dell'ingresso si chiese chi potesse essere. Non aspettava visite e non aveva certo il desiderio di vedere gente. Restò giù qualche attimo, fingendo di ignorare il suono del campanello. Poi con riluttanza si sollevò dal divano e, come a trascinare un peso, si avviò verso la porta.

«Chi è?» chiese prima di aprire.

Dall'altra parte non giunse alcuna replica.

«Chi è?» tornò quindi a ripetere.

Ancora una volta non ottenne risposta.

Attese qualche istante, incerta se aprire o meno. Alla televisione mettevano in guardia su cose del genere. Ne aveva sentite fin troppe di storie simili. Una scampanellata, una scusa qualsiasi per entrare in casa, e alla fine ci scappava il morto. Tuttavia, la curiosità andava ben oltre il senso di prudenza, così alla fine si decise ad aprire.

Sul pianerottolo, una donna era ferma di spalle. Rosa rimase in silenzio in attesa che si voltasse, ma vedendo la sua riluttanza nel farlo, disse: «Desidera?»

«Quanto tempo», replicò l'altra, ancora immobile.

«Lei chi è, scusi?»

«Sono te», rispose allora questa, mostrando finalmente il volto.

Presa alla sprovvista, Rosa ebbe un attimo di trasalimento. Sbarrando gli occhi, portò una mano alla bocca ed emise un'esclamazione di paura. Quella donna era la copia esatta di sé. Con lo stesso volto, lo stesso atteggiamento, lo stesso taglio di capelli. Persino gli abiti erano simili a quelli che indossava la sera prima. Incapace di darsi una spiegazione, rimase di sasso. Il primo pensiero razionale che le passò per la testa fu che quella sconosciuta volesse sostituirsi a lei. Magari dopo un intervento di chirurgia plastica, era là per portare a termine chissà quale assurdo piano. All'idea un brivido di terrore le traversò il corpo. Tornando poi con i piedi per terra, si disse che doveva aver visto troppi film. Si era lasciata trasportare in un pensiero assurdo. Tuttavia non riusciva a spiegare quella somiglianza. Chi era mai quella donna?

Il senso di meraviglia prevaleva su ogni cosa. Al punto che non poteva muoversi, né dire una sola parola, quasi il cervello si fosse scollegato dal resto del corpo.

«Cos'è?» disse allora Giada. «Non riconosci più la tua sorellina?»

Rosa non reagì immediatamente. Ci vollero alcuni secondi per metabolizzare quanto aveva udito. Quando infine riuscì a mettere insieme i pezzi, le sue ciglia si levarono ancora più in alto di quanto fossero già e gli occhi parvero schizzar fuori dalle orbite.

«Giada?» disse incredula.

«Ah! Almeno il mio nome te lo ricordi».

«Giada», ripeté lei, incapace di articolare una frase.

«Vedo con piacere che sono riuscita a sorprenderti».

«Ma come…?»

Rosa era senza parole. Si sentiva scossa da un miscuglio di emozioni che non sapeva decifrare. Stupore, gioia e malinconia, inquietudine, nonché paura. In quell'ammasso di impulsi, del tutto dissonanti tra loro, capire cosa stesse realmente provando era impossibile. Spinta dall'istinto, sollevò le braccia, ma nell'atto di abbracciare la sorella, questa la scansò con un gesto secco e deciso.

«Credi forse che sia venuta in visita di piacere?»

«Come?» fece lei, più disorientata che mai.

«Non penserai che dopo tanti anni mi sarei disturbata a venire se non avessi un motivo preciso».

Senza cerimonie, Giada si fece spazio ed entrò in casa. Rosa chiuse la porta ancora in balia dello sconcerto. Non riusciva a comprendere. Tutto accadeva troppo in fretta. E quella che stava vivendo era una situazione surreale. Dal giorno del divorzio, la madre si era sempre rifiutata di parlarle della gemella, cancellandola praticamente dalla sua vita. Ma ora, a distanza di vent'anni, era inaspettatamente risorta dalle ceneri del passato.

«Tieni! Questo regalino è per te», disse Giada porgendo una cartellina. «Spero ti piaccia».

«Oh, grazie!» replicò lei. L'accenno di un sorriso le comparve in viso.

«Aprilo, prima di ringraziarmi».

Rosa la guardò sospesa nel dubbio. Vide che anche lei stava sorridendo. Il suo però era un ghigno sinistro e avvertì un certo disagio. Quando aprì la cartella, vide una foto che la riprendeva mezza nuda nella camera da letto, con un primo piano di Vincenzo accanto alla finestra.

«Ma cosa diavolo…?»

Afferrando la foto notò allora che all'interno del raccoglitore ce n'erano delle altre. Tutte della sera prima.

«Cos'è questa roba? Che significa?» chiese inferocita, cominciando a strappare le foto.

«È inutile che sprechi tempo. Quelle sono semplici copie».

«Insomma! Cosa diavolo vuoi da me?»

«Non l'hai ancora capito? Voglio i soldi».

«Di che parli? Io non ho soldi da darti».

«Tu no. Ma lui sì», replicò Giada indicando le foto.

«Tu sei pazza».

«Può darsi. A ogni modo, se non volete che le foto saltino fuori, vi costerà centomila euro al mese».

«Cosa?»

«Tieni». Giada gettò sul tavolo un pezzo di carta. «Vi do due giorni per versare i soldi. Quello è il numero di conto su cui fare il versamento».

«Non puoi farmi questo».

«Due giorni. Non uno di più», l'interruppe Giada. «Avete

tempo fino all'una di dopodomani». E con quelle parole si avviò all'uscita, dileguandosi così com'era comparsa.

***

Rosa non poteva credere a quanto stava accadendo. Fissava gli avanzi di foto sparsi in terra pensando a cosa si sarebbe detto su di lei, semmai le immagini avessero circolato.

Preoccupata per la reazione di Vincenzo, si chiese quali ripercussioni avrebbe subito il loro rapporto. Senza esitare oltre, prese il cellulare e selezionò il suo numero dalla rubrica. Doveva informarlo della situazione.

Sul punto di avviare la chiamata, però, un senso di disgusto le risalì dallo stomaco in un conato di vomito. Con una morsa alla gola, percepì il torace sussultare un paio di volte. Fece allora per correre in bagno, ma prima che potesse muovere un passo, sentì il corpo piegarsi avanti, la bocca aprirsi, e un rigurgito venir fuori.

Nell'atto di riaversi, rimase in quella posizione per diversi secondi. Presa poi dall'agitazione, passò una mano sulla bocca in tutta fretta e senza preoccuparsi di ripulirsi, telefonò.

«Vieni subito», disse, appena udì la voce di Vincenzo. «Lascia quello che stai facendo e corri subito qui. Io sono a casa. È urgentissimo. Vieni subito».

«Rosa? Sei tu?» chiese lui stupito.

«Sì. Fai presto! Sbrigati».

«Ehi, calmati. Cos'è successo?»

«È successo che… No, no. Come te lo spiego per telefono? Vieni qui! Fai presto».

«Ora ho una riunione molto importante. Non posso proprio mancare. Ti richiamo appena avrò finito».

«No! Allora non hai capito. Devi venire qui. Ora. Ho bisogno di parlarti subito».

«Ma insomma! Cos'hai? Si può sapere?»

«Maledizione! Stammi a sentire. Se vuoi continuare a tenertelo il tuo lavoro e non vuoi che tua moglie sappia di noi, fai come ti dico».

Dall'altra parte ci fu il silenzio. Vincenzo però era sempre là. Rosa avvertiva ancora il rumorio di fondo che aveva accompagnato l'intera telefonata.

«Fai presto», disse ancora una volta. «Ti aspetto».

***

L'ultima frase di Rosa rappresentava una vera imposizione. Vincenzo non se l'era sentita in alcun modo di controbattere. A fronte di quell'avvertimento minaccioso, si era visto costretto a mettere ogni cosa in secondo piano.

Un misto di rabbia e paura lo avevano pervaso per l'intero tragitto. Non poteva fare a meno di pensare che in quell'attimo avrebbe dovuto trovarsi altrove. Su richiesta di Sabrina e altri azionisti era stato convocato un CdA straordinario e quel giorno la sua presenza era fondamentale. Ora quell'imprevisto rischiava di mandare a monte i suoi progetti. Nemmeno un'eventuale assenza di Marinelli avrebbe cambiato la situazione. Infatti, per quello specifico caso, lo statuto della società consentiva la votazione anche in mancanza dell'amministratore delegato. A ogni modo lui non poteva farci nulla. Non restava che rassegnarsi.

Sopraffatto dalla collera, chiamò la segretaria per avvertire che si sarebbe assentato e quando poco dopo raggiunse l'abitazione di Rosa, prese a pigiare sul citofono senza mai levare il dito dal pulsante.

Appena lei aprì, prese a salire le scale a due a due. Aveva il sangue in faccia e la mascella serrata.

«Hai forse deciso di rovinarmi?» gridò ancor prima di entrare in casa.

Lei gli voltò le spalle. Senza rispondere si avviò per il corridoio. Spiazzato dalla sua indifferenza prese allora a seguirla, in attesa di una risposta qualsiasi. Una volta nel salone, la meraviglia crebbe ulteriormente. Il pavimento era cosparso da un miscuglio di vomito e carte.

«Ma che diavolo è successo?» chiese.

Rosa però persisteva nel suo silenzio ingiustificato. La vide afferrare qualcosa dal tavolo, stringerla al petto, per poi levare la testa in aria.

«Insomma! Mi vuoi spiegare?»

«Tieni. Guarda da te», disse lei porgendogli le foto.

Solo un paio erano scampate allo sfogo d'ira, ma in ognuna di queste apparivano comunque entrambi, in maniera inequivocabile.

Un senso di turbamento si disegnò all'istante sul volto di Vincenzo.

«Cos'è? Vuoi forse ricattarmi?» sbraitò, guardandola disgustato.

«Come? Pensi veramente che io potrei...»

Rosa sembrava sul punto di piangere. Si accasciò sul divano lasciando la frase in sospeso.

«E allora chi è il bastardo che le ha fatte?»

«Mia sorella», mormorò lei. E senza tralasciare il minimo particolare, prese a fare un resoconto dettagliato su come erano andate le cose.

Percependo l'agitazione che traspariva dalla sua voce, lui la lasciò parlare a oltranza, ma più ascoltava e più la faccenda appariva inverosimile. Dopotutto non gli aveva mai parlato di una sorella.

«Devi credermi», insisté a dire Rosa. «È stato come conoscere qualcuno per la prima volta. Non ho la minima idea di che razza di persona sia, né di cosa possa essere capace».

Ancora incerto se prestar fede o meno alle sue parole, Vincenzo la guardò dubbioso. Lei doveva averlo intuito, perché senza dire nulla si alzò e si recò in cucina, per ripresentarsi poco dopo con una fotografia tra le mani.

«Questa è la sola prova che ho di lei», disse, porgendogli la foto.

Lui prese a esaminarla con attenzione e vide che in effetti le due erano identiche. Tra l'altro, pensò che Rosa non aveva motivo di mentirgli. Se avesse voluto qualcosa da lui, le sarebbe bastato chiedere.

«D'accordo. Ora calmati», disse allora. «Me ne occuperò io».

Gettò uno sguardo al bigliettino con le coordinate bancarie e concluse che la sola strada percorribile, al momento, era cedere al ricatto.

«Che intendi fare?» chiese lei stringendolo a sé.

«Pagare. Per ora è l'unica soluzione. Poi si vedrà».

22

La sede generale della *Co.S.Mic* era in preda allo scompiglio totale. Dalle voci di corridoio era trapelata la falsa notizia di una possibile fusione con un'azienda estera. Buona parte dei dipendenti temevano di poter perdere la poltrona. Era possibile percepire nell'aria l'agitazione e l'incertezza di ognuno. Anche perché i diversi capi area, che con le alte sfere di comando non avevano nulla a che fare, erano incapaci di dare un qualche tipo di rassicurazione ai propri subalterni.

Quelle chiacchiere erano casualmente giunte anche all'orecchio di Sabrina, che in un certo qual modo aveva trovato la cosa divertente. Era buffo notare come le cose cambiassero, se viste nell'insieme o solo da una certa angolazione. Negli uffici di comando si giocava ben altra partita e lei lo sapeva bene. Una grossa società si era offerta di acquistare la *Co.S.Class*, l'azienda fondata dal padre e alla quale l'impero della *Co.S.Mic* doveva la propria ascesa. Vincenzo Della Torre si era mostrato da subito favorevole alla cessione, dato che il bilancio dell'impresa era in rosso da oltre due anni. Sabrina però era del tutto riluttante alla cosa. E non solo per una questione sentimentale.

Il mese precedente Vincenzo aveva proposto la faccenda in consiglio d'amministrazione e come sempre, si era procurato il numero sufficiente di voti a favore. Ma quando la trattativa era giunta al termine e tutto sembrava ormai deciso, lei era riuscita a portare dalla sua parte tre dei principali azionisti, ottenendo per pochi punti il voto di maggioranza. In seguito a uno studio accurato, aveva quindi convocato un CdA straordinario per rimettere in discussione il tutto.

Il suo piano di rinnovamento prevedeva la ristrutturazione dei fabbricati, un ammodernamento delle infrastrutture e tagli per salvare il salvabile. In più, un rilancio pubblicitario, che in base alle statistiche degli esperti avrebbe permesso, nell'arco di un paio d'anni, di rientrare dell'intero investimento e riportare la società al suo antico splendore.

Per quanto la spesa da affrontare fosse assai rilevante, il progetto era riuscito ad attrarre l'interesse. Al seguito di Silvestrini, terzo azionista di maggioranza, si erano aggiunti il vicepresidente De Paoli e infine Terenzi.

Grazie al loro appoggio, Sabrina era stata in grado di convocare la nuova assemblea. Ciononostante era ancora incerta su come sarebbero andate le cose in fase di consiglio. Un certo tentennamento, da parte di Terenzi, la lasciava perplessa. Si chiedeva se l'uomo avrebbe avuto il coraggio di arrivare fino in fondo.

Entrando in sala riunioni, vide che gli altri erano già arrivati. Ognuno aveva preso posto in attesa di cominciare. Sabrina lanciò un saluto generale e si accomodò a sua volta. Notò allora che Vincenzo era l'unico assente. Sicuramente di lì a poco sarebbe giunto anche lui.

Marinelli era preso a consultare dei documenti. Lei lo guardò con una certa commiserazione. Lo riteneva un burattino nelle mani del cognato. A ogni modo, il fatto non la interessava. Rivolse presto l'attenzione altrove. Il suo sguardo roteò dal vicepresidente agli altri due azionisti. Osservando ora l'uno, ora l'altro, cercò di intuire le loro intenzioni. Per un breve istante Silvestrini ricambiò lo sguardo, ma in quel lampo di tempo, lei non riuscì a decifrarlo. Nell'incertezza, l'ansia andava crescendo, ma quando la segretaria entrò in sala, ad annunciare l'assenza del presidente, ogni timore si sciolse in una bolla di sapone. Sabrina sentì il cuore arrestarsi un istante, per poi battere all'impazzata subito dopo. In mancanza di Vincenzo, che gestiva un terzo del pacchetto azionario, l'avrebbe avuta vinta anche se Terenzi si fosse astenuto.

«Beh! Allora direi che possiamo anche cominciare», disse con aria soddisfatta.

Notò che Marinelli la stava osservando e lei lo guardò a sua volta. Quella notizia pareva aver colto di sorpresa anche lui, perché lo vide portare le mani alle labbra e guardarsi attorno, incerto sul da farsi. Tutti i presenti erano lì a fissarlo. Questo indugiò ancora alcuni istanti, ma poi non potendo far altro, diede inizio all'assemblea.

Sabrina iniziò a introdurre il progetto di ammodernamento. Porse una copia del fascicolo a ognuno dei membri e prese a esporre nel dettaglio il piano di ripresa. Mostrò le statistiche di una potenziale crescita a lungo termine e, rimarcando i vari aspetti positivi dell'affare, cercò di rinsaldare la fiducia di Terenzi. Per quanto il suo voto fosse ormai superfluo, un'alleanza futura sarebbe di certo tornata utile.

«Devo convenire che il progetto è ben elaborato e fin troppo esaustivo», disse Marinelli al termine della presentazione. «Qualora i calcoli si rivelassero esatti, sarebbe una vera occasione per la Co.S.Mic. Tuttavia non possiamo ignorare che al momento le nostre azioni sono in leggero ribasso. Un azzardo del genere potrebbe costarci caro».

Le parole dell'uomo diffusero incertezza fra i presenti. Sabrina non tardò a rendersene conto. Per evitare che il danno divenisse permanente, propose quindi di passare alla votazione, così da non lasciare spazio a ulteriori indugi.

I presenti si guardarono l'un l'altro, ma nessuno ebbe da ridire.

I primi voti furono a sfavore. Si trattava di azionisti che Sabrina aveva già tentato di convincere in passato senza alcun successo. Non si aspettava quindi che la cosa andasse diversamente. Al contrario, quando Terenzi si unì a questi, non poté evitare un certo disprezzo nei confronti dell'uomo. Tuttavia, il colpo duro venne quando De Paoli, a sua volta, si pronunciò a sfavore. Era evidente che il cognato doveva aver lavorato dietro le quinte. Magari offrendo loro chissà quali vantaggi affinché facessero marcia indietro.

Presa dall'agitazione, Sabrina scagliò lo sguardo su Silvestrini, quasi in segno di minaccia. Non mancava che il suo voto, da cui dipendeva il verdetto finale. Con Vincenzo fuori gioco, infatti, sarebbe bastato a capovolgere la situazione. Tutti avevano preso a fissarlo. Casualmente era divenuto l'ago della bilancia e ognuno nella sala sembrava chiedersi come si sarebbe conclusa la partita.

L'uomo, chiaramente compiaciuto dalla situazione, si trattenne qualche istante dal parlare. Come tutti gli altri, Sabrina teneva gli occhi puntati su di lui. Ricambiando lo sguardo, questo le accennò un sorriso. «Io voto a favore», disse infine.

«Sì!» esclamò lei euforica. E incapace di trattenersi, levò un pugno a mezz'aria.

Soddisfatta, gettò allora un'occhiata a Terenzi e De Paoli, che dopo chissà quale macchinazione erano tornati ad appoggiare Vincenzo. Era chiaro che questo doveva aver pianificato ogni cosa. La sua assenza, però, non aveva potuto prevederla. Ancora mezza incredula, lei ringraziò quindi il cielo per l'inconveniente che l'aveva trattenuto, qualunque esso fosse, e con fare trionfante si alzò dal tavolo.

23

La sala conferenze di un lussuoso hotel aveva ospitato seicento persone per tutta la mattinata. Dopo l'intervento di alcuni relatori, il convegno era stato sospeso per il pranzo e sarebbe poi ripreso nel primo pomeriggio. Dislocati al piano inferiore, i partecipanti trovarono ad attenderli un enorme buffet preparato per l'occorrenza.

Lisa aveva preso parte all'incontro senza il minimo entusiasmo. Gli avvenimenti dei giorni precedenti la tenevano in un costante stato confusionale, cosicché, gli argomenti trattati le erano giunti come un semplice miscuglio di voci indistinte. Niente di quanto detto era riuscito a far breccia in lei. Solo durante il pranzo la tensione parve allentare la presa, quando, costretta a intrattenersi con gli altri, poté distogliere la mente dai propri assilli.

Aveva avuto modo di conoscere Gilberti all'inizio della conferenza e nel momento in cui questo le si avvicinò, chiedendo cosa pensasse riguardo al suo intervento, la trovò del tutto impreparata. Non avendo ascoltato una sola parola, cercò senza trovarla una scusa qualunque. Provò quindi a replicare, ma quella che rimase ad aleggiare nell'aria fu una frase incompiuta.

«Stia tranquilla», disse lui. «Non è l'unica a mostrare scetticismo sui miei metodi. In fondo vale per tutto ciò che è nuovo. Ci vuole tempo perché venga accettato da tutti».

Gilberti doveva aver frainteso la sua esitazione e, sollevata, lei abbozzò un sorriso in cenno di assenso. Tuttavia, nel timore di commettere una *gaffe,* non disse nulla. L'uomo riprese la parola.

«Ho sentito parlare parecchio del vostro centro. Mi sono giunte ottime voci al riguardo».

«Ah, sì?» fece lei. «Mi fa piacere. Venga a farci visita qualche volta. Chissà che non possa nascere un qualche tipo di collaborazione fra le nostre strutture».

«Ne sarei felice, ma non credo sarà facile. Il tempo è sempre troppo poco. È già un miracolo che sia riuscito a partecipare alla conferenza. Comunque, lo terrò presente».

«Lo so bene. Tempo e lavoro non vanno affatto d'accordo».

«Eh già! Una vita non basta», disse lui. «Ora mi scusi. Ho visto un collega che non incontro da tempo. Approfitto dell'occasione per salutarlo».

Con quelle parole Gilberti si congedò e si disperse nel mucchio di persone che riempiva la sala.

Nel frattempo Guido Bielli, direttore generale di *VitaNuova*, si fece spazio tra gli altri e le venne contro. Era una persona che Lisa non aveva mai visto di buon occhio. Il fare amichevole che era solita adottare con lui, mascherava in pratica un rapporto ipocrita. Una verità di cui erano consapevoli entrambi, ma che a vicenda fingevano di ignorare.

«Ciao Guido. Come stai?» fece lei, appena l'uomo la raggiunse.

«Se dicessi bene, mentirei», rispose lui, mandando giù un goccio di vino. «Mi hai proprio sorpreso. O forse "deluso" sarebbe la parola giusta».

«Per cosa?»

«Minacciare le dimissioni solo per far introdurre l'arteterapia. Da parte tua non me lo sarei aspettato».

«Se non l'avessi fatto mi avreste ascoltata? Da lassù fate finta di non sentire se vi fa comodo».

«Spero almeno che adesso ti senta soddisfatta».

Lei si limitò ad accennare un sorriso, mentre Bielli, guardandola con astio, aggiunse: «Lo sai che ci tengo ad averti in squadra. Ma ti avverto. Non mettere di nuovo alla prova la mia autorità».

Con la mente assillata da ben altri pensieri, quel monito la lasciò del tutto indifferente. Anche quando l'uomo tornò a dileguarsi tra la folla, l'unico rimpianto fu di non aver risposto. Non avrebbe avuto problemi a dirgli in faccia come la pensava, ma in quel momento non era proprio in vena di ripicche. Sentiva il bisogno di starsene da sola. Se avesse potuto sarebbe volentieri scappata via. Purtroppo la sua carica glielo impediva. Perciò, non potendo far altro, si portò in un angolo isolato, dove forse nessuno l'avrebbe disturbata, e si accomodò.

Dopo alcuni minuti notò che gli altri continuavano a parlare tra loro, totalmente indifferenti al suo mettersi in disparte. Capì che in fondo la sua assenza sarebbe passata inosservata. Quantomeno fino alla ripresa della conferenza. Così decise di andarsene all'aperto, infischiandosene di tutto e tutti.

Senza esitare si levò in piedi e fece per recarsi verso l'uscita, quando un uomo le si parò davanti all'improvviso a sbarrarle il passo.

«Lisa!» esclamò questo. «Non volevo crederci. Come stai?»

Lei lo guardò stupita, chiedendosi chi fosse mai quel tipo. Per qualche istante tentò di scorgere in lui un che di familiare, ma il suo viso le era del tutto estraneo.

«Ci conosciamo?» chiese allora.

«Hai ragione. Che stupido che sono. Dopo tutto questo tempo... Sono io! Carlo».

Il nome a lei non diceva assolutamente nulla, così come la persona che si trovava di fronte. Aggrottò le ciglia a mostrare la sua esitazione.

«Accidenti!» tornò a dire questo. «Non posso essere cambiato fino a questo punto. Possibile che non ti ricordi di me? Eravamo una squadra ai tempi dell'università».

Quelle parole furono un fulmine a ciel sereno. Al volto dell'uomo si abbinarono ricordi remoti e d'un tratto fu tutto dannatamente chiaro e dannatamente tragico. Quello che aveva davanti era stato a suo tempo il miglior amico di Enrico. Nel vederlo, Lisa si sentì pervadere da una scossa di terrore. Lui sapeva bene com'erano andate le cose all'epoca. Il solo pensiero che potesse rivelare qualcosa dei suoi trascorsi la faceva tremare. Ma ad agitarla ancora di più, era proprio quel passato che tutto insieme aveva deciso di riemergere nella sua vita.

«Mio Dio!» esclamò, spalancando gli occhi. «Carlo? Ma tu che ci fai qui?»

«Come sarebbe a dire? Sei stata tu a invitarmi».

«Io?»

Dapprima meravigliata, non tardò a capire l'equivoco. Si era occupata Stefania di mandare gli inviti a suo nome. Lei si era limitata a dare l'okay. La lista dei nominativi era stata fornita dalla sede centrale. Ed evidentemente il nome di Carlo era fra quelli. In fondo aveva frequentato la facoltà di medicina e non c'era di che stupirsi.

«Oh, hai ragione. Quasi dimenticavo», disse allora, provando a nascondere il proprio imbarazzo.

«In tutta onestà, la conferenza non m'interessava granché. Ma visto che l'invito era da parte tua ho accettato con piacere».

«Beh, ti ringrazio».

«Certo ne è passato di tempo. Cosa mi racconti di bello?»

Assalita da un leggero capogiro, Lisa portò una mano alla testa e chiuse gli occhi sofferente.

«Ehi!» fece lui. «Cos'hai? Ti senti male?»

«Solo un'emicrania», rispose lei. «Però devi scusarmi. Ho bisogno di stendermi un po'».

«Ti accompagno».

«No, ti ringrazio. Non prenderla a male, ma preferirei starmene sola per un po'».

«Come vuoi», disse lui. «Comunque non sparire. D'accordo? Teniamoci in contatto».

«Promesso», concluse lei, affrettandosi a uscire dalla sala.

***

Lisa era in preda a un senso di sconforto assoluto. Accovacciata in un angolo del salone di casa, con la fronte adagiata ai palmi delle mani, dondolava la testa in un moto incessante. Nell'incapacità di piangere avrebbe voluto gridare, ma la sua gola era secca come mai. Anche parlare, in quell'attimo, risultava uno sforzo disumano. Il mondo le stava crollando addosso e non aveva la minima idea di come contrastare quegli avvenimenti. La comparsa di Carlo l'aveva turbata profondamente. Presa dal terrore era corsa fuori dall'hotel precipitandosi alla macchina. Era fuggita via sconvolta, abbandonando la conferenza e ogni altra cosa. Senza mai arrestarsi, aveva sfrecciato per tre ore di fila lungo tutta l'autostrada, continuando a chiedersi quale scherzo bizzarro il destino volesse mai giocarle.

Giunta a casa aveva chiuso la serratura con tutte le mandate, ma non bastava certo una porta chiusa ad allontanare i ricordi. Avrebbe voluto pensare ad altro, spegnere il cervello. Stavano accadendo troppe cose. E tutte assieme.

Lo aveva capito persino la domestica. Più volte era riapparsa preoccupata, chiedendo se le occorresse qualcosa.

Il resto della giornata era trascorso senza che Lisa se ne rendesse conto. Nella sua mente il tempo aveva cessato di scorrere. Precisi istanti del passato e del presente si andavano cristallizzando in una dimensione inesplorata del pensiero, dove spazio e tempo erano messi al bando. Avrebbe giurato di trovarsi in quell'angolo da una manciata di minuti, invece il sole era calato da un pezzo e la sera era ormai arrivata.

Se ne rese conto quando, allo scatto della serratura, sollevò la testa per lo spavento. Il rumore dell'auto era sfuggito al suo orecchio e l'arrivo di Vincenzo la colse impreparata. Rannicchiata in terra, ripiegò il collo come un avvoltoio, in attesa che la porta si aprisse del tutto. Per ore aveva cercato le parole giuste da utilizzare con il marito, ma inutilmente. Così alla sua comparsa, rimase a fissarlo spaventata, in attesa che fosse lui a parlare.

Vincenzo non si accorse da subito della sua presenza. La notò solo quando fece per adagiarsi sul divano.

«Che ci fai lì?» chiese senza particolare interesse.

Incapace di reggere il suo sguardo, non sapendo da dove iniziare, lei chinò gli occhi restando in silenzio.

«Allora?» insisté lui. «Perché te ne stai seduta in terra?»

«Devo parlarti», rispose quindi lei. «Ma prima ho bisogno di bere qualcosa».

«Come hai detto?» fece Vincenzo meravigliato.

«Hai sentito bene. Non farmelo ripetere».

Erano trascorsi dodici lunghi anni dall'ultima volta che Lisa si era avvicinata a una bottiglia e quelle parole avevano colpito tanto lui quanto lei. Le erano uscite di bocca senza nemmeno rendersene conto. Solo dopo averle pronunciate, comprese che un bisogno ormai sepolto era tornato a farsi sentire. Non poteva farci niente. Alla fine, il momento che aveva temuto a lungo era arrivato. E in quell'istante di desolazione non aveva né la forza né l'intenzione di opporsi.

«Insomma! Cos'hai fatto?» gridò Vincenzo.

«Dammi da bere», ripeté lei.

«Nemmeno per sogno», la sgridò lui. «Hai forse dimenticato quello che abbiamo dovuto passare?»

«No. Lo ricordo benissimo. Ma adesso ne ho bisogno».

«Beh, vedi di resistere e dimmi che diavolo è successo».

«Ho detto che voglio bere un sorso», gridò lei inferocita.

Doveva aver colto il marito impreparato. Lui era infatti sul punto di parlare, quando lo vide richiudere la bocca e retrocedere d'un passo, quasi col timore di essere aggredito. Lisa non aveva mai reagito in quella maniera selvaggia, ma qualcosa le era improvvisamente scattato dentro e non c'era modo di ribellarsi.

«Come vuoi», disse allora Vincenzo, lavandosene le mani. «Se vuoi di nuovo rovinarti la vita, sono affari tuoi».

Senza degnarla di un altro sguardo si diresse verso il mobile bar ed estrasse di tasca quell'unica e inconfondibile chiave che segnava il confine tra passato e presente.

Lisa rimase ad assistere in silenzio, mentre la serratura scattava una, due, tre volte. Quando infine vide gli sportelli spalancarsi, sentì che tutto stava per cambiare. In più occasioni aveva visto il marito aprire il mobile per servirsi da bere, ma stavolta era tutto diverso.

Vincenzo tirò fuori una bottiglia di whisky, riempì due bicchieri, e sdegnato gliene porse uno.

«Allora?» disse, tornando a sedere. «A cosa dobbiamo brindare?»

Senza rispondere, Lisa afferrò il bicchiere per tranguggiarlo d'un sorso. Sentendo il liquore scivolargli in gola, capì di avere ormai oltrepassato il punto di ritorno. Dopo anni di astinenza, ricaduta in quella trappola infernale, poteva solo terminare quanto cominciato. Un goccio infatti non bastava a donarle il coraggio necessario. Si sollevò da terra e afferrò la bottiglia. Riempì di nuovo il bicchiere, lo scolò, per poi riempirlo ancora una volta. Quindi sedette in faccia al marito, che per tutto il tempo era rimasto a guardarla stupito. Per evitare il suo sguardo, tenne gli occhi fissi sul cilindro di cristallo che agitava tra le mani. Infine tirò un respiro profondo, bevve quel terzo bicchiere, e prima che il coraggio venisse a mancare, disse: «Ho un figlio. Si chiama Luca».

Il silenzio tornò a calare tra loro.

Quando Lisa sollevò lo sguardo, vide Vincenzo osservarla con distacco e curiosità. Capì che la sua affermazione doveva averlo spiazzato.

«Di che parli?» chiese infatti lui. «Sai bene che non puoi avere figli».

«Già! Ma per un motivo ben diverso da quello che conosci. Non è sempre stato così».

Chiaramente perplesso, lui fece per parlare, ma Lisa lo anticipò, affrettandosi a riprendere la parola.

«Credevi veramente che mi fossi data all'alcool per una stupida delusione d'amore?» chiese, sforzandosi di abbozzare un sorriso.

Senza attendere una risposta, prese poi a narrare la sua storia in ogni minimo dettaglio. Raccontò al marito di come fosse rimasta incinta a soli diciannove anni e della violenza subita. Raccontò di quel figlio che era convinta di aver perso e di come il destino avesse voluto restituirglielo. Raccontò di come il padre avesse cercato di strapparglielo via e di quanto lei lo avesse odiato in quell'occasione. Parlò per mezz'ora di fila, senza quasi riprendere fiato, riversando fuori tutto ciò che si era tenuta dentro per anni e anni.

«Perché mi hai mentito per tutto questo tempo? E perché vieni a dirmelo proprio ora?» chiese lui, che ritrovata la calma non pareva mostrare particolari emozioni.

Nel suo tono di voce non c'era disgusto, né pietà o amarezza, ma solo un senso di curiosità che voleva essere soddisfatto.

«Pensavo di potermi lasciare ogni cosa alle spalle. Ma sbagliavo».

«Che vuoi dire? Cos'è stato a farti cambiare idea all'improvviso?»

Lisa lo guardò in silenzio. Prese la bottiglia di fronte a lei e si versò dell'altro whisky.

«Ho deciso di riconoscere mio figlio», disse poi, svuotando il bicchiere per l'ennesima volta. «Avrà il mio nome e il quindici per cento del pacchetto azionario».

«Cosa?» trasalì Vincenzo. «Ti sei forse impazzita?»

«No. Semmai sono rinsavita».

«E questo lo hai deciso da te o te lo ha chiesto lui?»

Lisa fece per rispondere, ma Vincenzo aggiunse: «E poi dimmi… Hai fatto almeno qualche controllo su di lui? Come fai a essere sicura che quanto dice sia vero?»

«Lo so. Non ho bisogno di fare alcun controllo».

«Ascoltami cara…» disse lui, cambiando d'un tratto atteggiamento. «Lo so che hai sempre voluto un figlio. Ma hai pensato che potrebbe anche trattarsi di un impostore che cerca di approfittarsi di te?»

Lisa lo guardò severamente, a mostrare la propria determinazione.

Lui esplose allora in tutta la sua collera.

«D'accordo!» tuonò, sbattendo i pugni sul tavolo. «Riconoscilo pure, se la cosa ti fa piacere. Ma le azioni non si toccano».

«Ah! È solo questo che ti interessa».

«Lo dico per te», gridò lui. «Sai bene che ho sempre badato ai tuoi interessi e sono preoccupato. Stai attraversando un momento delicato. È chiaro. Non sei in grado di ragionare».

«Oh, ti sbagli. Non sono mai stata tanto lucida».

«Pensaci bene Lisa», concluse Vincenzo, riempiendole il bicchiere e riponendo la bottiglia sul tavolo. «Potresti commettere l'errore più grande della tua vita».

24

Benché da giorni fosse assalita da nausee che andavano e venivano, fino a quella mattina, Rosa non aveva dato alcuna importanza al lieve ritardo del suo ciclo mestruale. Era sempre stato un po' irregolare, per cui in principio l'aveva considerato un evento del tutto normale. Quella mattina, però, avvertendo dolori al seno, notò che era più gonfio e duro del solito. Come una bambina divertita era rimasta allora davanti allo specchio, continuando a guardarsi e toccarsi, sorridendo compiaciuta a se stessa. Perché se fino a quel momento l'idea di un figlio non l'aveva mai sfiorata, ora non poteva fare a meno di vedersi già mamma. Nella contentezza si era lasciata trascinare dalla fantasia, immaginando la sua vita con Vincenzo e pensando a cosa un figlio avrebbe significato per loro.

Si recò al lavoro con stampata in mente l'immagine di una famigliola felice. Nemmeno lo stress insopportabile del traffico riuscì a intaccare la sua contentezza. Per lei era la prima volta e nulla avrebbe potuto guastarle la festa. Durante il tragitto fece una breve sosta in farmacia, acquistò un test di gravidanza, e ansiosa di giungere a destinazione proseguì spedita verso il centro *VitaNuova*.

Appena si trovò in ufficio gettò ogni cosa sulla scrivania. Eccitata come non mai, corse quindi in bagno, chiuse la porta, estrasse le istruzioni e prese a leggere in modo meticoloso. Sapeva benissimo cosa fare. Non c'era nulla di complicato. Tuttavia, la paura di un esito negativo, di veder svanire il proprio sogno, le impediva di procedere. Quel foglio rappresentava il solo espediente per rimandare oltre la faccenda. Finito di leggerlo, però, non ebbe più scuse dietro cui nascondersi. Così tirò un respiro profondo incrociando le dita e si decise a effettuare la verifica. Raccolte le urine in un bicchierino di plastica, liberò il tampone per immergerlo all'interno, quindi si liberò del contenitore e tornò frettolosamente nel suo studio.

In preda all'agitazione più totale, restò in piedi a seguire lo scorrere del tempo. Con gli occhi incollati alle lancette dei secondi, evitò attentamente di guardare il test. Poi, tra timore e speranza, portò una mano agli occhi sbirciando fra le dita. La comparsa di una piccola linea rosa indicava risultato positivo e lei si sentì inondare dalla gioia. Una giovane vita stava crescendo dentro di lei. Mai nella sua esistenza aveva provato una felicità tale. Nulla era equiparabile a quell'istante. Quasi in cerca di un'ulteriore conferma, portò una mano al ventre sorridendo a se stessa, alla vita, all'amore, alla creatura che avrebbe messo al mondo.

Era ancora immobile al centro della stanza, quando una voce dietro di lei, disse: «Disturbo?»

Presa alla sprovvista, balzò in aria. Con un sussulto di paura si voltò, trovando Franco innanzi sé. D'istinto portò la mano dietro la schiena, a nascondere il test.

In preda all'euforia aveva scordato di bloccare la porta e lui le era piombato nella stanza senza preavviso. Fino a poco prima avrebbe giurato che niente al mondo avrebbe potuto rovinarle quel momento felice. La svista per quel dettaglio, invece, l'aveva in parte rabbuiato. Inasprita per la negligenza, riversò su Franco tutta la collera di cui era capace.

«Non ti hanno insegnato che si bussa prima di entrare?» disse inferocita.

«L'ho fatto», rispose lui in tutta calma. «Ho bussato tre o quattro volte, ma non hai risposto. Ho pensato che fossi fuori stanza».

«E allora perché sei entrato?»

«Volevo solo lasciare questi sulla scrivania», rispose lui stizzito.

«Di che si tratta?»

«Dei documenti relativi al nuovo paziente. A breve ci saranno i primi colloqui e se non sbaglio la cosa riguarda anche te».

In modo brusco Franco gettò il tutto sulla scrivania. «Fai un po' come vuoi», aggiunse. «Io te li ho portati. Poi non fare storie se...»

Senza un motivo apparente, lasciò la frase in sospeso. Prese a scrutare Rosa con aria insolita.

«Beh? Cos'altro c'è?»

«Cosa nascondi lì dietro?» fece lui, inclinando il capo avanti.

«Niente!» si affrettò a replicare lei, ritraendo ulteriormente le braccia. «Qui non c'è niente che ti riguardi. E ora vattene!»

«Ehi! Datti una calmata».

«Hai detto che eri venuto per consegnarmi quelli», disse, additando i fascicoli. «Ora me li hai dati. Perciò vattene e lasciami in pace».

Nell'istante stesso che pronunciò quelle parole, Rosa capì di essersi tradita. Indicando la scrivania aveva difatti portato il braccio allo scoperto. E con esso il test che stringeva in mano. Con gli occhi invasati da un miscuglio di rabbia e paura, restò immobile a osservare Franco, nella speranza che non si fosse accorto di nulla. A separare i loro sguardi, c'era solo il silenzio insopportabile che di colpo si era materializzato all'interno della stanza. Lui era lì che la fissava a sua volta con aria meravigliata. Dall'espressione era chiaro che aveva capito.

«Sei incinta!» esclamò infatti, mentre un ampio sorriso si andava disegnando sul suo volto. «Sei incinta, è così?»

Tirando un sospiro profondo, in segno di rassegnazione, Rosa chiuse gli occhi un breve istante. Pensando a quanto era stata stupida fece una leggera smorfia con la bocca, come a mordersi il labbro. La testa andò in cerca di un pretesto qualunque che potesse rimediare al suo errore, ma ormai era troppo tardi. Non c'era niente che avrebbe potuto dire o fare per rimettere le cose a posto.

«Adesso basta! Io non devo certo rendere conto a te», inveì allora. «Voglio che te ne vai. E subito. Questo è il mio ufficio e tu non sei il benvenuto».

«Non ci penso nemmeno», rispose lui. «Non ora che so come stanno le cose. Per fare un figlio bisogna essere in due. E se quello è mio figlio, ho tutti i diritti di questo mondo».

«Tu non sai proprio nulla. Cosa ti fa pensare di essere il padre?»

«Che vorresti dire?» chiese lui, oscurandosi in viso.

Tutto a un tratto, Rosa sentì una carica d'energia dargli nuovo slancio. Senza volerlo aveva trovato una scappatoia per rimediare al pasticcio. Da quelle parole, pronunciate senza uno scopo preciso, era fuoriuscito un alibi perfetto.

Sorrise allora divertita, accennando un certo sarcasmo.

«Beh? Cos'hai da ridere a quel modo?» chiese lui.

«Che vuoi che dica? Hai ragione. Aspetto un bambino. Il buffo è che non sei tu il padre».

«Oh, certo. Magari è piovuto dal cielo».

«Ci mancherebbe. Come hai detto tu, un figlio si fa in due».

Il volto di Franco, che fino a poco prima appariva rabbuiato oltre misura, si fece pallido. Il colorito rossastro, divenne cereo, e Rosa capì che doveva aver afferrato la sua allusione.

«Pensavi forse di essere l'unico uomo sulla faccia della terra?»

«Che stai cercando di dire?»

«Ma come, non hai ancora capito? Possibile che non arrivi ad afferrare una cosa così semplice? Ho una storia. C'è un altro. È chiaro ora?»

«Di che diavolo parli? Se fino a poche settimane fa eri con me ovunque. Casa, lavoro, casa. Come facevi ad avere una relazione? Forse in una vita parallela?»

«Quanto sei ingenuo. Non so se provare pena o fastidio. Credevi davvero che ogni settimana mi recassi a far visita a mia madre? Certo, ci sono andata i primi tempi. Ma quando è morta poi… Ti sei forse chiesto dove me ne andassi il fine settimana? È bastato dirti che per riprendermi avevo bisogno di starmene sola. E tu l'hai bevuta. Sei un vero idiota».

Franco pareva sul punto di scoppiare. Il pallore che in principio mostrava la sua titubanza era mutato nel colore del sangue. Una furia animale gli trapariva dal volto.

«E da quant'è che questa storia andrebbe avanti?»

«Che importa? Non vedo cosa cambi».

«Forse per te niente. Ma a me importa».

«Beh, se proprio vuoi saperlo te lo dico. Pensa! Ci siamo co-nosciuti proprio in clinica. Sono andata per trovare mia madre e ho trovato un uomo. Uno vero, non come te».

Rosa era intenzionata a fargli male nel peggiore dei modi. Aveva scelto quelle parole oltraggianti col proposito di infierire sulla sua dignità maschile. Preferiva il suo disprezzo al suo amore. Voleva che il sentimento di Franco nei propri confronti si tramutasse in puro odio. Almeno così l'avrebbe finalmente lasciata in pace.

«Ti ho chiesto da quanto va avanti», tuonò lui.

«Te l'ho detto. Da quando mia madre si è ammalata. Non sei capace di contare? Ormai sono passati quasi cinque mesi».

Franco si voltò senza dire nulla. A testa china serrò le brac-cia al petto e restò immobile, pensando a chissà cosa. Rosa si limitò a osservarlo nel suo silenzio, prendendo in seria conside-razione l'ipotesi di affondare il coltello nella piaga. Alla fine, però, certa di essersi liberata di lui una volta per tutte, lo ritenne superfluo. Soddisfatta per come erano andate le cose, gettò uno sguardo al test di gravidanza riposto sulla scrivania. Pensò che quel figlio inatteso era veramente un dono del cielo. Ancor prima di venire al mondo, le aveva dato più di quanto avrebbe potuto sperare.

«D'accordo!» disse Franco, tornando a guardarla. Il tono della voce si era fatto risoluto e uno sguardo altrettanto deciso gli traspariva dagli occhi. «Cercherò di restare calmo. Non vo-glio rendere le cose ancora più difficili. Tu però dovrai fare le analisi per capire di chi è il bambino. In fondo la tua squallida relazione non significa nulla. Non puoi escludere a priori che il padre possa essere io».

«Scordatelo!» esclamò Rosa, notando che quanto detto fino ad allora aveva solo peggiorato la situazione.

In effetti, senza rendersene conto, in modo totalmente incon-scio, aveva evitato per tutto il tempo di considerare quell'ipotesi, allontanando da sé anche il minimo dubbio. In cerca della felicità, la sua mente si era scrupolosamente occu-pata di eclissare la figura di Franco, non lasciando spazio nelle sue fantasie che per l'immagine di Vincenzo, come unico e ammissibile padre della sua creatura. Capendo che le parole di Franco non erano prive di fondamento, sentì il terreno franarle sotto i piedi.

«No», tornò a dire, sedendosi alla poltrona. «Io non faccio nessuna analisi. Niente di niente».

Un'affermazione che, più che a lui, era rivolta a se stessa. Per quanto si sforzasse di negare l'evidenza, non poteva infatti evitare di chiedersi da chi dei due stesse aspettando un figlio.

«Ora mi hai veramente seccato», disse Franco, ormai sopraffatto dalla collera.

Afferrandola brutalmente per un braccio, la sollevò dalla poltrona e prese a trascinarla verso la porta.

«Lasciami, mi fai male!» prese a dire lei. «Lasciami!»

Ma lui sembrava non ascoltare più le sue parole. Come uno spirito indemoniato continuò a spingerla e tirarla lungo il corridoio e continuò finché non ebbero raggiunto il suo studio. Una volta dentro, l'agguantò per i capelli. In uno scatto violento spinse la sua testa contro il piano della scrivania. Tenendola bloccata in quella posizione, con la guancia di lei usata a modo di straccio da spolvero, afferrò la cornice con la foto del figlio portandola davanti ai suoi occhi.

«Te lo ricordi Diego. Sì!» disse. «Te lo ricordi? Mio figlio non vuole più parlarmi né vedermi. Lo sai perché? Eh? Rispondi. Lo sai perché?»

Rosa non avrebbe potuto rispondere neanche volendo. La sua bocca era schiacciata tra il legno e la mano di Franco. Inoltre, il terrore le impediva di muovere anche un solo muscolo. Una paura che le impediva perfino di piangere. Certo, lui era un tipo irascibile, ma non aveva mai avuto una reazione di quella portata e stavolta lei temeva proprio il peggio. Così, con gli occhi spalancati, restò a fissare quella foto nella speranza che tutto finisse al più presto.

«Cos'è? La voglia di parlare ti è passata tutto a un tratto?» riprese lui. «È solo colpa tua se mio figlio si rifiuta di parlarmi. Proprio così. Me lo hai portato via. E ora vorresti togliermi anche questo? Puoi scordartelo! Piuttosto che dartela vinta ti ammazzo con le mie mani. Hai capito? Ti schiaccio come si fa con gli insetti. Mi conosci. Lo sai che, se costretto, potrei essere capace di tutto. Quindi ora stammi a sentire. Tu farai quelle maledette analisi. E se quello che porti dentro è mio figlio, la smetterai di rompere il cazzo e mi lascerai fare il padre com'è giusto che sia. Allora, hai capito bene?»

Ancora una volta, Rosa rimase in silenzio. Tentò di aprire la bocca, ma la pressione che Franco esercitava su di lei era veramente troppa. In una serie di mugolii cercò allora di oscillare il capo in segno di conferma, a dire che aveva capito.

Franco allentò leggermente la presa, permettendole finalmente di respirare.

«Sì. Ho capito», disse lei. «Ho capito».

«Bene! È meglio per te. E vedi di non fare scherzi, o te la farò pagare cara», concluse lui, lasciandola definitivamente.

Rosa si tirò su, lo guardò negli occhi, e capì che le sue non erano semplici minacce. Nel suo sguardo scorse una freddezza e una fermezza d'animo che non aveva mai visto prima. Avrebbe voluto picchiarlo, calpestarlo, o quantomeno gridare, sputargli in faccia tutto il veleno che portava in corpo. Ma in quell'istante era incapace di compiere anche il minimo gesto. Sentendo le lacrime rigarle il viso, non poté fare altro che fuggire via.

25

L'orologio a pendolo nel corridoio segnava le nove e dieci. Giada avrebbe dovuto già trovarsi al lavoro, ma quella mattina aveva chiamato di buonora dandosi malata. Benché sana come un pesce, un pensiero assillante le impediva di fare alcunché. Il termine fissato per il versamento stava ormai per scadere e lei iniziava a temere che le cose non fossero andate come previsto. Controllando il conto la sera prima, aveva trovato la miseria di sempre. Nulla era cambiato. Nella speranza che la notte avesse migliorato le cose, si portò dunque al computer per effettuare una nuova verifica.

Sul punto di premere il tasto di avvio, accadde però qualcosa di strano. Vide il braccio ritrarsi di scatto e la mano tremolare a mezz'aria, quasi il pulsante nascondesse al di sotto insidie oscure e minacciose. Quando poi tentò di spingere avanti la mano, questa si strinse a pugno, finché anche l'altra reagì, sollevandosi a inglobare nel palmo un ammasso di dita irresolute. Come un corpo estraneo, quegli arti non sembravano più appartenerle. Sconcertata, restò a fissare due mani avulse, serrate fra loro a proteggersi a vicenda. Notando infine il respiro ansimante, capì che quei gesti inconsueti camuffavano un naturale istinto di autodifesa. In quell'operazione aveva riposto tutte le proprie aspettative. Bene o male che fosse andata, da quel giorno ogni cosa sarebbe cambiata. Sapeva già come avrebbe reagito se i soldi non fossero stati versati. Al pensiero di dover ammettere l'ennesimo fallimento, sentì un brivido di paura percorrerle la schiena. Ma il tutto durò poco. Il timore si fece da parte quando, al pensiero della sorella, un lampo d'odio fiammeggiò in tutta la sua violenza, sbattendo all'angolo ogni altra emozione. All'improvviso, le mani mollarono la presa, il tremolio di qualche istante prima svanì nel nulla, e la sola cosa che rimase fu il bisogno radicato di vendetta.

Nemmeno i soldi sembravano più così importanti. Tutto il denaro del mondo non sarebbe bastato a saziare la sua fame di giustizia. Giada voleva far scontare alla sorella il proprio dolore. Doveva soffrire quanto lei, per quella vita che le era stata strappata via. E comunque fossero andate le cose, sarebbe riuscita nel suo intento. Ormai sapeva bene ciò che voleva. Quell'odio reclamava la morte e lei sarebbe arrivata fino in fondo.

D'altronde, anche l'avidità aveva un limite. Per quanto la vita l'avesse costretta a troppe rinunce, la ricchezza non le avrebbe mai dato la pace che cercava. Pochi mesi le sarebbero bastati per racimolare un bel gruzzolo. Il tanto da condurre un'esistenza discreta. Fino ad allora avrebbe dunque atteso nell'ombra. Ma la sentenza era solo rimandata.

Senza perdere altro tempo si decise ad avviare il computer per verificare l'estratto conto. Entrata nel sito della banca, digitò un paio di tasti a inserire i codici di accesso e aprì la pagina che le interessava.

Non un solo euro era stato versato. Il saldo era lo stesso della sera prima. Il fatto però la lasciò indifferente. Gettando uno sguardo svogliato sull'angolo della schermata, vide che l'orologio segnava le dieci e venti. C'era ancora tempo. Il suo ultimatum scadeva per le tredici. In attesa che il tempo passasse, uscì quindi dalla rete e aprì la cartella contenente le fotografie.

La sera stessa che era rincasata col materiale, si era curata di salvare il tutto sul computer. La tecnologia però non era il suo forte. Nell'incapacità di usare il *cloud*, aveva duplicato le immagini su ben quattro CD. Uno era finito nelle mani di Ivano. Un altro era custodito nell'armadietto del lavoro. E un terzo in un cassettino segreto, nel vecchio orologio a pendolo. L'ultimo era là sulla scrivania, già imbustato e pronto per essere spedito.

Aperta la prima foto, vide il volto soddisfatto di Rosa. Le immagini suscitavano in lei un senso di invidia. Eppure non poté evitare di guardarle per l'ennesima volta. Nel profondo sperava quasi che il versamento non avvenisse per tempo, per il solo gusto di anticipare la propria rivincita.

Con quei sentimenti contrastanti, rimase incollata allo schermo finché giunse l'ora prestabilita. Mancavano ormai pochi minuti alle tredici. I soldi dovevano trovarsi sul conto.

Tornò dunque a verificare la situazione e, contrariamente a quanto pensato fino a quel momento, nel vedere che nulla era cambiato si sentì prendere dall'agitazione. Una parte di sé aveva sinceramente sperato in quella conclusione, eppure non poté fare a meno di chiedersi dove avesse sbagliato. Il fatto che il denaro non ci fosse significava una sola cosa. Doveva aver giocato male le sue carte.

Incapace di decifrare appieno l'emozione che stava provando, afferrò la busta contenente il dischetto. Scrisse sopra il recapito del centro *VitaNuova*, lo mise all'attenzione della Colasanti, quindi si alzò e si avviò all'uscita.

La Posta era poco distante da casa sua. Sarebbero bastati pochi minuti per raggiungerla. Certo il pacchetto avrebbe impiegato un paio di giorni per giungere a destinazione, ma nel frattempo lei si sarebbe tolta una soddisfazione.

Sul punto di uscire, fu presa da un ripensamento. Il computer era ancora in funzione. La pagina riportante il saldo del conto era rimasta aperta e decise di fare un ultimo tentativo. Tornò quindi all'apparecchio, spinse un tasto per aggiornare la schermata e rimase in attesa qualche istante. Poco dopo una cifra a cinque zeri le comparve sotto gli occhi e una lunga risata le uscì di bocca.

«Sì, sì!» prese a gridare follemente gettandosi sul divano.

Dopo anni di astinenza, la sua buona stella aveva finalmente cominciato a brillare. Tuttavia, nemmeno in quell'attimo di entusiasmo riuscì a distaccarsi dal suo pensiero più profondo. Per quel giorno si sarebbe lasciata tutto alle spalle. Sarebbe uscita a festeggiare fino a notte fonda. Ma dalla mattina dopo, la partita sarebbe ripresa.

«Non pensare che sia finita qui sorellina cara», disse tra sé e sé. «Siamo solo al principio».

26

Erano da poco passate le otto quando Gianni Spada, a bordo della sua cabriolet – un Porsche nero, modello Boxster S Black Edition – si accingeva a fare un terzo giro d'isolato attorno all'abitazione di Giada Rubini. La ragazza era già uscita da una decina di minuti, ma lui avanzando lentamente continuava a perlustrare il posto con estremo interesse. Studiando ogni dettaglio della strada, ruotò lo sguardo tra portoni e saracinesche e finestre e su tutti i palazzi circostanti, in cerca di un qualsiasi segnale di vita. Notò che non c'erano negozi aperti e la zona era praticamente deserta. Solo un vecchio, in compagnia del suo cane, passava poco più avanti. Questo non parve degnarlo della minima attenzione. Senza voltare lo sguardo, tirò dritto per la sua strada. A ogni modo Spada fece ancora un paio di giri, finché fu certo di non correre rischi. Per evitare l'attenzione di eventuali curiosi, parcheggiò l'auto a qualche isolato di distanza e si avviò a piedi nel percorso inverso.

Il sole quella mattina non si vedeva ancora, ma lui indossò comunque gli occhiali scuri che lo riparavano da sguardi indiscreti. Eppure, incurante della sobrietà che il suo lavoro imponeva, portava indosso un completo firmato. Al polso teneva un Rolex in acciaio e oro, con quadrante in madreperla bianca. Amava davvero il lusso sfacciato. E se per averlo doveva sporcarsi le mani, era pronto a farlo.

Con Della Torre si conoscevano da anni. Per lui aveva già svolto diversi lavori in passato. Ogni volta per risolvere faccende poco pulite. Quando lo aveva convocato, un paio di giorni avanti, gli aveva chiesto di frugare nel passato della moglie e sulla presunta esistenza di un figlio illegittimo. Prima però lo aveva incaricato di occuparsi della ragazza, mettendolo al corrente della delicata situazione e rimarcando l'urgenza della faccenda.

Raggiunto il portone, prese a leggere i nomi sul citofono. Vide che quello della Rubini riportava l'interno uno e capendo che doveva trattarsi del seminterrato si sentì più sollevato. Senza nessuno tra i piedi non avrebbe dovuto preoccuparsi di chi saliva o scendeva. Dopo essersi guardato attorno ancora una volta, suonò a un interno dell'ultimo piano. Avrebbe potuto forzare la serratura, ma l'idea di agire all'esterno, sotto gli occhi di tutti, non lo allettava affatto. Aspettò pazientemente una ventina di secondi. Non ricevendo risposta, premette un altro tasto e un altro ancora, finché il citofono prese a gracchiare.

«Chi è?» chiese qualcuno dall'altra parte.

«Posta», rispose lui, che per l'occasione si era munito di volantini e riviste.

Li aveva sottratti da una cassetta poco avanti. Notando la pubblicità spuntare dalla fessura di un portone, aveva pensato che poteva tornare utile. Un uomo con delle riviste fra le mani avrebbe dato meno nell'occhio e nel caso qualcuno si fosse sporto dalla finestra, non si sarebbe allarmato nel vederlo lì davanti. Ciò che poteva tradirlo era il suo abbigliamento, ma sperava che la lontananza giocasse a suo favore.

Comunque alla fine quelle pignolerie si rivelarono superflue. Forse ansioso di liberarsi di lui, l'uomo dall'altra parte aprì senza porre ulteriori questioni.

Spada si affrettò a entrare. Richiuso il portone, gettò a terra l'ammasso di carte, percorse un piccolo androne e scese una rampa di scale. Come ipotizzato, l'appartamento della Rubini era nel seminterrato. Dalle due abitazioni adiacenti non pareva giungere il minimo rumore. I proprietari dovevano essere fuori casa. L'alloggio della ragazza si trovava in un angolo nascosto, impossibile da scorgere dall'ingresso, e sulla porta era montata una banale serratura a cilindro. Nel vedere che la fortuna giocava a favore, lui accennò un sorriso.

Dal taschino della giacca estrasse un piccolo astuccio in pelle, contenente una serie di grimaldelli. Esaminata la fessura della toppa, prese quello che più si addiceva, inserì le asticelle all'interno della fenditura e cominciò ad armeggiare. La tecnica non lasciava evidenti segni di scasso, perciò, fino al ritorno della ragazza, nessuno si sarebbe accorto di nulla. Tuttavia nel maneggiare quegli arnesi non era mai stato un asso. Gli ci sarebbe voluto un po' per aprire la porta. Ma vista la situazione la cosa non lo preoccupava affatto.

Spada era un ex agente, buttato fuori dalla polizia per una sottrazione illecita di fondi. A seguito del processo, conclusosi con patteggiamento, il provvedimento disciplinare di espulsione non aveva tardato ad arrivare. Passando dall'altra sponda si era quindi messo a operare in proprio, offrendo i propri servizi a chiunque li richiedesse. I contatti all'interno della polizia erano tornati utili in più occasioni. Oliando gli ingranaggi qui e là con qualche bustarella, non era difficile ottenere informazioni. Stavolta si era rivolto al buon vecchio Taurini, in cerca di ragguagli sulla ragazza. Dalla banca dati della polizia, però, era uscito poco o nulla di interessante. Una foto di riconoscimento e l'informazione concernente la morte del padre, col quale aveva vissuto fino al giorno della sua uccisione. Pensando che l'indirizzo attuale era lo stesso di allora, provò una sorta di ammirazione per la giovane donna. Restare in quell'appartamento mostrava del fegato.

Quando finalmente la porta si aprì, constatò che aveva impiegato poco più di un paio di minuti. Sorrise compiaciuto. Aveva battuto il suo ultimo record.

La prima cosa che gli balzò agli occhi, una volta dentro, fu l'orologio a pendolo piazzato in un angolo. Pareva un bel pezzo da collezione, anche se alquanto malandato. Entrando nel salone trovò dei muri completamente spogli. Dagli spazi rettangolari, di vernice pulita, traspariva come i quadri fossero stati tirati via nel tempo. Era come disgustato dalla penuria dell'abitazione, ma dopotutto lui non era lì per ammirare il paesaggio. Si portò allora al computer, lo avviò, e prese a esaminare la cronologia dei *file* più recenti.

Benché i risultati mostrassero svariati documenti, a lui interessavano solo quelli risalenti all'ultima settimana e una cartella attirò presto la sua attenzione. Era contrassegnata con il nome di battesimo della Fogliani.

Quando l'aprì, vide che conteneva all'interno numerose immagini e in ognuna, Della Torre veniva ripreso in compagnia dell'amante.

Dopo averne sfogliate una decina, fece per cercare dell'altro materiale, quando una busta piazzata di fianco al computer gli saltò agli occhi. Il fatto che fosse indirizzata alla Colasanti era un cattivo segno. Sentì al tatto che conteneva qualcosa di rigido. Trovando un dischetto all'interno, lo inserì nel lettore per verificarne il contenuto.

Come immaginato, ospitava le stesse foto memorizzate nel pc. La ragazza doveva essere un tipo prudente. Il che lasciava supporre l'esistenza di altre copie.

Prese allora a guardarsi attorno, chiedendosi quali potessero essere i posti migliori nell'appartamento per nascondere qualcosa. Fece un breve giro della casa esaminando ogni angolo, dopodiché tornò nel salotto e iniziò a rovistare nella piccola raccolta di libri. Trovò romanzi rosa e libri di ricette, ma niente che assomigliasse a un dischetto, una chiavetta USB, o una memoria di qualche tipo. Messo sotto sopra l'intero soggiorno, si spostò nella camera da letto. Frugò nei cassetti, sotto il letto, all'interno del materasso e continuò la ricerca per più di mezz'ora, prima che qualcosa di interessante spuntasse fuori.

Si trattava di un vecchio album fotografico. In ogni immagine la Rubini appariva quasi sempre sola, fatta eccezione per le tre o quattro foto in cui era ripresa in compagnia di un ragazzo. Incuriosito, le tirò fuori e le ripose sul tavolo per esaminarle con più cura. Notò che a differenza delle altre, queste erano datate sul retro. Tutte riportavano la data di otto anni addietro. L'ultima, in aggiunta, conservava anche una dedica, da parte di un certo Ivano. Tornando allora a osservare il ragazzo, capì che era stato proprio quest'ultimo a stuzzicare la sua curiosità. Era certo di conoscerlo. Aveva già visto quel volto, ma non sapeva dove né quando. Sforzandosi di ricordare, prese a studiarne i lineamenti, ma tutto sembrava inutile. Quel ricordo era sfuggente. Eppure lui era più che sicuro. Le loro strade dovevano essersi già incrociate.

Per diversi minuti la memoria si rifiutò di inviare il benché minimo segnale, ma alla fine quella traccia sepolta tornò a galla e tutto apparve chiaro. Ricordava bene quel viso e dove lo aveva visto. Se non l'aveva riconosciuto subito era solo colpa del tempo. La fotografia risaliva a otto anni prima, mentre lui quel tipo lo aveva intravisto appena un paio di giorni avanti, al centro *VitaNuova*.

Si era recato lì in cerca di informazioni, il giorno stesso in cui era stato assunto. Dal momento che la Fogliani non gli aveva fornito alcun elemento utile, era rimasto dell'idea di aver fatto un viaggio a vuoto. Adesso però doveva ammettere che quella visita era stata un vero colpo di fortuna. Quel tizio conosceva la Rubini da anni. Il fatto che lavorasse proprio al centro di recupero non poteva essere una semplice coincidenza. In tutta la vicenda doveva certo entrarci qualcosa. E anche in caso contrario, poteva comunque rivelarsi una pista utile.

Concluso che nell'appartamento non c'era altro che potesse interessarlo, Spada raccapezzò il computer, il dischetto e la fotografia. Infilò il tutto in una piccola sacca, saltata fuori nella confusione, e pensando alla prossima tappa se ne andò.

27

Vincenzo era nel suo ufficio intento a esaminare il verbale del CdA. Concentrarsi su quelle carte appariva un'impresa. Sentendo il terreno franargli sotto i piedi, non riusciva a discostare il pensiero dai grattacapi. Troppi problemi gli erano piombati addosso in un colpo solo.

Senza alcuna idea sul come uscirne, leggeva la documentazione nella sola speranza di scacciare quegli assilli dalla mente. Ormai sapeva benissimo che la proposta per la cessione della *Co.S.Class* era stata respinta. Eppure alla vista di quei documenti, dove ogni dettaglio era riportato nero su bianco, sentì la collera riaccendersi dentro. Sabrina aveva procurato più danni di quanto potesse immaginare. I centomila euro pagati per il ricatto erano una sciocchezza, al confronto dei milioni che sarebbero andati in fumo. La propria assenza alla riunione del Consiglio aveva rappresentato una vera catastrofe.

A ogni modo, anche se avesse potuto rimediare in qualche maniera, al momento era sommerso dai guai. Non era certo in condizioni di dare battaglia. Lo attendevano problemi ben più gravi e assai più urgenti. Pensò quindi che per stavolta Sabrina aveva avuto la meglio. Si sarebbe limitato a osservare lo sviluppo degli eventi, lasciando che le cose andassero da sole.

Quell'ultima considerazione venne interrotta dallo squillo del telefono. La chiamata veniva dalla sua linea privata. Avendo richiesto a Spada un resoconto giornaliero, pensò istintivamente a lui e sollevò la cornetta. Sperava di ricevere una buona notizia, o quantomeno di essere ragguagliato sull'evoluzione dell'indagine.

«Ciao Vincenzo», disse la voce all'apparecchio. «Possiamo

vederci?»

«Ah, sei tu?» replicò lui, deluso nel riconoscere Rosa.

«Ho bisogno di parlarti. Si tratta di una cosa importante».

«Stai tranquilla. Tua sorella non è una minaccia. Te l'ho detto. Vuole soldi. Abbiamo tempo per studiare un piano. Ho già pagato quanto ha chiesto, quindi rilassati».

Più che a lei, Vincenzo stava mentendo a se stesso. Era in preda al panico e aveva pronunciato quelle parole nel vano tentativo di rassicurarsi.

«Non si tratta di questo. C'è un'altra cosa di cui dobbiamo parlare».

«Dimmi».

«No. Non al telefono».

«Cosa c'è? Non ci saranno altri problemi spero?»

«No. Ho una bella notizia da darti, ma voglio dirtela di persona».

Vincenzo guardò l'orologio sulla scrivania e vide che segnava le dodici e dieci. Era quasi ora di pranzo. Tra l'altro non aveva alcuna voglia di lavorare.

«D'accordo», disse allora. «Passo al centro tra una mezz'oretta».

«No, no! Mi trovi a casa», rispose lei.

Era sul punto di chiederle per quale motivo non si fosse recata al lavoro, ma timoroso della risposta preferì tacere.

«Ok! Ci vediamo tra poco», si limitò a dire.

Chiudendo la documentazione, fece per alzarsi in piedi, ma in quell'istante l'interfono prese a suonare. Si lasciò allora ricadere giù e rispose alla segretaria.

«Sì?» disse.

«C'è il professor Monti. Chiede di vederla».

«Non ora Gilda. Sto uscendo», rispose lui interrompendo la comunicazione.

Di nuovo fece per tirarsi su, ma il suono dell'apparecchio tornò a farsi sentire.

«Cosa c'è ancora?» chiese bruscamente.

«Scusi Presidente, ma il professore qui insiste. Dice che è molto urgente».

«D'accordo!» replicò. «Lo faccia passare».

Pochi secondi dopo sentì bussare alla porta e vide Riccardo materializzarsi nella stanza.

«Ciao Vincenzo», disse questo. «Perdona l'insistenza, ma ho veramente bisogno del tuo aiuto. Non so a chi altro rivolgermi».

«Ma che diavolo ti è capitato?» chiese lui, vedendo una serie di lividi e cicatrici sulla sua faccia.

«Eh? Ah, dici questi», rispose l'altro portando una mano al viso. «Questo è niente a confronto di ciò che mi può ancora accadere. È il motivo per cui sono venuto».

«Ok! Siediti e raccontami tutto. Però fai in fretta perché ho un appuntamento e dovrei già essere fuori».

«Sì, non preoccuparti. Non ti prenderò molto tempo».

Monti si accomodò accavallando le gambe, poggiò i gomiti sui braccioli della poltrona e sconsolato lasciò cadere la testa fra le mani.

«Non so da dove cominciare».

«Attacca da dove vuoi. Basta che parli».

«Ho bisogno di soldi Vincenzo», replicò Monti senza levare lo sguardo. «Sono venuto a chiederti un prestito».

Lui restò stupito dalla richiesta. Riccardo era una persona alquanto facoltosa. Veniva pagato fior di quattrini per il suo lavoro. E come lui anche la moglie. Non capiva proprio come i due potessero avere problemi di denaro. A ogni modo non aveva tempo di occuparsi dei suoi impicci.

«Passa da me un altro giorno», si affrettò a dire. «Ora non ho tempo per certe faccende».

Levandosi in piedi fece quindi per avviarsi, ma Monti schizzò dalla sedia in modo inatteso. Chinandosi a terra lo afferrò per una gamba e prese a dire disperato: «No, Vincenzo, non capisci. Non posso aspettare. Ho bisogno di quei soldi subito».

«Che diavolo fai? Lasciami!» ribatté lui vedendosi assalire.

Agguantando l'altro per il collo della giacca, cercò di liberarsi dalla presa, ma nonostante la stazza imponente, sentì quelle braccia saldarsi attorno alla gamba, tanto da provare dolore.

«Ho gli strozzini alla gola. E se non pago al più presto sono capaci di farmi fuori. Ti prego! Aiutami!»

«Va bene. Vedrò di darti una mano. Ma ora lasciami», disse lui, tanto per liberarsi dalla morsa.

Appena le mani di Riccardo cedettero il poco sufficiente, lo afferrò per la camicia sollevandolo da terra e lo scaraventò contro la parete.

«Non azzardarti più a toccarmi», gridò. «La prossima volta ti faccio fuori io».

Questo prese allora a piangere come un bambino, capendo che l'amico non aveva alcuna intenzione di aiutarlo. Lui restò a guardarlo alcuni secondi, prima di mollare la presa. Quasi impietosito, lo lasciò cadere in terra, si voltò senza una parola e uscì dall'ufficio.

«Gilda, per il resto della giornata io sono fuori», disse alla segretaria. «Prenda i messaggi e mi trasferisca sul cellulare solo le chiamate urgenti».

«Certo, non si preoccupi», rispose la donna.

Giunto all'ascensore spinse il pulsante di chiamata e attese senza fretta. All'apertura delle porte, un'idea gli balzò poi alla mente. Riccardo poteva rivelarsi una risorsa inattesa. Forse la soluzione al suo problema più grande. Spinto dall'impulso si voltò per tornare indietro, ma subito si arrestò. Per ciò di cui aveva bisogno, avrebbe dovuto almeno in parte confidarsi con lui. Niente però lasciava supporre che questo si sarebbe prestato al suo gioco. Anche perché lo aveva trattato nel peggiore dei modi.

Tuttavia, aveva parlato di strozzini e della paura di lasciarci la pelle. Non sapeva come fosse finito in un impiccio del genere e non gli interessava scoprirlo. Ciò che contava era quell'urgente bisogno di denaro. Se era con l'acqua alla gola come diceva, non poteva rifiutarsi. Convinto dunque che avrebbe accettato, riprese il passo e si riavviò verso l'ufficio.

Quando entrò nella stanza, l'altro era ancora fermo a terra che non la smetteva di frignare. Vincenzo si chiuse allora la porta alle spalle e, accostandosi a lui, gli porse un fazzoletto.

«Tieni, asciugati gli occhi», disse con tono pacato. «Devi scusarmi amico mio, ma sto proprio passando un periodaccio.

Non puoi immaginare la situazione in cui mi trovo. Comunque tranquillo. Conta pure sul mio aiuto».

Monti smise allora di singhiozzare e sollevando il capo si drizzò sulle ginocchia.

«Parli sul serio?» chiese incredulo.

«Certo. Lo sai che sui soldi non scherzo mai. Ho deciso di darti il mio aiuto, ma…»

«Grazie Vincenzo! Grazie!» lo interruppe l'altro, mentre un'espressione mescolata di gioia e sollievo andava a ravvivare il colorito del viso. «Te ne sarò riconoscente a vita».

«Aspetta a ringraziarmi», ribatté lui. «Io aiuterò te, ma anche tu dovrai fare una cosa per me. Potrai tenere i soldi. Non li voglio indietro. In cambio ti chiedo solo un piccolo servizio».

«Dimmi. Che vuoi che faccia? Chiedimi pure qualunque cosa».

Lui restò a scrutarlo senza dire nulla, incerto se fidarsi o meno. Sapeva che confidarsi con Riccardo era un vero azzardo. Sua moglie era la migliore amica di Lisa. Semmai si fosse rifiutato, avrebbe potuto spifferarle il tutto. Era un'imprudenza proporre quell'affare proprio a lui, ma la drammaticità della situazione lo obbligava a tentare.

«Allora? Dimmi. Cos'è che devo fare?» tornò a chiedere Riccardo.

Senza entrare nei dettagli, e astenendosi dal rivelare il perché, lo informò dunque della moglie, di quale ingombrante incomodo fosse divenuta. Infine, accennando alla sua recente ricaduta, disse: «Io mi accerterò che torni a essere l'alcolizzata di un tempo, così al momento giusto la farò ricoverare nella tua clinica. Tu farai in modo che non ne esca più».

Monti sbarrò gli occhi dallo stupore. Senza dire nulla, era là che lo fissava allibito. Vedendo quale sconcerto fuoriuscisse dal suo sguardo, Vincenzo iniziò a temere il peggio. Cosicché, decise di far leva su quel tallone d'Achille che era il denaro.

«Di quanto hai detto che hai bisogno?» chiese spudoratamente. «Oh, già! Non me l'hai detto».

L'espressione di Riccardo cambiò. Ancora tentennate, persisteva in quel silenzio prolungato, ma era chiaro che le parole avevano fatto breccia dentro di lui.

Lo squillo intempestivo del telefono parve esasperare una scelta sofferta. Vincenzo si affrettò a spegnere l'apparecchio. Dopodiché, per evitare ulteriori diversivi, si portò spedito alla scrivania, afferrò una penna, e disse: «Beh, facciamo così. Io scrivo qui una cifra. Dovrai solo dirmi se va bene o no. Ok?»

Monti non rispose, ma lui prese a scrivere indifferente. Si spinse poi a due passi da lui e gli sventolò il biglietto sotto il naso.

Quando vide gli occhi di Riccardo spalancarsi ulteriormente, capì di aver centrato il bersaglio.

«Allora?» fece. «Siamo d'accordo?»

L'altro si trattenne qualche secondo, incerto se accettare o meno.

«Va bene», disse infine. «Però i soldi mi servono adesso. Non posso aspettare che tua moglie…»

«Tranquillo», lo interruppe lui. «Entro stasera saranno sul tuo conto».

I due scambiarono una stretta di mano a saldare il patto. L'atteggiamento di Monti lasciava comunque trasparire una certa titubanza.

«Non preoccuparti. Filerà tutto liscio», lo incoraggiò Vincenzo. «Ora scusa, ma devo proprio lasciarti».

Sollevato in buona parte da un peso, uscì quindi dall'ufficio. I guai non erano finiti, ma quantomeno un barlume di luce iniziava a mostrarsi all'orizzonte.

***

Il click della serratura era risuonato nella testa di Vincenzo allo stesso modo di un avvertimento. Quello scatto metallico pareva preannunciare l'incombenza di un qualche evento negativo. Il fatto che Rosa volesse parlargli a quattr'occhi non lasciava presagire nulla di buono. Specie dopo gli ultimi episodi.

Era ancora per le scale, quando la vide uscire dall'appartamento. Preso dal nervoso si arrestò un istante, ma lei si affrettò a raggiungerlo per gettargli le braccia al collo.

«È un'ora che ti aspetto», disse lei allegramente.

«Ma che ti prende?» ribatté Vincenzo una volta in casa.

«Prima ti lamenti dei vicini pettegoli e ora ti metti a dare spettacolo?»

«Oggi non m'importa di nessuno», rispose lei. «Perché ci hai messo tanto? E com'è che non rispondevi al telefono?»

«Ah, eri tu! Niente. Avevo da fare. Un piccolo imprevisto».

Appena furono nel salone, Rosa lo afferrò per le mani.

«Siediti», disse. «Ho una stupenda notizia da darti».

Con un sospiro lui si lasciò cadere giù affrancato. Fino a quel momento aveva continuato a temere che qualche altro problema fosse venuto a bussare alla porta. Lei lo aveva già rassicurato per telefono, ma solo l'espressione appagata del suo viso riuscì a tranquillizzarlo del tutto.

«Allora?» disse poi. «Qual è la bella notizia?»

Trattenendo il sorriso tra le labbra, lei lo guardò divertita. Forse con l'intenzione di generare della suspense, parve soffocare la gioia per prolungare quell'attimo.

«Sono incinta!» esclamò infine, prendendo a ridere e a gesticolare freneticamente.

«Cosa?» fece lui.

«Sì, è così! Aspettiamo un bambino».

Quell'affermazione lo colse del tutto impreparato. Preso in contropiede, rimase a fissare Rosa incapace di dire alcunché. Immediatamente pensò a quale problema avrebbe rappresentato per lui un affare del genere. Le cose fra di loro si erano già complicate con la comparsa della sorella, ma questo rendeva la situazione insostenibile.

«Te ne avrei voluto parlare subito», disse lei, incurante del suo silenzio. «Ormai lo so da un paio di giorni».

«Come dici?» fece lui, con la testa da ben altra parte.

«Sì. Ho fatto il test qualche giorno fa».

Lui sollevò lo sguardo e, tanto per dire qualcosa, chiese disinteressato: «E com'è che me ne parli solo ora?»

Il volto di Rosa s'ingrigì per un istante, ma subito tornò a splendere gioioso.

«No, niente», rispose. «Ho avuto un problemino e non ero dell'umore giusto».

«Per cosa? Riguarda forse tua sorella?»

«Niente. Te l'ho detto. Ora poi non voglio preoccuparmene. Non lasciamoci guastare questo momento dai cattivi pensieri».

In realtà Vincenzo non cercava risposte. Sapere cosa l'avesse trattenuta lo interessava poco o nulla. Continuava a parlare al solo scopo di guadagnare tempo, cercando il modo migliore di dire a Rosa ciò che pensava. E cioè che un figlio lui non lo voleva.

«Ma insomma!» fece lei. «Non hai niente da dire? Capisco che sei sorpreso. Nemmeno io me l'aspettavo. Ma diamine! Di' qualcosa».

«Sei sicura che sia io il padre?»

«Certo. Che domande sono?»

«Beh... In fondo non è molto che hai troncato col tuo ex. Il bambino potrebbe anche essere suo».

«Assolutamente no», fece lei risentita. «Con lui è finita da un pezzo. Ormai dividevamo il letto solo per dormire».

Vincenzo prese a scrutarla attentamente. Aveva problemi in abbondanza e nessuna voglia di aggiungerne di nuovi.

«Mi spiace», disse allora senza tante sottigliezze. «Ma non possiamo tenerlo».

«Di che diavolo parli?»

«Conosci bene la mia situazione. Un figlio è qualcosa che non posso permettermi. Se si venisse a sapere finirei sommerso dai giornali scandalistici, con conseguenze catastrofiche».

«Ah, quindi è solo questo che t'importa. Avrei dovuto immaginarlo. Per te i soldi sono sempre al primo posto».

«Andiamo! Non fare così», disse lui, cercando di calmarla. «Lo sai che tu per me sei importante».

«Allora dimmi che sei felice come lo sono io e che questo figlio lo cresceremo insieme».

«Mi spiace Rosa».

«Vuol dire che lo farò da sola», disse lei stizzita. «Non ho bisogno di te».

«Vedo che non vuoi capire», gridò lui afferrandola per le braccia. «Ti sto dicendo che non puoi averlo. Devi interrompere la gravidanza».

«Lasciami, mi stai facendo male».

Capendo di agire in maniera per nulla diplomatica, Vincenzo lasciò andare la presa.

«Scusami. Non pensavo veramente ciò che ho detto», disse. «È che sono sotto stress. Dirai che sono uno stupido. Ma le cose stanno accadendo tutte assieme e troppo in fretta». Sfiorandole il volto, a placare il gelo, aggiunse poi: «Ora non me la sento di parlarne. Possiamo rimandare la faccenda a un'altra volta?»

Rosa restò in silenzio, ancora seccata per l'accaduto. Fece appena una smorfia con il viso in cenno di assenso.

«Grazie amore», disse lui. «E scusami ancora».

Oppresso dal disagio e incapace di aggiungere altro, lasciò infine che il silenzio parlasse al suo posto. Fece di nuovo per carezzarle il viso, ma stavolta lei si scostò bruscamente.

Perso in uno stato caotico, lui si avviò allora per il corridoio senza salutare. I pensieri erano sottosopra. In cerca di un espediente per uscire da quella maledetta situazione, spaziavano per angoli inesplorati della mente.

28

Contattata l'amministrazione di *VitaNuova,* un semplice strata-
gemma era bastato a raggirare la segretaria. Spada era riuscito a
ottenere il cognome di Ivano, un recapito, nonché i suoi turni di
lavoro. Stando alle parole della donna, Terravalle lavorava al
centro solo da qualche giorno, il che aveva stuzzicato ancor più
la sua curiosità. Lui non credeva nelle coincidenze e quel tipo
era comparso dal nulla, poco prima che l'amica si presentasse a
battere cassa.

L'abitazione si trovava in una zona a sud-est della città, in
un sobborgo di periferia che conosceva bene. In quel posto infatti c'era cresciuto e sapeva che, in maggior parte, era abitato
da gente di un certo stampo, assai poco affidabile. Ladri, drogati,
balordi e prostitute erano di casa. Senza troppi scrupoli, parcheggiò l'auto proprio di fronte al portone, consapevole che lì
avrebbe potuto lavorare in pace. La gente da quelle parti si faceva gli affari propri. Nessuno voleva avere a che fare con la
polizia. La sua Porsche dovevano averla notata in molti, ma di
sicuro nessuno avrebbe parlato.

Prima di scendere dall'auto telefonò a Taurini, per ottenere
qualche informazione su Terravalle.

«Puoi parlare o hai compagnia?» chiese all'amico appena rispose.

«Tranquillo, sono solo. Che ti serve?»

«Volevo sapere cosa avete su un certo Ivano Terravalle»,
disse lui, fornendo l'indirizzo dell'uomo.

«Ok, vediamo un po'», fece l'altro. «Ah sì, eccolo qui. C'è
qualche precedente per spaccio. È finito dentro un paio di volte,
ma niente di serio. Comunque parliamo di parecchio tempo fa.

Deve aver messo la testa a posto».

«O magari si è fatto più furbo».

«Beh, se tu gli sei alle calcagna, ne dubito. Stavolta deve averla fatta grossa».

«Non ne sono ancora sicuro. Ma ti farò sapere», concluse lui. «E stai pur certo che ricambierò il favore».

Con quelle parole scese dall'auto e si avviò verso il portone. La serratura era fuori uso, così entrò senza problemi e salì. Tutto appariva tranquillo. Dall'appartamento non fuoriusciva il minimo rumore. Tuttavia, prima di forzare la porta, bussò un paio di volte ad accertarsi che la casa fosse realmente vuota.

L'aria insopportabile che l'alloggio emanava all'interno, lo costrinse a portare una mano in viso a tappare il naso. Un qualche tipo di sostanza pareva aver impregnato i muri e tutto ciò che c'era in casa. Si affrettò quindi ad aprire le finestre della cucina. Quando si portò nel soggiorno per fare altrettanto, capì che l'odore irritante proveniva da lì. La stanza era tappezzata di dipinti. Un paio di cavalletti sorreggevano tele mezze imbrattate, mentre su un tavolino erano ammassati pennelli, matite, colori e prodotti chimici.

Quando finalmente l'aria si fece più respirabile, prese a frugare. Rovistò per un bel pezzo nel soggiorno e nella camera da letto, ma solo in bagno trovò qualcosa di interessante. Nella cassetta dello scarico, sigillato con cura in un sacchetto di plastica, era nascosto un compact disc. Probabilmente si trattava di un duplicato delle foto su Della Torre, ma lo avrebbe verificato più tardi.

Una volta fuori dal bagno si rese conto di aver tralasciato l'ingresso e aprì l'unico mobile che c'era. Vi trovò inutili suppellettili e robaccia di ogni genere, ma fra questi riuscì a scorgere una vecchia agenda. Quando aprì la prima pagina, vide che era firmata Giada Rubini. Tornò allora nel salotto e cominciò a sfogliarla. Capendo sin da subito che si trattava di un diario, fece scorrere rapidamente gli occhi. Le date risalivano a otto anni prima. Scartabellò fino all'ultima pagina scritta, dove notò che un foglio era stato strappato via. Riflettendo un istante, pensò che quella che aveva davanti non era solo carta bianca.

Afferrò allora una matita fra tante e prese a farla scivolare sulla pagina. Il tratto della scrittura era troppo marcato per non lasciare traccia. E infatti, in pochi attimi, l'intero testo tornò alla luce come per incanto, con tanto di titolo.

FINALMENTE LIBERA

Ah sì! Finalmente è finita. Ora posso respirare. Mi sono liberata di quel bastardo di mio padre e oggi è proprio finito tutto, perché anche con la polizia l'ho passata liscia. E io di questa storia devo pur parlarne con qualcuno. Non me la posso mica tenere dentro. Con Ivano sarebbe inutile. Lui non mi capisce più come una volta. Quindi caro diario scrivo a te, perché a te posso rivelare tutto.

Ho fatto fuori mio padre, chiudendo una volta per tutte questo brutto capitolo e adesso non so se ridere o piangere per la gioia. Mi ha umiliata per una vita intera, ma gliel'ho fatta pagare cara. Gliel'ho tolta quella vita di merda.

La storia però devo raccontartela dal principio, da quando Ivano senza volerlo mi ha dato l'idea. È accaduto l'ultima volta che l'hanno pizzicato. Mi ha detto: "Oggi devi avere un alibi anche per andare al cesso o sei fottuto".

E io non ho smesso di pensarci fino a quando quell'alibi l'ho trovato. Un alibi perfetto! Ho chiesto a lui di reggermi il gioco e lui l'ha fatto. Così un giorno gli ho lasciato il mio cellulare e sono tornata a casa, attenta a non farmi vedere da nessuno. Poi la sera, mentre quel porco di mio padre se ne stava tranquillo seduto al tavolo, l'ho colpito alle spalle con quel macigno di posacenere che a lui piaceva tanto. E anche se gli ho fracassato la testa lui non è mica morto subito. È rimasto per quasi un minuto a fissarmi incredulo, mentre il sangue continuava a uscirgli dalla testa. Sembrava non volerci credere.

Delle impronte non me ne sono nemmeno preoccupata. Tanto qui ci vivo ed è normale che siano sparse in tutta casa. Ma il colpo di genio è venuto dopo. Sono andata al telefono e ho chiamato a casa di Ivano. Una decina di minuti dopo l'ho chiamato ancora una volta, mentre lui facendo come gli avevo detto, ha telefonato alla compagnia dei taxi col mio cellulare. Ha messo il vivavoce e accostato il cellulare alla cornetta del telefono. Così io che parlavo qui da casa, ho prenotato il taxi. La polizia quando è andata a fare i controlli dei tabulati per vedere da dove fosse partita la chiamata, ha visto che la zona era quella di Ivano e per loro io non potevo certo essere in due posti contemporaneamente. Quando mi sono venuti a interrogare mi sono messa a piangere come una bambina.

"Sì, papà mi ha chiamata a casa del mio ragazzo e mi ha sgridato perché si era fatto tardi", gli ho detto con le lacrime agli occhi. "Mi ha detto che dovevo tornare a casa subito. Per fare prima ho anche chiamato un taxi, perché a quell'ora i mezzi ci mettono troppo a passare".

Ivano mi ha retto il gioco da subito, confermando che ero stata con lui tutto il giorno. Anche la ragazza del centralino ha riconosciuto la mia voce. Fortuna che quegli imbecilli della polizia hanno preso la cosa alla leggera e non si sono preoccupati di verificare la corsa. A quello non avevo proprio pensato, ma grazie a Dio neanche loro. Insomma, è filato tutto liscio. Quando a casa non hanno trovato segni di scasso, hanno subito sospettato di me, ma io li ho ugualmente fregati tutti. Oggi infatti mi hanno fatto sapere che il caso è stato archiviato per mancanza di prove. Hanno detto che si tratta di un delitto a opera di ignoti. Ma ignoti solo per loro, perché io lo so come sono andate le cose. E ora lo sai anche tu. Questo è un addio mio caro diario. Da questo momento posso cavarmela da sola.

    Giada

Spada aveva letto il testo tutto d'un fiato. Sottoposto alla vista di quella scritta in negativo, i suoi occhi si erano fatti pesanti. Scuotendo leggermente la testa, prese a schiuderli in modo frenetico. Quindi tornò ancora una volta a osservare quella dichiarazione, che messa nero su bianco, o meglio, bianco su nero, incastrava definitivamente la ragazza. Sorrise soddisfatto, pensando che si era pienamente guadagnato il suo onorario. E dal momento che gli aveva di fatto risolto il problema, Della Torre avrebbe probabilmente aggiunto un "piccolo" extra.

29

I giorni si erano rincorsi tra loro una settimana dopo l'altra e l'estate era già alle porte. Dopo un susseguirsi di giornate afose, quella era di certo la peggiore. Giada sentiva mancare il fiato. Sventolava il viso con un ritaglio di cartone nel tentativo di rilassarsi, ma il pensiero di come tutto le stesse sfuggendo di mano lo rendeva impossibile. La data stabilita per il secondo pagamento era ormai trascorsa da alcuni giorni, eppure il denaro del mese prima non si era duplicato.

Incerta sul da farsi, aveva continuato ad attendere e sperare. Più volte era stata sfiorata dall'idea di spedire le foto, ma si era ben vista dal farlo. L'intrusione nel suo appartamento, come in quello di Ivano, portava chiaramente la firma di Della Torre. E nel dubbio di come l'uomo intendesse giocare la partita, lei aveva preferito agire con cautela.

Aveva riposto uno dei dischetti superstiti in una cassetta di sicurezza, mentre l'altro era rimasto nel pendolo, che a sorpresa si era rivelato un nascondiglio sicuro. La preoccupazione maggiore, però, veniva dal fatto che fossero riusciti a risalire a Ivano. Dal giorno del furto, infatti, lui si era fatto opprimente. Più volte le aveva chiesto di mollare tutto. E per quanto lei avesse continuato a rifiutarsi, il timore che quelle intrusioni celassero minacce ben più avverse, la rendeva irresoluta nell'agire. A ogni modo non poteva più starsene con le mani in mano. Era tempo di gettare le carte in tavola e affrontare Rosa a viso scoperto. Sapeva che affrontare le proprie paure non sarebbe stato facile, ma di certo sarebbe stato meglio che restare nel dubbio.

***

I corridoi di *VitaNuova* erano trafficati da gente che andava e veniva. Giada impiegò qualche minuto a raggiungere l'ufficio della sorella. Quando finalmente trovò la stanza, aprì la porta senza bussare ed entrò.

«A che gioco state giocando?» chiese, ancor prima che l'altra sollevasse lo sguardo.

Presa alla sprovvista, Rosa sobbalzò sulla sedia.

Quando poco dopo si riprese dallo spavento, si adagiò allo schienale e sorrise divertita. «A nessun gioco», disse.

«E allora dove sono i soldi?»

«Mi sembri agitata. Forse dovresti sedere».

«Basta con gli scherzi. Perché non avete pagato?»

«Perché la festa è finita sorellina».

Giada sentì l'ansia impadronirsi di lei. Fino a quell'istante si era fatta condurre dalla rabbia, ma ora le incertezze tornavano a prendere il sopravvento.

«Ti aspettavo», continuò Rosa. «Mi chiedevo quando ti saresti fatta viva».

«Che significa?»

«Tieni! Guarda da te».

Nel vedersi porgere una cartellina, Giada l'afferrò preoccupata. Quando l'aprì, trovò all'interno un foglio, a cui però non seppe attribuire un significato. Sembrava la fotocopia di un reperto antico. Una pagina ingrigita da cui spiccavano iscrizioni biancastre, messe in rilievo dal contrasto del chiaroscuro.

«Che roba è?» chiese confusa.

«Dillo tu a me. Sei stata tu a scriverlo».

Lei tornò allora a esaminare il testo con maggior cura. Le bastò leggere il titolo, perché tutto divenisse chiaro. Con sguardo incredulo, lesse alcune righe, come ad accertarsi di non sognare. Aveva sotto gli occhi una pagina del suo vecchio diario e non riusciva a capacitarsi. All'epoca non se l'era sentita di distruggerlo, ma aveva comunque delegato a Ivano il compito di disfarsene. Quel diario non poteva e non doveva esistere.

«Quando l'ho letta non riuscivo quasi a crederci», disse Rosa. «Ma in fondo posso capirti. Nonostante il vago ricordo che ho di nostro padre, rammento bene che razza di bastardo fosse. Chissà se trovandomi al tuo posto non avrei fatto altrettanto?»

144

«Insomma, cos'avete intenzione di fare?» chiese lei timorosa.

«Nulla, finché te ne starai buona. Ma stai certa che se quelle foto dovessero spuntar fuori, tu finisci dentro».

Giada restò a fissare la sorella con disprezzo. Si pentì di non aver portato subito a compimento il suo intento omicida. Lo avrebbe fatto in quel preciso istante, ma nel timore di commettere mosse azzardate, si trattenne. Quella battaglia ormai l'aveva persa e una ritirata strategica sembrava l'unica cosa sensata.

***

Dal giorno in cui qualcuno si era introdotto in casa, Ivano non riusciva più a trovare un attimo di serenità. Quello che Giada aveva definito un lavoro semplice e senza il minimo rischio, si era rivelato essere tutt'altra cosa. Aveva presagito sin da subito che le cose si sarebbero complicate, dal momento in cui lo aveva messo al corrente del suo piano, ma si era ostinato a ignorare la vocina dissidente nella propria testa che gli consigliava di tirarsi indietro. E ormai era troppo tardi per far marcia indietro.

Quelle preoccupazioni lo stavano logorando a poco a poco. Nel bisogno di una boccata d'aria fresca, si assentò dalla sala di pittura e corse fuori.

Poco dopo notò una donna uscire dal fabbricato. Dapprima convinto di vedere Rosa, si rese poi conto che si trattava di Giada. Vedendola lì al centro, intuì che la situazione era peggiore di quanto immaginasse. Si sentì raggelare il sangue.

«Cos'è successo? Che ci fai qua?» chiese quando la raggiunse.

«Figlio di puttana. Sei un pezzo di merda», urlò lei appena lo vide. E colma di rabbia prese a colpirlo. «Te ne dovevi sbarazzare. Perché non l'hai fatto?»

Lui sollevò le braccia cercando di parare i colpi. Lei però non pareva intenzionata a calmarsi, perciò l'afferrò bruscamente, a bloccarla in una morsa serrata.

«Che accidenti hai?»

«Il diario», replicò lei, continuando a dimenarsi. «Perché

non l'hai distrutto? Maledetto! Cosa ne hai fatto?»

«Quale diario? Di che parli?» chiese lui non riuscendo a capire.

«Il *mio* diario. Idiota. Di quale vuoi che parli?»

Di colpo una sequenza di flashback traversò la mente di Ivano. Un tunnel di pensieri che ricondussero l'attenzione al giorno del furto. In effetti nemmeno *l'armadietto del surplus* era scampato alla razzia e, a ben pensarci, fra la massa di oggetti rinvenuti, non c'era traccia del vecchio taccuino.

Trovandosi a disagio lasciò allora andare la presa. Era evidente che Giada si sentiva tradita. Tuttavia, non riusciva a capire cosa c'entrasse quel particolare con gli avvenimenti presenti.

«Vuoi sapere cos'è successo? Ecco! Guarda», fece lei, porgendogli il foglio che teneva in mano.

«Che roba è?» chiese lui.

«Ma in che lingua sto parlando?» replicò Giada senza smettere di urlare. «È una pagina del mio diario. *L'ultima* pagina. Ora hai capito?»

«Impossibile», ribatté lui. «È vero. Il diario l'ho tenuto. Ma quel foglio l'ho strappato via».

«Oh! Bel capolavoro. E questo come lo spieghi?»

«Che vuoi che dica? Non ne ho idea. Ma a ogni modo questo che c'entra con…»

«Ancora non ti entra in testa? Ci hai messo entrambi nella merda. Ora sanno tutto di noi e su come sono andate le cose otto anni fa. Hanno quanto basta per farci sbattere in galera».

Giada lo informò delle minacce della sorella. Poi, senza attendere alcuna replica, si allontanò ancora in preda alla collera. Mentre scompariva fra i cespugli che fiancheggiavano il parcheggio, Ivano la seguì con lo sguardo, finché la sua immagine si fu eclissata del tutto e all'orizzonte rimase solo la paura.

30

La questione di Luca era divenuta per Lisa una vera ossessione. Vittima delle proprie esitazioni, aveva disertato il lavoro per un'intera settimana. Giorni spesi a indagare dentro se stessa, a prendere coscienza di quello che era un reale bisogno. Luca era suo figlio e lei lo amava. Ciononostante, rappresentava l'emblema di un passato travagliato e sofferto. Riconoscerlo significava mettere, una volta per tutte, la parola fine a un brutto capitolo della sua vita. La riluttanza di Vincenzo, però, rendeva la situazione più difficile che mai. Dal giorno in cui si era confidata con lui, non era stato più lo stesso. La sera l'aveva lasciata sola nella sua stanza. Trasferendosi in una delle camere per gli ospiti, e con tutta la freddezza di cui era capace, aveva continuato a mostrare il proprio rifiuto. Senza accettare spiegazioni si era limitato a interrompere i loro rapporti, in attesa che lei prendesse una decisione. Svariate volte Lisa aveva cercato di riaprire il dialogo. Lui però, risoluto come mai, l'aveva scansata a ogni occasione. Quella mattina poi era più dura delle altre. Perché lei la sua scelta l'aveva fatta, ben sapendo che questa avrebbe finito di rovinare la relazione con il marito.

Vincenzo era stato il punto saldo della sua vita, ma Luca era parte di sé. Spinta da quella consapevolezza, cercò in rubrica il telefono del notaio, decisa a mettere il tutto nero su bianco. Pigiati un paio di tasti, però, vide le dita esitare nel comporre il numero. Sentì il coraggio venirle meno e capì di aver bisogno di bere qualcosa. Servirsi un paio di bicchieri di buonora, ormai, era un'abitudine da cui era impossibile astenersi. Così ne riempì uno e tornò a sedersi. Posata la bottiglia accanto a sé, mandò giù un sorso, cosciente di aver gettato di nuovo la vita al vento.

Dalla sera in cui quelle verità nascoste erano emerse prepotenti, Vincenzo aveva smesso di riprenderla. Evidentemente comprendeva il suo stato d'animo. Ogni volta che la bottiglia era vuota, lei ne vedeva comparire un'altra al di fuori del mobile. Insomma, lui l'aveva lasciata fare. Per quanto contrariato dal suo modo d'agire e benché si sforzasse di negarlo, sembrava aver capito i suoi bisogni. In fin dei conti le era rimasto vicino nel silenzio.

Convinta di tutto ciò, pensò che agire alle spalle del marito era sbagliato. Aveva il diritto di conoscere la sua decisione. La prima cosa che fece, però, fu comporre il numero del notaio. Perché, se un bicchiere di whisky si era mostrato sufficiente a sollevare la sua forza d'animo, era necessario approfittarne. Presto il coraggio per fare quella telefonata sarebbe svanito.

Dopo aver preso appuntamento si sentì alleggerita da un peso e tornò a bere un goccio per distendere i nervi. Quindi chiamò Vincenzo, che a quell'ora era certamente in ufficio. Il telefono squillò a vuoto. Ripeté l'operazione per altre due volte, ma nessuno rispose. Si limitò allora a inviare un messaggio alquanto conciso, ad aggiornarlo sulla situazione. Poi, tra sollievo e malinconia, riprese a bere per soffocare i pensieri negativi che affollavano la mente.

**

Vincenzo si era ben guardato dal rispondere alla moglie. Pensando che chiamasse per indurlo a cambiare idea, lasciò squillare l'apparecchio, finché, allo stesso modo in cui era venuto, il suono se ne andò. Tuttavia, come il fastidioso ronzio di una mosca, il trillo noioso riprese per altre due volte. Era sul punto di togliere la suoneria, quando il cellulare tornò ad ammutolirsi. Pochi istanti dopo, l'apparecchio emise un breve segnale. Vedendo che Lisa si era rassegnata a scrivere un messaggio, lo aprì.

Scoprendo che la moglie aveva preso appuntamento con il notaio per la settimana seguente, capì di averla sottovalutata. Convinto che in quello stato non sarebbe riuscita a fare alcunché, lui si era limitato a facilitarle la discesa verso la dipendenza dall'alcool. A conti fatti, però, la cosa non era servita a nulla.

Dopo aver riflettuto un istante sul da farsi, concluse che l'unica soluzione era quella di abbreviare i tempi. Chiamò allora Lisa, sperando che il piano studiato potesse ancora avere un esito positivo. Non poteva obbligarla a entrare in clinica. Utilizzare il figlio come pretesto era il solo modo per convincerla ad accettare.

Il cellulare continuava a squillare a vuoto e pensò che lei volesse ripagarlo con la sua stessa moneta. Era sul punto di mettere giù, quando la voce della moglie si fece sentire dall'altra parte.

«Vincenzo devo farlo», disse appena rispose. «È mio figlio».

Lui rimase in silenzio, in cerca delle parole più adatte. Dal tono di voce si capiva che era già un po' alticcia. Forse convincerla sarebbe stato più facile del previsto.

«Dimmi che non vuoi lasciarmi. Ho bisogno di te».

«Non voglio lasciarti. E non lo farò. A patto che tu faccia una cosa».

«Non puoi chiedermi di rinunciare a lui».

«Non parlo di lui, ma di te».

«Dimmi cosa devo fare e lo farò».

«Ti chiedo di rimandare la cosa di qualche settimana. Voglio che entri in clinica per un po'. Anche perché altrimenti cosa dirai a tuo figlio? Pensi che gli farà piacere avere una madre alcolizzata? Una volta uscita farai ciò che vuoi. Io non mi opporrò. Ma prima devi farti curare».

«E tu resterai con me?»

«Te l'ho già detto».

«Va bene allora. Faremo come vuoi tu».

La comunicazione cadde.

Tutto era andato nel migliore dei modi.

Vincenzo si affrettò a chiamare Monti per informarlo.

«Tieniti pronto», disse senza giri di parole. «È tempo di ripagare il debito».

Dopo alcuni istanti di silenzio, la voce esitante dell'uomo prese a farsi sentire.

«Senti Vincenzo… Ci ho pensato tanto», farfugliò. «Non

credo di poter riuscire a farl...»

«Niente scuse. È tardi per tirarsi indietro», tagliò corto lui interrompendo la chiamata.

Non poteva permettere che qualcosa intralciasse la buona riuscita del suo piano, tantomeno l'insicurezza di Riccardo. Se tutto fosse andato come previsto, presto ogni problema si sarebbe risolto. Senza Lisa di mezzo, tutto sarebbe stato in mano sua. A quel punto, persino il pensiero di Rosa in dolce attesa sarebbe divenuto superfluo.

31

Ivano era rientrato nella sala di pittura incapace di credere a quanto stava accadendo. In attesa che i ragazzi terminassero la lezione, ancora rapito dalle parole di Giada, rimase chiuso nel silenzio, isolato nei suoi ricordi. Pensò a come tutto ciò per cui aveva lottato negli anni gli stesse scivolando dalle mani. In prigione lui c'era stato e non voleva tornarci. Non ora che la vita era divenuta qualcosa da apprezzare. Ricordò i duri sforzi compiuti per uscire da un lerciume esistenziale; le sofferenze patite per distaccarsi da una vita verso cui provava ribrezzo e che perfino la morte aveva esitato a strappargli via. Il pensiero di rivivere un passato ormai dimenticato lo terrorizzava.

Quando la lezione terminò, quasi consapevole che non ce ne sarebbe stata un'altra, rimase a osservare i ragazzi mentre uscivano dalla sala. Senza dire nulla li seguì con lo sguardo a uno a uno, al modo di chi dice addio a una persona cara. E incapace di afferrare la moltitudine di pensieri che scorrevano per la testa, restò infine a fissare il vuoto.

Dopo una decina di minuti, il rientro in sala di un ragazzo lo ridestò all'improvviso, facendolo sobbalzare dallo spavento.

«Scusi. Avevo dimenticato gli occhiali», disse il giovane.

«Non preoccuparti», replicò lui riprendendo fiato. «Ero sovrappensiero».

«Ok! Allora io vado. Ci vediamo».

«Lo spero», bisbigliò.

Rassegnato a un senso di sconfitta, prese a compiere quello che era ormai divenuto un vero e proprio rituale. Con devozione raccolse i pennelli utilizzati e infilò i guanti. Riempì il solito contenitore con l'essenza di trementina e prese a immergervi i pennelli. Già una volta quel gesto aveva allontanato da lui pensieri insopportabili. Nella speranza che la magia tornasse a compiersi, restò a fissare lo sporco della pittura dissolta nel solvente, ma non servì a nulla. Il terrore che lo ancorava alla realtà, e a un passato da dimenticare, era più forte di tutto il resto.

Sentendo di dover fare qualcosa, lasciò il tutto sul tavolo e si avviò verso lo studio di Rosa. Non aveva alcuna idea su cosa avrebbe potuto dire o fare, ma una forza più grande di lui guidava i suoi passi. Forse avrebbe chiesto la sua indulgenza. Forse avrebbe detto di come lui in quell'affare non voleva entrarci. Forse avrebbe tradito Giada per salvare se stesso. O forse, chissà, l'avrebbe semplicemente guardata negli occhi, per accorgersi che quanto stava accadendo era solo un brutto sogno da cui risvegliarsi.

Proseguì in quel cammino incerto seguitando a chiedersi cosa il destino avesse in serbo per lui; se c'era un domani nella sua vita, o se tutto sarebbe finito quel giorno.

Era a pochi metri dall'ufficio di Rosa quando sentì delle voci venir fuori dalla stanza. In una delle due riconobbe chiaramente quella di Franco Mezzana e benché la porta fosse socchiusa, poteva chiaramente distinguere le parole che erompevano con prepotenza. I due stavano litigando di nuovo. Ivano poggiò allora le spalle al muro e rimase in ascolto. Stavolta non lo faceva per Giada, né per quel sentimento che lo aveva spinto a seguirla, ma solo per se stesso. Ascoltava nella speranza che la discussione potesse non giungere a termine. Al pensiero di quando i suoi occhi avrebbero incontrato quelli di Rosa, pregò il cielo di protrarre l'attesa all'infinito.

Quando l'eco delle voci lasciò spazio al silenzio, ritenne che il momento temuto fosse ormai giunto, ma pochi istanti dopo udì Mezzana riprendere il discorso.

«Hai capito o no quanto ho detto?» lo sentì dire.

«Non sono sorda».

«Quindi, cosa rispondi?»

«Ti ho già detto come la penso».

«Me ne frego di cosa pensi. Ormai sei al terzo mese. Puoi fare il test di paternità. E lo farai. Che tu lo voglia o no».

Ivano si sporse avanti incuriosito, per vedere quanto stava accadendo.

«Questo figlio non è tuo» disse lei. «Te l'ho detto e te lo ripeto».

«Come fai a dirlo?»

«Lo so e basta. Lo sento».

«Cazzate!» ribatté lui, avanzando di qualche passo.

«Stai fermo», fece lei minacciosa. «Toccami con un dito e giuro che stavolta ti denuncio».

Capendo finalmente cosa alimentasse il rancore tra i due, Ivano ritrasse il capo. In un istante gli tornò alla mente il litigio precedente. Ricordò come entrambi si fossero insultati a vicenda e come lui l'avesse minacciata di morte. Rivide apparire l'immagine di quella lama, piazzata sul collo di lei, e pensò che Franco Mezzana sarebbe stato una cavia perfetta. Ne avrebbe fatto il suo capro espiatorio.

All'improvviso sentì il fiato venir meno, mentre il cuore prese a battere all'impazzata in un miscuglio di paura ed esitazione. Fece allora per portare una mano alla fronte, quando notò che in quello stato confusionale aveva dimenticato di togliere i guanti. Indifferente, si tirò via il sudore dal volto e gettò poi un'altra occhiata all'interno. Vide che i due erano ancora impegnati nei loro battibecchi. Perciò senza sprecare tempo, corse nell'ufficio di Mezzana.

La porta della stanza era aperta. Ivano si soffermò un istante sulla soglia, ad accertarsi che il corridoio fosse sgombro, quindi tirò un respiro deciso ed entrò.

Chiusa la porta dietro di sé, corse alla scrivania, dove aveva visto l'oggetto l'ultima volta. Vedendo che non era là, sollevò i vari fascicoli dal tavolo accertandosi di non tralasciare nulla. Avrebbe voluto gettare tutto in aria, rivoltare lo studio in pochi istanti, ma se qualcuno lo avesse scoperto, il suo piano sarebbe andato a monte. Si sforzò quindi di trattenere l'ansia e agì con cautela, curandosi di riposizionare ogni oggetto esattamente come l'aveva trovato. Sempre attento a non lasciare traccia del suo passaggio, prese a frugare nei cassetti e, dopo qualche minuto, il sospirato arnese spuntò finalmente fuori. Solo quando gli comparve sotto gli occhi si rese conto che si trattava di un vecchio rasoio. Senza dilungarsi oltre, lo infilò in tasca, rimise a posto il contenuto del cassetto, e prima che la fortuna potesse abbandonarlo si affrettò a uscire.

32

La segreteria era deserta. Ivano sgattaiolò all'interno, a spulcia-re negli archivi del personale. A Giada non aveva mai chiesto l'indirizzo della sorella e non aveva certo intenzione di farlo ora. Quando finalmente lo trovò, lo trascrisse in fretta su un pezzo di carta e rimise in ordine il tutto. Per non destare sospet-ti, lasciò poi scorrere il resto della giornata normalmente, trat-tenendosi fino alla fine del turno.

Una volta rincasato si lasciò cadere sulla poltrona per di-stendere i nervi e riflettere sul da farsi. Perché se cosa fare lo sapeva bene, il "come" era un problema.

Frastornato da emozioni mai provate prima, durante il pome-riggio non era riuscito ad architettare un piano preciso. L'immaginazione aveva continuato a vagare fra ipotetiche solu-zioni, senza mai trovare il giusto espediente. D'altronde, anche se della legge si era beffato più volte, mai si era spinto fino a tanto. Non aveva mai ucciso nessuno.

Rimase un'ora intera a immaginare la scena, come se il tutto accadesse in quegli istanti. Solo alla fine, quando ogni minimo particolare fu uscito dallo stato nebuloso di idea indistinta, si alzò, ormai pronto ad agire.

Prima di uscire pensò che era il caso di bere qualcosa di for-te. Così prese della vodka, ne mandò giù qualche sorso, dopo-diché si avviò.

Giunto sotto casa di Rosa, parcheggiò l'automobile dove nessuno poteva notarla. Nel buio della notte, si appostò poco distante dal portone. Ben riparato dalle vetture in sosta ai bordi del marciapiede, rimase immobile a spiare l'uscita.

Nel timore che qualcuno potesse scorgerlo dall'alto, si acquattò in una posa alquanto innaturale. Ben presto però, si rese conto che non avrebbe resistito molto in quella posizione scomoda. Le scarpe che indossava erano tutt'altro che comode e un fastidio opprimente continuava a risalirgli dalla punta dei piedi. Erano trascorsi appena cinque minuti, ma il dolore era troppo. Così fece per spostarsi, quando improvvisamente una figura dall'interno adombrò i vetri del portone. Una sagoma in movimento si fece sempre più prossima e definita, finché un tizio venne fuori.

Ivano si mosse con tutta l'abilità di cui era capace e prima che l'anta tornasse a chiudersi sgattaiolò dentro. Sin dal suo arrivo aveva adocchiato le targhette dei citofoni, ma timoroso di essere notato si era ben guardato dal farsi avanti. Perciò, una volta dentro, illuminò il cellulare e si accostò alle cassette della posta, in cerca dell'interno di Rosa. Nel vedere il cognome della donna affiancato da quello di Mezzana, pensò che la fortuna giocava dalla sua parte. Era un ulteriore indizio che avrebbe spinto le indagini nella direzione giusta.

Teneva ancora con sé i guanti in lattice. Per non lasciare impronte si premurò di indossarli e prese quindi a salire nel più assoluto silenzio.

Ormai sul punto di suonare il campanello, sentì dei passi risalire dal basso. Preso dall'agitazione, si allontanò allora dalla porta. L'intenzione era quella di salire di qualche piano, ma non ci fu tempo di raggiungere la rampa. Vedendo avanzare la sagoma di un uomo, si limitò a nascondersi nell'ombra.

Una colonna sporgeva dal muro il tanto necessario da celare la sua presenza. Lui vi sgusciò dietro in attesa che il tizio salisse. Questo però si arrestò al pianerottolo e prese a dirigersi verso la porta di Rosa. Ivano lo vide fare qualche passo, per tornare a voltarsi poco dopo. Il dolore ai piedi, ormai allucinante, lo aveva costretto a dare un colpo in terra. E l'altro doveva aver sentito, perché fermo a faccia avanti, scrutava nel buio. Ben presto, anche in quella fitta oscurità, Ivano riconobbe il viso di Mezzana. Il suo sguardo lo caricò di un'ansia folle. Lo stato di agitazione superava di gran lunga quello della mattina. Sentì la paura prendere il sopravvento e convinto di essere stato scoperto, era sul punto di aggredirlo. Estrasse il rasoio dalla tasca e lo aprì, pronto a saltar fuori. Mezzana invece lasciò cadere lo sguardo e senza indugiare oltre si portò dinanzi alla porta di Rosa.

Lui si afflosciò contro il muro, cercando di smorzare il turbamento profondo. Sudava freddo. Un cuore impazzito pareva pulsargli al di fuori del petto. Facendo dei respiri profondi passò una mano sulla fronte, quando percepì la plastica dei guanti e un senso di freschezza inaspettato. Impiegò alcuni secondi per rendersi conto che il metallo affilato poggiava minacciosamente sulla sua fronte. Istintivamente ritrasse la mano, richiuse la lama, e restò in attesa a ridosso del muro.

Di lì a poco, Mezzana prese a sferrare colpi violenti contro la porta. Gridando inferocito, intimava a Rosa di aprire.

Fu allora che una luce fioca comparve dal piano di sopra.

Ivano vide sbucare la testolina di una signora, che avanzando con fare sospetto si sporse a guardare. Lui tornò immediatamente a farsi un tutt'uno col muro. Era al sicuro dallo sguardo di Mezzana, ma da quell'angolazione non poteva sfuggire alla vista della donna. Lui in fondo la vedeva bene. Tuttavia, capì presto che la luce gli era complice nel buio. Se riusciva a distinguerla, infatti, era solo per quel leggero chiarore alle spalle di lei. Così, senza degnarla di ulteriore interesse, riportò l'attenzione a quanto accadeva dall'altra parte.

In quegli attimi di distrazione non si era nemmeno accorto della comparsa di Rosa. Lei e Mezzana erano faccia a faccia. Fece appena in tempo a vederli scomparire dietro la porta.

La faccenda sembrava richiedere più tempo del previsto, ma lui ormai era dentro e avrebbe atteso tutto il tempo necessario.

**

Erano trascorsi una decina di minuti da che Mezzana era entrato in casa. In attesa che venisse fuori, Ivano non si era mosso dalla sua postazione. Smuovendo i piedi di quando in quando, aveva cercato di alleviare la sofferenza atroce che continuava a provare. Avrebbe voluto tirar via le scarpe per qualche istante, ma doveva tenersi pronto. Già una volta aveva commesso lo sbaglio di non considerare gli imprevisti ed era riuscito a scamparla per puro miracolo. Sperare che la fortuna gli sorridesse all'infinito significava chiedere troppo.

Fermo in quell'angolo buio, prese a rievocare gli eventi della giornata. Pensando a come il tutto avesse avuto inizio, ripercorse il concatenamento di vicende che, portandolo a uno stato di temporanea pazzia, stavano per trasformarlo in un omicida. Quelli che stava vivendo erano attimi di pura follia e, molto probabilmente, dal giorno dopo non si sarebbe più guardato nello specchio con la naturalezza di sempre. Tuttavia, nell'insensatezza di quegli istanti, tutto aveva una sua logica.

Dopo qualche altro minuto, Mezzana uscì. Venne fuori carico di collera, mentre Rosa gli gridava contro. Lei gli sbatté la porta in faccia e lui prese a scendere le scale imprecando ad alta voce. In pochi secondi la sagoma dell'uomo scomparve del tutto. Comunque, prima di fare un solo passo, Ivano attese di udire lo schianto metallico del portone. Solo allora si spinse alla porta, impugnò il rasoio e bussò. Dall'interno dell'appartamento sentì pronunciare qualcosa che non riuscì ad afferrare. Dopo aver atteso inutilmente per alcuni istanti, decise di suonare il campanello. E suonò ancora altre due volte, prima di sentire dei passi avanzare verso l'entrata.

Quando Rosa aprì la porta, lui riuscì a fatica a distinguerne il volto. L'ingresso era rimasto al buio come le scale. Ma ormai i suoi occhi si erano abituati all'oscurità e quel minimo di luce proveniente dal salone gli fu sufficiente per colpire. In un gesto secco e deciso ruotò il braccio in modo trasversale e, assieme al buio fitto che separava l'uno dall'altra, tranciò di netto la gola di lei. La donna portò le mani al collo e in uno sguardo incredulo cadde a terra. Ivano era certo che tutto fosse finito, ma percependo dei gemiti di dolore, capì che lei era ancora viva. Ormai stesa in terra, contorcendosi in movimenti quasi impercettibili, continuava a lottare per la vita. Quella vita che lui le aveva appena strappato via.

La scena durò qualche secondo ancora, finché Rosa, esalando un ultimo respiro, smise di agitarsi.

PARTE SECONDA

33

Erano da poco passate le nove di mattina quando il commissario Nardi arrivò sotto casa della vittima. Oltre alla folla incuriosita, un'autoambulanza e alcune volanti della polizia intasavano il passaggio, perciò parcheggiò la macchina poco prima e proseguì a piedi. Facendosi spazio tra la gente, raggiunse un portone dove un paio di agenti sostavano a controllare chiunque entrasse. Uno dei due sollevò la mano facendo cenno di arrestarsi, ma notando poi il distintivo, salutò e lo lasciò passare.

Nonostante superasse di poco i cinquant'anni, Massimo Nardi poteva tranquillamente essere scambiato per un ultrasessantenne, se non fosse stato per quel suo sguardo malizioso, curioso e indagatore, sempre vigile e con un che di irritato. Con la morte della moglie aveva perso ogni interesse. Si era lasciato andare fino a divenire un tipo trasandato e costantemente insoddisfatto. Solo il lavoro continuava a dargli un motivo per alzarsi al mattino. E il pensiero che anche questo, un giorno, sarebbe giunto alla fine, lo rendeva persino incapace di gioire dei propri successi.

Per le scale le squadre della scientifica erano già all'opera. Degli uomini erano alla ricerca di tracce dentro e fuori l'appartamento, ma avevano ormai terminato i lavori preliminari e fecero tranquillamente cenno di passare.

Poco oltre la porta d'ingresso, una donna era stesa in terra, riversa in una pozza di sangue e con le mani serrate attorno al collo. I suoi occhi sbarrati, gelidi, parevano ancora fissare la morte in faccia. Ma ciò che colpì Nardi fu il colore rossiccio che, in modo quasi innaturale, contornava quel bel viso femminile. In alcuni punti, infatti, la capigliatura della donna pareva fondersi col sangue sparso in terra. Era difficile capire dove il rosso solido dei capelli lasciasse spazio a quello semiliquido del sangue rappreso.

Di morti lui ne aveva visti tanti, ma in quella scena trovò veramente qualcosa di insolito. Tuttavia, senza mutare espressione si limitò a oscillare leggermente il capo, sollevò un sopracciglio, con l'ammirazione di chi osserva un dipinto, e tenne gli occhi puntati su quel corpo inanimato per qualche attimo ancora.

«Ah, commissario! È arrivato», disse poi una voce alle sue spalle.

Voltandosi vide l'ispettore Ettore Lanzi venirgli contro e accennato un saluto, disse: «Allora, cosa abbiamo stavolta?»

«La vittima si chiamava Rosa Fogliani. A prima vista è stata uccisa con un taglio alla gola. La donna delle pulizie l'ha trovata stamattina al suo arrivo. Adesso è nell'appartamento a fianco. È ancora sotto shock».

Senza replicare, Nardi si chinò sul corpo della donna e restò a fissare per alcuni secondi l'incisione netta che si estendeva da una parte all'altra del collo. Di fianco al cadavere, un cartellino numerato contrassegnava il reperto dell'arma del delitto. Un rasoio a mano semiaperto e con la lama ancora intrisa di sangue.

«Sicuramente non si è trattato di un tentativo di furto», disse Lanzi. «Soldi e oggetti di valore non sono stati toccati. Chi lo ha fatto doveva avere un motivo preciso. Ed è probabile che la vittima conoscesse l'omicida. Sulla porta non c'è segno di scasso. Di là il salone è completamente sotto sopra. Pare ci sia stata una lite violenta».

«Cosa sappiamo della donna?»

«Ventotto anni. Psicologa. Sembra lavorasse in un centro di recupero per tossicodipendenti. Stando a quanto dicono i vicini, fino a qualche tempo fa conviveva con un certo…»

«Buongiorno signori», disse in quell'istante qualcuno dalla porta. «Scusate il ritardo».

Nardi e Lanzi si voltarono in concomitanza. Dietro di loro c'era il medico legale, che immerso in un bagno di sudore si accingeva a varcare l'entrata.

«Buongiorno dottore. Che le è capitato?» chiese Lanzi.

«Eh! Ragazzo mio… Io non ho più la tua età, sai? Per me, con questo caldo, anche due piani di scale sono una faticaccia».

Nardi e Lanzi conoscevano bene il dottor Padovani e una reciproca simpatia li legava in una forma di amicizia. Tuttavia nessuno si era mai spinto oltre un certo limite. Con il giusto distacco che separava l'uno dall'altro, ognuno aveva sempre preferito restare al proprio posto, mantenendo il rapporto sul piano professionale.

«Allora dottore», fece Nardi. «Cosa può dirci?»

Con fatica l'uomo si chinò a terra ad appurare la temperatura del corpo e la sua rigidità. Terminate le verifiche tirò via gli spessi occhiali da vista e passò un fazzoletto in viso ad asciugare il sudore.

«Beh…» fece poi, con una smorfia di esitazione. «Dalla rigidità cadaverica direi che sono trascorse meno di dodici ore. Il *rigor mortis* non è ancora terminato. Ma purtroppo sul cadavere non c'è presenza di macchie ipostatiche, quindi dovrete aspettare l'autopsia per avere informazioni più precise».

«È normale?» chiese Nardi.

«Cosa?»

«L'assenza di macchie ipostatiche».

«Oh, sì!», fece Padovani. «È causa dell'eccessiva perdita di sangue. La quantità di emoglobine nel sistema vascolare è insufficiente e non permette la comparsa del *livor mortis*. Certo, sarebbe stato utile a stabilire se il cadavere è stato spostato dalla posizione iniziale».

In quel momento sopraggiunse la dottoressa Mellis, il sostituto procuratore che si occupava di coordinare le indagini preliminari. Questa salutò i tre uomini, che ben conosceva, e chiese delucidazioni sul caso.

Nardi sorrise nel vederla arrivare. A lui quella donna era sempre piaciuta. In ogni occasione si era rivelata più che comprensiva. Mostrando piena fiducia nei suoi confronti, gli aveva sempre lasciato campo libero nel corso di un'indagine. Anche nei casi in cui lui, per quel suo fare cocciuto, aveva tirato troppo la corda, questa aveva sempre chiuso un occhio. E ciò per lui significava molto.

«Avete già avvertito i familiari?» chiese la donna.

«Stiamo provvedendo», rispose Nardi. E dopo aver scambiato con lei qualche parola, la lasciò in compagnia di Lanzi e Padovani che terminarono di aggiornarla.

Lui nel frattempo prese a girare per l'appartamento, in cerca di qualche oggetto mancante o fuori posto. O comunque una qualsiasi cosa che potesse mostrarsi estranea alla scena del crimine. Tuttavia, non trovò nulla di che. Come anticipato da Lanzi, l'unico dettaglio interessante era il salone, messo totalmente a soqquadro. Con frammenti di suppellettili sparsi per tutto il pavimento, stabilire cosa fosse al proprio posto, e cosa no, era praticamente impossibile. Nelle altre parti della casa non trovò niente di insolito. Nulla che attirasse la sua attenzione. Pensò quindi che era il caso di lasciar fare a quelli della scientifica. Se c'era qualcosa di rilevante, loro l'avrebbero trovata.

Tornato nell'ingresso salutò Padovani, ormai prossimo a partire. Dopodiché, in compagnia del pm e seguito da Lanzi, uscì dall'appartamento per spostarsi in quello adiacente, a parlare con la donna che aveva rinvenuto il corpo.

L'agente che era con lei cercava ancora di calmarla. Nardi le fece un paio di domande, ma questa, sconvolta dall'accaduto, non riusciva ad articolare altro che frasi sconnesse e senza senso. Capendo che in quello stato non sarebbe riuscito a cavarle di bocca una sola informazione utile, diede ordine di accompagnarla in centrale per farle rilasciare una deposizione.

In cerca di una pista da seguire, non restava che interrogare i condomini del palazzo. Di solito lasciava quel compito ad altri, ma dato che la scena del crimine non sembrava rivelare granché, tanto valeva impiegare il tempo in qualcosa di produttivo.

Proprio allora sopraggiunse un agente, a riferire di un potenziale testimone. Un uomo anziano che abitava tre piani sopra e che pareva aver visto un tipo sospetto.

«Buongiorno. Sono il commissario Nardi», disse quando gli fu davanti. «Può dirmi precisamente cos'ha visto?»

«L'ho già detto al ragazzo», rispose il vecchio, indicando l'agente con fare scontroso.

«Certo, ma le sarei grato se potesse ripeterlo a me».

«Allora…» fece l'uomo, sbuffando per l'irritazione. «Erano le dieci e mezza e stavo uscendo a fare la mia solita passeggiata…»

«Mattina o sera?» chiese lui.

«Come?»

«Le dieci e trenta di mattina o di sera?»

«Ma cos'è? Fa finta di non capire? L'ho già detto qui al suo collega. Sto parlando di ieri sera».

«Prego. Prosegua pure». Nardi capì di trovarsi davanti un tipo bizzarro.

«Bene», riprese il vecchio. «Come dicevo, stavo uscendo per fare la mia solita passeggiata, quando fuori del portone ho sentito un tipo gridare. Credo volesse entrare e non ci sia riuscito. Schizzando fuori dalla macchina è corso verso il cancello. E quando non ha fatto a tempo ha preso a gridare».

«Lei lo conosceva?» chiese Nardi.

«Chi?»

«Quell'uomo. Lo aveva mai visto prima?»

«No. Non mi pare».

«E vedendo un estraneo che tentava di entrare a quel modo, in più a quell'ora della sera, non ha pensato di avvertire qualcuno?»

«Non ho detto che fosse un estraneo».

«Come sarebbe? Ha detto di non conoscerlo».

«Io no, ma forse qualcun altro sì. Per quel che ne so poteva anche essere uno che si era scordato le chiavi di casa».

«Beh…!» intervenne Lanzi. «Se fosse stato uno dei vicini, immagino lo avrebbe riconosciuto».

«Perché? Lei crede che io conosca tutti qui dentro? Abito qui da poco e conosco solo un paio di persone nel palazzo. Io mi faccio i fatti miei».

«Devo dire che non ci è di grande aiuto», tornò a dire Nardi. «Saprebbe almeno descrivere il modello dell'auto?»

«Non ci ho fatto caso».

«Ma pensa di poter riconoscere l'uomo se lo vedesse?»

Nardi iniziava ormai a spazientirsi.

«Forse. Non saprei. Era buio tra l'altro e...»

«D'accordo, d'accordo! Può bastare. Comunque dovrà farci la cortesia di venire in centrale per firmare una deposizione e, se le riesce, aiutarci a ricostruire l'aspetto di quel tale».

«Come sarebbe? Ora non ho voglia di uscire di casa».

Nardi non rispose. Non aveva alcuna intenzione di perdere altro tempo con quel vecchio strampalato. Lasciò all'agente l'incarico di occuparsi della questione e con Lanzi presero a ridiscendere le scale.

Quando giunsero al secondo piano, un altro poliziotto gli venne incontro.

«Commissario, abbiamo ascoltato tutti i condomini», disse. «Tranne quattro persone che si erano già recate al lavoro e una certa Rita Visentini. Pare sia partita proprio stamattina per far visita alla figlia. La vicina dice che dovrebbe trattenersi fuori città un paio di giorni».

«D'accordo. Tenetemi informato», replicò lui continuando a scendere le scale. «Voglio tutti i dati a disposizione al più presto. E vedete se è possibile rintracciare la donna».

Con Lanzi erano ormai giunti nell'androne. Nardi vide le cassette della posta e pensò di controllare se quella della vittima potesse rivelare qualcosa di utile. La corrispondenza poteva dire molto di una persona.

Sfortunatamente la cassetta era vuota. Tuttavia, agli occhi del commissario non poté sfuggire il nome che accompagnava quello della Fogliani.

«Chi è Franco Mezzana?» chiese a Lanzi.

«Oh, giusto! Con l'arrivo del dottore mi era passato di mente. Fortuna che me lo ha ricordato. Da quanto ci hanno riferito, fino a qualche mese fa conviveva con la donna. Purtroppo non so dirle di più. Sembra che gli altri condomini non lo conoscessero poi molto bene. Anche se, da quanto ho capito, ha abitato qui per circa un anno».

«Allora vediamo di scoprire tutto il possibile su di lui».

«Certamente», replicò Lanzi.

Nonostante fossero già trascorse un paio d'ore, quando i due uscirono dal palazzo la folla non si era dileguata. Al contrario. La gente era pressoché raddoppiata. Una scena a cui Nardi era più che abituato. Eppure ogni volta non poteva evitare di porsi la medesima domanda: cosa mai quelle persone potessero trovare di così attraente nelle disgrazie altrui. Certo, la morte aveva sempre avuto il suo fascino, ma solo per coloro che restavano, per quei superstiti che potevano ancora parlarne. E forse se certe cose lui non riusciva a capirle, era per il semplice fatto che si sentiva estraneo agli estinti quanto ai sopravvissuti. Per quanto lo riguardava, si considerava solo un uomo in transito, che la morte l'attendeva ormai da anni, un giorno dopo l'altro.

Lasciando Lanzi sulla soglia del portone, gettò un'ultima occhiata su quella folla caotica. Poi estrasse gli occhiali da sole dalla giacca, a ripararsi dalla luce del giorno, e si avviò verso l'auto.

34

Rientrato in centrale, Nardi si recò spedito nel suo ufficio. Varcando la soglia aveva fatto cenno al vice sovrintendente di raggiungerlo e, ancor prima di potersi accomodare, sentì l'uomo bussare alla porta.

«Mi voleva commissario?»

«Sì Cataldo, vieni. Fammi una ricerca su questa Rosa Fogliani», rispose lui, porgendogli un pezzo di carta. «E anche su un certo Mezzana. Pare abbia vissuto con la donna nell'ultimo anno. Lì ci sono i nomi e l'indirizzo».

«Comincio subito».

«Informami appena hai notizie».

L'uomo uscì dall'ufficio e Nardi si lasciò cadere sulla poltrona, a riflettere su quanto aveva visto. Tornare con la mente sulla scena del crimine, ripercorrere gli istanti del sopralluogo, permetteva di rivalutare particolari all'apparenza insignificanti, che spesso si rivelavano utili alle indagini. Per quanto stimasse i colleghi della scientifica, non era mai stato un amante della tecnologia. Si era sempre e solo fidato del proprio istinto e di quella fantastica macchina che era la mente umana.

Ripensò a quel salone messo sotto sopra, al rasoio insanguinato lasciato a fianco della vittima e concluse che non poteva trattarsi di un delitto passionale. Certo una lite violenta poteva scatenare un gesto impulsivo, irrazionale, ma quell'arma da taglio non era al suo posto. Il cadavere si trovava sulla soglia d'entrata, in una posizione che indicava chiaramente come la donna, al momento dell'aggressione, fosse rivolta verso la porta. Ma la collocazione adatta di un rasoio era il bagno. Se l'impulso omicida dell'assassino fosse nato da quella parte della casa, il delitto si sarebbe svolto in maniera del tutto differente. Magari nel salone, o nel bagno stesso. O persino nel corridoio, dove il corpo era stato rinvenuto, ma in quel caso la vittima avrebbe guardato verso il suo aggressore, verso l'interno.

Se la scena del crimine non era stata alterata, doveva trattarsi di un omicidio premeditato. In tal caso, il rasoio messo in evidenza lasciava presupporre un tentativo di depistaggio. Ma per ora le sue erano pure e semplici congetture. Il medico legale, purtroppo, non era stato in grado di stabilire se il corpo fosse stato spostato. Per avere una conferma sulle proprie intuizioni, avrebbe dovuto attendere il rapporto della scientifica.

Assorto in quelle riflessioni, si sentì trasalire quando qualcuno bussò alla porta.

«Sì?» mormorò, ancora perso nelle sue elucubrazioni.

«Commissario, le deposizioni del vecchio e della donna sono state verbalizzate», disse l'ispettore Lanzi, ormai rientrato a sua volta. «Questo è quanto siamo riusciti a ricostruire su indicazione dell'uomo», aggiunse, porgendo un foglio. «Non credo possa servire granché».

La stampa riportava un viso appena accennato. Poteva raffigurare il volto di un milione di persone.

«E questo sarebbe un identikit?»

«Purtroppo quel vecchio non ha tutte le rotelle a posto. Non so quanto si possa fare affidamento sulla sua deposizione. A ogni modo, stando a quanto dice, il tipo che ha visto dovrebbe essere alto tra il metro e settanta e il metro e ottanta».

«Magro, robusto...?»

«Non ha saputo dirlo».

«Insomma non abbiamo niente», fece lui infastidito.

«Bisognerà aspettare i rapporti della scientifica per formulare qualche ipotesi».

«Già!»

In quel momento entrò nella stanza il vice sovrintendente.

«Ecco le informazioni che voleva», disse. «Per quanto riguarda quel tipo, c'è anche il suo domicilio attuale».

Depositò sulla scrivania alcuni fascicoli, salutò e fece per ritirarsi.

«Ah! Cataldo...» lo richiamò Nardi.

«Sì?»

«Per favore, accertati che la famiglia della vittima sia stata avvertita».

«Provvedo subito».

Quando l'uomo uscì, i due presero a leggere le informazioni riguardanti la donna e il suo ex compagno.

«Eccolo qui», disse Lanzi.

«Chi?»

«Quel Mezzana».

L'ispettore gli passò la fotografia. Lui levò un ciglio in aria e accostò l'immagine al volto dell'identikit, nel tentativo di fare un raffronto. Purtroppo la descrizione fornita dal vecchio era talmente vaga da rendere inutile ogni paragone, così rinunciò e tornò a spulciare le informazioni.

«Ecco qualcosa d'interessante», disse poco dopo.

«Cos'ha trovato?»

«Pare che i due lavorassero nello stesso posto».

«Ha ragione», confermò Lanzi, che nel frattempo aveva preso a leggere l'altro dossier. «Lavora anche lui alla comunità di recupero».

«Finalmente un punto di partenza. Direi di fare un salto a questo... Com'è che si chiama?» Nardi tornò a gettare uno sguardo alle carte. «Ah sì, eccolo qua. *VitaNuova*. Forse lì riusciremo a scoprire qualcosa di più».

«Crede che il lavoro della donna possa entrarci in qualche modo?»

«Te lo dirò quando saremo là. Intanto andiamo a parlare con questo Mezzana e sentiamo cos'ha da dire».

Vedendo un sorriso disegnarsi sul volto di Lanzi, lui lo guardò incuriosito. Era sul punto di chiedere il motivo di quell'espressione divertita, quando si rese conto di avergli dato del tu. Non era la prima volta che accadeva. A differenza degli altri collaboratori, l'ispettore era stato trasferito in centrale da pochi anni e Nardi non si era mai adattato del tutto a tenere un comportamento informale. Ma a volte dimenticava che il loro era un rapporto professionale. Forse per il fatto che il ragazzo rievocava in lui l'immagine del figlio, che se non fosse morto alla nascita, avrebbe avuto la sua stessa età. A lui piaceva considerare quella relazione come qualcosa di più, che il semplice vincolo tra un ufficiale e il suo subalterno. Tuttavia, come accadeva ogni volta al ripetersi di quell'evento, provò un certo disagio.

«Certo è buffo», disse allora, cercando di mostrarsi indifferente.

«Cosa?» chiese Lanzi.

«Il nome della comunità. *VitaNuova.* Un po' comico direi, visto che indaghiamo su un omicidio. Ma piuttosto... Quel vecchio è ancora di là?»

«Sì. Perché?»

«Mostrateglì la foto di Mezzana. Chissà che non lo riconosca».

«D'accordo. Ma non credo servirà a molto. Gliel'ho detto commissario. A quel tipo la testa non funziona come dovrebbe», concluse Lanzi uscendo dall'ufficio.

Nardi incaricò Cataldo di fare una breve ricerca sul centro di recupero e i suoi dipendenti. Dopodiché sostò sulla soglia della caserma in attesa che l'ispettore facesse ritorno. Poco dopo lo vide comparire. E dall'espressione del viso, capì che il tentativo si era rivelato inutile.

***

Scesi dall'auto, i due poliziotti si lasciarono il parcheggio alle spalle avviandosi verso l'ingresso del centro. Nardi notò la bellezza architettonica di quel posto, come il verde circondasse l'intera struttura. Non avendo mai messo piede in una comunità di recupero, si chiese se anche l'ambiente facesse parte della terapia. In fondo superare un disagio come la dipendenza dalla droga non era uno scherzo. Forse anche gli occhi volevano la loro parte.

Tre tizi stavano fumando proprio di fianco all'entrata, ma nessuno di questi volse lo sguardo a osservarli. Nei loro abiti borghesi, i due passarono inosservati come persone qualsiasi. Appena dentro, un tabellone affisso al muro riportava la planimetria dello stabile, con le indicazioni per raggiungere i vari settori e Lanzi si affrettò a gettare un'occhiata.

«È di là», disse poi, facendo cenno col dito.

Nella segreteria, Nardi vide una donna al di là di un bancone. «Buongiorno», disse avvicinandosi a lei. «Dovremmo parlare con il responsabile».

Prima di potersi qualificare, la donna scosse la testa. «Sono spiacente signore. Ma purtrop…»

«Sono il commissario Nardi», la interruppe lui mostrando il distintivo. «Ho urgenza di parlare con il responsabile».

La donna aggrottò leggermente le ciglia, guardando i due con un'espressione stupita. Poi tornò a dire: «Mi spiace, ma la direttrice non c'è. Non so che dirvi. È difficile che si assenti dal lavoro, ma non si vede da una settimana».

«Ci sarà pure chi la sostituisce. Una persona con cui poter parlare».

«Cosa succede?» disse qualcuno in quell'istante.

Nardi si voltò e vide che un uomo era appena entrato nella sala.

«I signori sono della polizia».

«Sì, sì. Ho sentito. Chiedevo cosa ci fa qui la polizia».

«Lei chi è scusi?» domandò Nardi.

«Sono Gianpaolo Bernini, il responsabile del personale».

«Ah, bene! Allora forse possiamo parlare con lei».

«Sì, ma di cosa?»

Nardi era sul punto di rispondere, quando volse uno sguardo alla donna e si trattenne.

«Venite», disse allora Bernini. «Spostiamoci nell'ufficio della direttrice».

«Ma signor Bernini…» fece la segretaria.

«Non si preoccupi Stefania. La dottoressa non la prenderà a male», la tranquillizzò questo. «Il mio ufficio è in fondo al corridoio e mi pare che i signori abbiano una certa urgenza».

L'uomo lasciò dunque entrare i due. Chiusa la porta, fece segno di accomodarsi e si sedette a sua volta alla poltrona della Colasanti.

«Allora signori. Ditemi pure».

Nardi fissò l'uomo un paio di secondi. Volse un breve sguardo all'ispettore, quasi indeciso se parlare o meno.

«Vede signor Bernini...» disse infine. «Siamo qui per indagare su un omicidio avvenuto ieri sera. Ci risulta che la vittima fosse una vostra dipendente. Rosa Fogliani».

«La dottoressa Fogliani? Uccisa?» fece questo in un sussulto.

Con le ciglia increspate e gli occhi spalancati, l'uomo era ammutolito in un'espressione ambigua, allibito da quanto appena udito.

«Può dirci quali funzioni svolgesse?» chiese Nardi dopo una breve pausa.

Da parte dell'uomo però non giunse risposta. Ancora perso nella sua incredulità, pareva chiedersi se prestar fede o meno a quell'affermazione.

«Signor Bernini», fece allora Lanzi.

«Eh? Cosa?»

«Ha sentito la domanda del commissario?»

«Ah sì, mi scusi. Sono un po' frastornato. Cosa diceva?»

«Chiedevo di cosa si occupasse la dottoressa presso la vostra struttura», ripeté Nardi.

«Era il coordinatore terapeutico. Principalmente gestiva gli operatori del centro e mediava i loro rapporti con la direzione. Ma si occupava anche di supervisionare i casi dei vari utenti e collaborava agli incontri nella fase preliminare».

«Quindi, se ho ben capito, aveva contatti con chiunque qui dentro. Tanto con il personale quanto con i pazienti».

«Beh, direi di sì», rispose Bernini mostrando una certa perplessità.

«E non sa se qualcuno potesse avercela con lei per qualche motivo?» chiese Lanzi.

«Non direi. Anzi! La dottoressa era benvoluta da tutti. A parte forse...»

Come temendo di aver commesso una *gaffe,* l'uomo lasciò la frase in sospeso, mentre l'espressione del viso prese a cambiare.

«A parte...?» lo incitò Nardi.

«Beh, vedete… ecco… non penso che questo possa riguardare il vostro caso».

«Lo lasci giudicare a noi. Quale nome stava per fare?»

«Insomma, tra la Fogliani e la Colasanti c'era un po' di attrito da diverso tempo. Questo lo sapevano tutti qui al centro. Ma si trattava di stupidaggini. Niente di serio. Stupidi battibecchi fra donne».

«E questa persona sarebbe?»

«Oh, giusto. Mi scusi. Lisa Colasanti è la direttrice».

Nardi volse lo sguardo in direzione di Lanzi, come a richiedere il suo parere. Lui aveva subito collegato l'assenza della donna con un probabile coinvolgimento e dall'espressione dell'ispettore, suppose che questo doveva aver fatto altrettanto.

Per un momento pensò che quel nome gli diceva qualcosa, ma non riusciva a metterlo in relazione con niente e nessuno di cui avesse memoria. Tenne la cosa per sé e cambiò discorso in tutta naturalezza.

«Invece cosa può dirmi riguardo a Franco Mezzana?»

«Non capisco. Che c'entra Mezzana?»

«Per favore signor Bernini. Si limiti a rispondere alle domande».

«Beh, cosa posso dirle? È responsabile del settore medico-legale. Le assicuro però che sta prendendo un granchio. È vero che da qualche tempo le cose non andavano molto bene tra loro, ma quell'uomo si sarebbe gettato da un dirupo se la Fogliani glielo avesse chiesto».

«Può farlo chiamare? Vorrei fargli alcune domande».

Senza replicare, Bernini sollevò il telefono e chiese alla segretaria di convocare Mezzana. Questa però fece presente che l'uomo si era assentato prima della fine del turno. Un altro sguardo di intesa sfrecciò nell'aria tra i due poliziotti, ma questa volta le loro riflessioni vennero interrotte dall'entrata inattesa di una donna.

«Cosa sta succedendo? Che ci fate voi qui dentro?» chiese questa.

Notando la sua irritazione e il suo fare deciso, Nardi suppose che si trattasse della direttrice.

«Oh, buongiorno», disse Bernini, che levandosi dalla poltrona le andò incontro porgendole la mano. «Non può immaginare cos'è accaduto».

La donna gettò un'occhiata al commissario e l'ispettore, quindi prese a fissare il Bernini in cerca di spiegazioni.

«Oh già! Mi scusi». Si affrettò a dire lui. «Questi sono il commissario Nardi e l'ispettore Lanzi». E sollevando una mano a indicare la donna, aggiunse: «Sabrina Colasanti. È la sorella della direttrice».

«Commissario? Ispettore?» fece questa sconcertata. «Che succede? Perché siete qui?»

«Si tratta della dottoressa Fogliani», rispose Bernini. «Pare sia stata uccisa».

Da fuori la stanza sopraggiunse un grido strozzato, un'esclamazione di spavento. La porta era rimasta aperta e le parole dell'uomo erano giunte alle orecchie della segretaria. Bernini si affrettò a richiudere la porta, ma ormai era tardi per riparare. Sicuramente la notizia si sarebbe diffusa in fretta.

Nardi comunque non diede alla cosa più peso del dovuto. Volgendosi alla nuova venuta, chiese: «Mi permette una domanda signora?»

«Sì, certo. Dica pure».

«Saprebbe dirci dove trovare sua sorella? Dovremmo parlare con lei».

«Potrei parlarle in privato?» disse questa, facendo cenno di uscire.

Senza rispondere, lui si levò in piedi e la seguì nel corridoio. Una volta soli, la donna gettò qualche breve sguardo attorno a sé. Poi a voce bassa, disse: «Mia sorella è dovuta entrare in clinica. È il motivo per cui sono qui. Sono venuta di persona perché vorrei tenere la faccenda riservata. Sicuramente capisce».

«Veramente no. Non vedo cosa ci sia da nascondere».

«Lisa è un ex alcolizzata e ora pare ci sia caduta di nuovo. La storia ha già fatto scandalo una volta e se la stampa venisse a conoscenza del fatto, non esiterebbe a ricamarci sopra. A volte portare un cognome come il nostro non è facile».

Solo a quel punto Nardi riuscì a collocare quel nome al giusto posto. Lisa Colasanti era la moglie di Della Torre, un pezzo grosso dell'industria. Sapeva di aver già sentito parlare di lei.

«Capisco», disse allora. «Può contare sulla mia discrezione».

«La ringrazio», rispose lei accennando un sorriso.

«E dov'è ricoverata sua sorella?»

«Perché?»

«Beh, io ho bisogno di parlare con lei».

«Mi scusi commissario», replicò la donna tornando ad accigliarsi. «Ma non starà pensando quello che immagino?»

«Non capisco».

«Spero non voglia credere che Lisa c'entri qualcosa in questa sporca faccenda?»

Nardi non rispose alla domanda. Con parole diverse tornò a chiedere come rintracciare la donna.

Sul viso di lei comparve un'espressione più cupa di poco prima, fornì l'informazione di malavoglia e se ne andò senza salutare.

All'interno della stanza, Lanzi era ancora alle prese con Bernini, intento a porre qualche ultima domanda. Senza dire nulla, Nardi attese che terminasse di sbrogliare i propri dubbi. Quando infine l'ispettore porse la mano all'uomo, a ringraziarlo del suo tempo, lui fece altrettanto e assieme uscirono dall'ufficio.

«Che dice commissario?» disse Lanzi. «Facciamo una visitina a questo Mezzana?»

«Certamente!» rispose lui. «Ma prima direi di mangiare qualcosa. È ora di pranzo. E io non ragiono bene a stomaco vuoto».

35

Ivano si era recato al lavoro come al solito. In un'altra occasione non si sarebbe fatto problemi a prendere una giornata di ferie, ma quel giorno non voleva rischiare.

Era ormai ora di pranzo e il suo turno era terminato. Prima di andarsene, pensò di fare un salto in amministrazione, per vedere che aria tirasse da quelle parti, se qualcuno aveva notato l'assenza di Rosa.

Imboccato il corridoio che portava alla segreteria, si imbatté in due uomini che venivano dalla direzione opposta. Quello più anziano volse gli occhi verso di lui e lo squadrò in modo strano. Senza distogliere lo sguardo, continuava ad avanzare in un cipiglio che incuteva un certo timore. Preso dal disagio, lui cercò di ignorarlo spostando l'attenzione altrove. Fu sufficiente una manciata di secondi, perché fossero fianco a fianco, per poi trovarsi l'uno alle spalle dell'altro.

Ben presto i due uomini abbandonarono il corridoio. Sentendo svanire il rumore dei loro passi, Ivano gettò allora un'occhiata indietro. Per chissà quale motivo, l'immagine di quel tipo gli si era impressa a forza nella mente.

Fatto ancora qualche metro giunse davanti all'ufficio amministrativo e una volta dentro, trovò Stefania con le lacrime agli occhi. Nel vedere la faccia rigata dal pianto, le porse un fazzoletto. Cercando di consolarla chiese cosa avesse fatto, ma lei non rispose. In un ripetersi ininterrotto di singulti e gemiti soffocati, continuava ad asciugarsi gli occhi senza riuscire a parlare. Solo le ciglia contratte e traballanti sembravano voler trasmettere un messaggio d'aiuto.

«Su avanti! Smetta di piangere», disse lui, ponendole una

mano sulla spalla.

Lei sollevò il capo con un'espressione avvilita e tentò di dire qualcosa, ma dalla bocca le uscirono soltanto un miscuglio di sillabe inarticolate e incomprensibili. Lui non si era certo recato là per farsi carico dei problemi altrui. Di quella scena cominciava a stancarsi. La donna però non sembrava intenzionata a interrompere il suo piagnisteo. Decise allora di rifilarle una scusa, così da potersi ritirare senza apparire insensibile. Tuttavia, quando fece per parlare, Stefania singhiozzò: «La dott… La dot-to-ressa Fogliani…»

Quelle parole biascicate catturarono subito l'attenzione di Ivano. L'espressione del suo viso cambiò di colpo. Con gli occhi spalancati, prese a fissare la donna in uno sguardo intenso e indagatore. Benché l'agitazione si fosse già impadronita di lui, cercò di non tradirsi. Rimase in silenzio in attesa che la segretaria riprendesse a parlare spontaneamente. Era evidente che aveva bisogno di confidarsi con qualcuno. E infatti poco dopo smise di piangere, fece altri due, tre singhiozzi, e asciugandosi gli occhi riprese a parlare.

«Hanno ucciso la dottoressa Fogliani», disse con tono più fermo.

«Cosa?» fece Ivano.

Con una maschera di stupore, volle mostrare il massimo dell'incredulità, come se la notizia lo avesse colto alla sprovvista. Non dovette nemmeno sforzarsi tanto, poiché il gesto gli venne alquanto naturale. Sorpreso lo era per davvero. Il fatto che al centro fossero già al corrente della situazione, lo aveva preso in contropiede. Che la notizia sarebbe arrivata lo sapeva bene, pensava solo che avrebbe impiegato più tempo.

«Ma chi le ha detto una cosa del genere?» chiese, senza lasciar andare quell'aria scettica.

«Quelli della polizia. Sono appena andati via».

«E cosa hanno detto?»

«Non lo so. Erano venuti a fare domande sulla dottoressa. Hanno parlato con Bernini nell'ufficio della direttrice. Non so cosa si siano detti. Ho potuto solo sentire il signor Bernini che informava la sorella dell'accaduto».

Ivano si sentì raggelare il sangue.

«Quale sorella?» chiese esagitato.

Stefania lo guardò stupita, quasi infastidita dal suo modo di fare.

«La sorella della direttrice», rispose poi.

«Ah!» fece lui, trattenendo un sospiro.

Per un breve istante aveva pensato che la donna si riferisse a Giada. Al di fuori di ogni logica, gli era balenata alla testa l'immagine di lei, che per qualche assurdo motivo parlava con Bernini e con quelli della polizia.

«E a lei che hanno detto? Non le hanno fatto qualche domanda?»

«No. Volevano parlare con un responsabile».

«Che brutta storia», disse lui, chiedendosi intanto se fosse il caso di parlare con Bernini.

Quell'uomo era il solo a sapere come stessero le cose. A Ivano interessava accertarsi che la polizia fosse lì per Mezzana e non per lui. Il suo piano era quello sin dal principio. Eppure, il pensiero che qualcosa non fosse andata per il verso giusto, lo lasciava titubante. Anche perché ricordava bene lo strano sguardo di quel tizio. Uscendo lo aveva studiato dalla testa ai piedi.

Per quanto avesse lasciato indizi a sufficienza affinché si risalisse all'altro, doveva scoprire cosa la polizia fosse venuta a cercare. Tuttavia non poteva esporsi troppo. L'idea di chiedere spiegazioni a Bernini rappresentava un rischio che preferiva evitare. Dopotutto, le tracce che riconducevano a Mezzana erano già tante. E con la spintarella che lui si era preso la briga di fornire alla vicenda, non c'era motivo di agitarsi.

Provando a convincersi di questo, del fatto che tutto procedesse per il meglio, inscenò un'aria dispiaciuta e salutò Stefania eclissandosi dalla segreteria.

***

Nel rientro a casa Ivano rimase bloccato nel traffico di punta. Un momento di stallo durante il quale sentì i dubbi tornare a galla.

Aveva cercato in ogni modo di scacciare via le proprie paure, ma quella specie di dono naturale che era il suo sesto senso, continuava a metterlo di malumore. Per lasciarsi tutto alle spalle avrebbe voluto schiacciare l'acceleratore a tavoletta, schizzar via in una nube di gas, ma il semaforo si alternava tra il verde e il giallo e il rosso e le auto procedevano a intermittenza. Osservando quell'avanzare lento, sussultante, fatto di accelerazioni scattanti e secche frenate, notò il paradosso che faceva procedere la fila col rosso, per immobilizzarla invece alla comparsa del verde. Un processo discordante che svanì solo in prossimità dell'incrocio, dove tutto si svolgeva nella sua normalità. Lì, rosso e verde si alternavano con fare regolare, in un lasso di tempo che permetteva alle vetture in testa di avanzare tranquillamente, lasciando a quelle in coda l'impressione di procedere a fatica. Un evidente controsenso, che rimarcava nella sua stranezza una verità nascosta. Il moto ritmico con cui ogni auto avanzava al seguito di un'altra, sembrava esprimere come tutto al mondo dipendesse da un elemento separato e distinto, eppur sempre correlato.

La considerazione, all'apparenza casuale, parve rispondere agli interrogativi di quegli istanti. Lo stato di agitazione che lo attanagliava era certo dovuto al timore di essere scoperto. Tuttavia, quanto accaduto con Giada il giorno prima, era parte del problema. In fondo, in quella storia, i loro destini erano intrecciati da un legame profondo e indissolubile, dove la libertà dell'uno dipendeva da quella dell'altra. In quell'attimo di improvvisa lucidità, sentì il repentino bisogno di vederla, di spiegarsi, di trovare con lei una soluzione qualsiasi che li riportasse al punto di partenza. Districatosi dall'ingorgo, invertì quindi il senso di marcia e si avviò verso la sua abitazione.

A circa un chilometro dall'arrivo, la scorse dal finestrino. Bloccato a un semaforo dal segnale di stop, la vide entrare in un parco in cui era solita recarsi, lo stesso nel quale l'aveva conosciuta. In attesa che il verde giungesse a concedergli il passaggio, ricordò quella che era stata la loro storia e il modo in cui era finita; pensò che un dipinto che aveva ritenuto completo, pronto per essere appeso al muro, era ancora un'opera abbozzata. Riunendo le loro strade, infatti, il destino gli aveva offerto una seconda possibilità. E lui non poteva gettarla al vento. Pertanto, appena riuscì a parcheggiare la macchina, corse fuori in cerca di lei.

Delle inferriate metalliche recintavano l'intero parco, con alti cancelli a permettere l'accesso. Era sul punto di entrare quando notò un mendicante seduto in terra. Vedendo come il tipo fosse malridotto e percependo una sincera richiesta d'aiuto, provò un senso di pietà. Estrasse di tasca alcune monete e le versò nella scatola ai suoi piedi. L'uomo si limitò a oscillare il capo in segno di riconoscenza. Lui accennò un sorriso e si allontanò in tutta fretta.

Una volta dentro, voltò lo sguardo in lungo e in largo, ma di Giada non c'era più traccia. Quel posto era immenso, con alberi e cespugli a far da nascondiglio in ogni punto. Nelle viuzze che si districavano all'interno era possibile sparire senza che nessuno se ne accorgesse. Chiedendosi se l'avrebbe più trovata in quella foresta cittadina, prese ad avanzare insofferente con un fare sconclusionato, mentre le sue apprensioni, cambiando volto, andavano assumendo le caratteristiche di un'impazienza frenetica.

Il parco era quasi deserto a quell'ora del giorno. Un silenzio innaturale pareva regnare all'interno. Il tempo continuava a passare, ma di Giada non c'era traccia. Ivano sentì aumentare l'ansia e, di riflesso, gli tornò alla mente il vagabondo di poco prima. Dapprincipio aveva provato compassione, ma in fin dei conti quel tale se la passava meglio di lui. Certo chiedere la carità era umiliante, ma forse quel poveraccio aveva potuto scegliere. Forse era stato libero di sbarazzarsi del proprio passato, magari gettandolo nella tazza del cesso e tirando lo scarico. Questo lui non poteva farlo. Non poteva cancellare quanto era accaduto. E nella parte più profonda di sé, sapeva che presto o tardi avrebbe dovuto pagare i conti.

Con quei pensieri nella testa, girò per una ventina di minuti, finché Giada comparve finalmente ai suoi occhi. Seduta a una panchina, riparata all'ombra di alberi e cespugli, riuscì a scorgerla grazie alla chioma rossiccia che spiccava nell'ammasso di verde.

Senza esitare si portò dunque verso di lei e giunto a pochi metri pronunciò il suo nome in un filo di voce.

Lei si voltò con un fare pigro, quasi flemmatico. Appena lo vide, però, un'espressione violenta le comparve in viso e con uno scatto energico balzò dalla panchina.

«E tu che diavolo ci fai qui? Cosa vuoi ancora?» gridò.

«Giada, ti prego. Dobbiamo parlare».

«Io non ho niente da dirti», ribatté lei. «Per quanto mi riguarda abbiamo chiuso».

«Per favore, Giada...»

«Ti ho detto di andartene. Lasciami in pace!»

«Tu non capisci. Oggi la polizia è venuta al centro. Le cose ci stanno sfuggendo di mano».

Incuriosita da quell'affermazione, lei cambiò allora atteggiamento. In uno sguardo severo restò a fissare il viso di Ivano, che sentendosi giudicato non trovava il coraggio di continuare.

36

Franco non se l'era proprio sentita di terminare la giornata lavorativa. Era rincasato stordito, travolto dalla marea di pensieri negativi che continuavano a sovrapporsi fra loro. La testa, incapace di contenerli, pareva voler scoppiare.

Il tavolo della cucina conservava ancora le stoviglie sporche della prima colazione, ma senza curarsene lasciò ogni cosa al suo posto. Non aveva voglia di fare alcunché in quell'istante. Per giunta, l'ambiente disordinato rispecchiava alla perfezione il suo stato d'animo. Assieme al vasellame sparso in tavola, infatti, avrebbe voluto abbandonare anche i propri tormenti, ma di quelli non poteva disfarsene alla maniera con cui gettava via una tazzina rotta. Perciò si recò rassegnato nel salotto, in cerca di una tranquillità che difficilmente sarebbe riuscito a trovare.

Quella mattina Rosa non si era fatta viva e lui aveva ben pensato che cercasse di evitarlo. Dopotutto era normale, visto il litigio furioso della sera precedente. Rendendosi conto di aver oltrepassato ogni limite accettabile, capì di poter incolpare solo se stesso, per il fatto che lei non volesse più vederlo. Sino a un paio di mesi prima era certo di poter cambiare. Eppure, per quanto avesse tentato di farlo, si era visto innalzare un muro insormontabile. Punzecchiandolo nelle proprie debolezze, gli avvenimenti avevano continuato ad animare il suo spirito selvaggio, a condizionare le sue azioni, spingendolo in un vicolo cieco. Ciononostante, non poteva incolpare il destino per l'accaduto. Certo, questo gli aveva messo davanti un bivio dopo l'altro, ma lui aveva scelto ogni volta la strada sbagliata.

Perso in quelle riflessioni, se ne stava steso sul divano intento a valutare i propri sbagli e si chiese se esistesse mai una maniera per tornare indietro. Specie quando la foto del figlio, messa in bella mostra sul ripiano di un mobile, gli saltò alla vista. Nel constatare come ogni cosa nella sua vita fosse andata storta, non poté fare a meno di commiserarsi. Ripensò a quando, una settimana dopo il compleanno, si era recato da Tiziana per parlare con il figlio. Convinto che quel giorno la fortuna sarebbe tornata a sorridergli, aveva ritrovato una spensieratezza e un desiderio di vivere che non provava da anni. Ma il tutto era durato poco. Il tempo di capire che l'ex moglie non aveva alcuna intenzione di cedere. Illudendolo meschinamente, lo aveva dapprima lasciato nell'ingenua speranza di poter ricomporre i pezzi di una famiglia disastrata, per poi sopprimere quelle aspettative una volta per tutte, con un rifiuto irrevocabile. Frasi dure e cariche di freddezza che non lasciavano spazio di trattativa. Si era visto costretto a mettere la parola fine a un capitolo della propria esistenza. Convinto che l'affetto del figlio non lo avrebbe più ritrovato, specie in quel clima d'odio e di risentimento, si era rassegnato a dirgli addio.

Schiacciato dal senso di colpa era uscito da quella casa maledicendosi. Aveva ignorato l'evidenza troppo a lungo e adesso, se ogni cosa si andava sgretolando sotto gli occhi, poteva puntare il dito solo su di sé.

Proprio per questo motivo, a Rosa non poteva darla vinta. Forse, nella sua inesperienza, questa pensava di poter giocare con l'esistenza degli altri. Invece lui, che quel confine oscuro l'aveva già varcato, riusciva a vedere dove il tutto li avrebbe portati. La perdita di un figlio era una macchia di cui si era già insozzato una volta e per la coscienza, una replica di quel peccato avrebbe rappresentato un vero e proprio crimine. Non poteva permettere che il tutto si ripetesse di nuovo.

Con quell'idea in testa, pensò che era il caso di chiamarla. Parlandole attraverso la cornetta del telefono, nell'impossibilità di toccarsi, sarebbe forse riuscito a tenere con lei una conversazione civile e pacata, senza che l'irritazione prendesse il sopravvento.

Compose dunque il numero e restò in attesa di udire la sua voce. Il telefono però continuava a suonare a vuoto. Dopo un paio di tentativi rimise giù e lasciò andare. Non avendola vista al lavoro, era certo di trovarla in casa. Quella mancata risposta sembrava annunciare un cattivo presagio. Per sfuggire a interrogativi senza risposta, cercò di convincersi che fosse uscita a prendere una boccata d'aria, magari per riordinare le idee. Tuttavia, lei aveva parlato di un altro uomo. Il pensiero che potesse trovarsi in compagnia di quest'ultimo, stretta fra le sue braccia, non riusciva a sopportarlo. Tornò dunque a prendere il telefono e fece per comporre il numero una terza volta, quando qualcuno bussò alla porta.

Convinto che si trattasse di un seccatore, non rispose. Pensò che chiunque fosse, si sarebbe presto stancato di aspettare e sarebbe andato via. Il campanello invece prese a suonare con fare ostinato. Chi era dall'altra parte non pareva intenzionato a cedere. Rassegnato si levò allora dal divano e si avviò alla porta.

Quando aprì si trovò davanti due sconosciuti. Un uomo giovane e uno di mezz'età che lo guardavano in modo strano.

«Desiderate?»

«Buongiorno signor Mezzana. Sono il commissario Nardi», rispose il più anziano. «Dovremmo farle qualche domanda se non le spiace».

«La polizia? E cosa volete?» replicò lui meravigliato.

«Può farci entrare?»

«Prego».

Incuriosito e sconcertato, Franco li condusse nel salone.

«Allora... Volete dirmi perché siete qui?» si affrettò a chiedere appena si furono accomodati.

«Stiamo indagando su un caso di omicidio e forse lei potrebbe fornirci qualche indizio utile».

«Omicidio? Chi è stato ucciso? E poi che c'entro io?»

L'uomo che si era presentato come commissario Nardi fece per rispondere, ma qualcosa parve trattenerlo. Per alcuni secondi lo guardò con una certa esitazione. Quando infine si decise a parlare, disse: «Si tratta di Rosa Fogliani. È stata rinvenuta morta nel suo appartamento».

«Cosa?» proruppe lui. «Sta scherzando, vero?»

«Purtroppo no. L'omicidio ha avuto luogo ieri notte».

«No, no! Non è possibile. Voi vi sbagliate».

Franco pensò che quei tipi dovevano aver preso un abbaglio. Forse avevano sbagliato persona. Eppure non avevano l'aria di due che scherzassero. Sapevano ciò che dicevano. Rifiutandosi di credere alle loro parole, rimase allora a fissare il vuoto, ancora incapace di capire cosa stesse provando. Cercò di sopprimere quell'informazione nelle viscere della mente, dove anche il dolore più enorme svaniva, schiacciato dall'incommensurabilità dell'infinito.

«Ci risulta che lei e la dottoressa aveste una relazione», disse Nardi.

Franco restò impassibile. Come se i due uomini non fossero presenti nella stanza, continuava a guardare avanti a sé senza dire o fare nulla. Quando infine prese coscienza della situazione, sentì le proprie emozioni concretizzarsi. I connotati del suo viso presero a mutare in un'espressione dolorante, di vera disperazione. Poggiando un gomito sul bracciolo, sollevò in aria la mano lasciandovi sprofondare la fronte. Provò a trattenere il pianto, ma non riuscì a evitare che le lacrime venissero giù.

«No. Non è possibile», prese a ripetere, quasi a convincere se stesso. «Ditemi che non è vero».

Nardi e Lanzi si guardarono perplessi. Lasciandogli il tempo di dare sfogo all'emozione, attesero in silenzio.

«Ma com'è potuto succedere? Chi è stato?» chiese lui ancora provato.

«È stata aggredita in casa con un'arma da taglio. Da qualcuno che probabilmente conosceva», rispose Nardi. «Ma per adesso non ci sono sospettati. Stiamo vagliando ogni pista possibile».

Franco sentì il dolore riaffiorare in tutta la sua brutalità e cercando ancora una volta di trattenere il pianto, portò una mano alla bocca.

«Scusatemi», disse. Alzandosi in piedi provò ad assumere un certo contegno. «Datemi un secondo per favore».

Appena fu solo in bagno, aprì il rubinetto per darsi una rinfrescata. Lasciò che l'acqua scorresse fino a farsi gelida, prima di gettarsela in viso. Sentendo cedere le gambe, prese a sorreggersi ai bordi del lavandino, finché, all'accenno di un conato di vomito, portò istintivamente una mano al petto. Fece per vomitare, ma il rigurgito gli si strozzò in gola. Mandò quindi giù un goccio d'acqua a liberarsi dal disgusto, si ricompose e tornò nel salone.

«Scusatemi ancora», disse. «Ma la notizia che mi avete portato...»

«Dunque signor Mezzana... Ci conferma la sua relazione con la vittima?» tornò a chiedere Nardi.

«Sì. Io e Rosa stavamo insieme fino a qualche tempo fa».

«C'è un motivo in particolare per cui vi siete lasciati?»

«Beh, non direi», rispose lui un po' perplesso. «Lo sa, col tempo si cambia».

«Tuttavia, lavorando nello stesso posto eravate costretti a frequentarvi. Avevate mantenuto dei buoni rapporti?»

«Scusi se glielo chiedo. Ma allude a qualcosa di preciso?»

In quelle domande cominciava a scorgere vere e proprie insinuazioni nei suoi confronti.

«Beh, stando a certe voci, pare che fosse sorta tra voi una certa inimicizia».

«Sì, è vero. Di recente non andavamo molto d'accordo. E con questo?»

«Potrei sapere il perché?»

«Scusi commissario... Mi sta forse accusando?»

«Cerco solo di mettere insieme i pezzi della storia. Lei dov'era ieri sera tra le dieci e la mezzanotte».

Ormai non c'era più dubbio. Quel tipo stava cercando di incastrarlo. Rispondere sinceramente sarebbe equivalso a servire la testa su un piatto d'argento. Quella era proprio l'ora in cui aveva lasciato la casa di Rosa. Ammettendolo, sarebbe divenuto l'indiziato numero uno. Non c'era niente e nessuno che potesse fornirgli un alibi, provare la sua innocenza. Vinto allora dalla paura, concluse che mentire era la soluzione migliore.

«Ero a casa», disse, evitando lo sguardo dei poliziotti.

«Qualcuno può confermarlo?»

«No, nessuno. Ormai vivo da solo e non credo che qualcuno mi abbia visto rientrare».

«D'accordo», disse Nardi alzandosi in piedi. «Per il momento può bastare. Ma resti a disposizione. Potremmo ancora aver bisogno di lei per far luce su questa storia».

«Certamente», concluse Franco, accompagnando i due alla porta.

Sulla soglia di casa lo salutarono entrambi con una stretta di mano. Tuttavia, dai loro sguardi scettici, intuì che le parole di pochi istanti prima non erano bastate a convincerli. A quel punto si rese conto che mentire era stata una mossa stupida. Ben presto sarebbero arrivati alla verità e di conseguenza, dimostrare la propria innocenza sarebbe stato ancora più difficile. Comunque ormai era tardi per rimediare.

37

La mattina seguente Nardi effettuò una piccola deviazione dal percorso abituale. La clinica *Santa Caterina* era ubicata lungo il suo tragitto di marcia e prima di recarsi in centrale pensò di farci un salto per parlare con Lisa Colasanti.

Uscendo dal parcheggio vide una Porsche nera fermarsi poco più avanti e un uomo elegante scendere dall'auto. Volgendo lo sguardo attorno notò allora il gran numero di macchine lussuose che riempivano lo spiazzo. Pensò che quel posto doveva ospitare persone con le tasche piene di soldi.

La Colasanti lui l'aveva vista più volte sui giornali e alla tv. Benché in diverse occasioni avesse sentito sparlare di lei, non avrebbe immaginato che si portasse alle spalle un passato da alcolista. Ma in fondo niente era mai come appariva. Lui lo sapeva bene. Glielo aveva insegnato il suo mestiere, dove realtà e finzione si mescolavano di continuo. Ogni giorno si trovava a confronto con bravissimi attori, che in modo quasi perfetto camuffavano sembianze, emozioni, o stati d'animo. Persone che avrebbero potuto far concorrenza alle stelle del cinema, ma che per scelta o per caso avevano imboccato una strada che varcava la soglia della legalità.

Era per questo motivo che lui non faceva distinzione tra criminali e testimoni. Si limitava a dividere i colpevoli in due semplici categorie: consapevoli e inconsapevoli.

Se i primi infatti mentivano a priori, a salvaguardia della propria libertà, gli altri lo facevano quando, sentendosi tirare in ballo, temevano un possibile coinvolgimento. In un caso o nell'altro era comunque inevitabile alterare l'andamento degli eventi. Cambiavano le motivazioni, ma tutti mentivano presto o tardi. E la regola non escludeva certo lui, che giorno per giorno seguitava a mentire perfino a se stesso, attribuendo la morte della moglie all'incapacità dei medici. Un'attenuante che gli permetteva di convivere con il soffocante senso di colpa che lo accompagnava ormai da anni.

Di certo anche la direttrice aveva i propri scheletri nell'armadio, ma a lui riguardavano solo quelli in relazione al caso. Avanzando dunque verso l'entrata, si chiese se le menzogne che le sarebbero uscite di bocca avrebbero potuto interessarlo o meno.

Una volta dentro si diresse alla reception per chiedere informazioni. In quell'istante una voce lo raggiunse alle spalle. Quando si voltò, vide Sabrina Colasanti varcare la soglia d'entrata e venirgli incontro.

«Oh, buongiorno», fece lui. «È venuta a trovare sua sorella?»

«Perché sarei qui altrimenti?»

«Già! È una domanda sciocca. Beh, a quanto pare abbiamo avuto la stessa idea».

«Lei spreca il suo tempo commissario. Gliel'ho detto. Mia sorella senza il marito non sa nemmeno allacciarsi le scarpe. Figuriamoci se sarebbe capace di uccidere qualcuno».

«Sarà come dice lei. Ma io devo comunque fare il mio lavoro».

«D'altronde ormai è qui. Tanto vale che giudichi da sé», disse lei, facendogli segno di avanzare. «Sono certa che conoscendola si toglierà ogni dubbio».

«Lo spero anch'io», replicò Nardi.

I due imboccarono un piccolo ingresso per raggiungere gli ascensori. Quando le porte si spalancarono, una donna risaliva dal piano sottostante.

«Che piano?» chiese questa.

«Quinto, grazie», rispose Sabrina.

Le porte si richiusero e il mezzo prese a salire.

***

Monti aveva da poco finito il suo abituale giro di visita.

Messo piede nello studio, il cellulare prese a suonare. La voce di Della Torre rieccheggiò dall'altra parte non appena rispose.

«Ah, sei tu», fece lui.

«Volevo accertarmi che fosse tutto chiaro».

«Senti Vincenzo...»

Una voce tremolante lasciava palesare la sua titubanza.

«Stammi a sentire», lo zittì Della Torre. «La cosa deve essere fatta per oggi. E spero per te che tutto vada come deve andare. Non c'è spazio per i ripensamenti. Quindi fai ciò che devi e non farmi pentire di averti aiutato. O ti assicuro che ne pagherai le conseguenze».

«Per favore Vincenzo. Io non posso...»

Riccardo fece per aggiungere qualcos'altro, quando capì che la comunicazione era già stata interrotta. Con la bocca socchiusa restò qualche istante a fissare l'apparecchio. Era totalmente riluttante all'idea di uccidere. Inoltre, il fatto che si trattasse di Lisa rendeva il tutto ancora più difficile. Con quale coraggio sarebbe tornato a guardare la moglie negli occhi, dopo aver ucciso la sua migliore amica?

Dal giorno in cui aveva accettato la proposta di Vincenzo, aveva preso a detestare se stesso per come fosse caduto in basso. Al pensiero di quanto l'aspettava, non c'era parte del suo essere che non si ribellasse all'idea. Era violentato nel profondo. Ormai però non poteva fare altrimenti. I soldi li aveva presi e buona parte l'aveva già spesa. Si era liberato dei debiti per restare imprigionato in un problema enormemente più grande.

Nel succedersi dei giorni aveva continuato a cercare una soluzione per uscire da quell'ignobile situazione, ma era stato tutto inutile. Sapeva bene che quelle "dell'amico" non erano parole al vento. Al confronto, i soprusi dello *Sbieco* apparivano insignificanti. Perché Vincenzo non si era limitato a intimorire lui. In modo allusivo aveva esteso la minaccia anche a Elena. E il pensiero che la moglie corresse dei rischi a causa sua, Riccardo non riusciva proprio a sopportarlo.

Si era venduto al diavolo ed era tempo di pagare. Per cui, rassegnato, allontanò da sé l'ultimo straccio di dignità. Spalancando i polmoni in un respiro profondo, si alzò in piedi e si incamminò, verso quella che sarebbe stata la sua condanna a morte.

Dopo aver attraversato alcune corsie, giunse davanti alla stanza di Lisa. Accertandosi che nessuno fosse nei paraggi, bussò e si fece avanti.

«Come andiamo oggi?» chiese, mentre richiudendo la porta bloccava la serratura dall'interno.

«Oh, Riccardo! Vieni. È un piacere vederti. Avevo proprio bisogno di una faccia amica».

«Posso immaginare», replicò lui. «Non deve essere facile per te».

«Infatti. Comunque sto cercando di mettercela tutta».

Non riuscendo a sostenere il suo sguardo, lui chinò il capo a fissare i puntini violacei che pigmentavano il pavimento. La voce di Lisa prese a risuonare in lontananza. Era certo che stesse parlando, eppure non riusciva ad afferrare quanto diceva. La sua testa si era eclissata dalla stanza e avrebbe voluto che il tutto restasse così. Ma sapeva di dover portare a termine ciò per cui era venuto. Quindi si portò al terrazzino che spuntava dalla stanza e dando un'occhiata fuori, fece cenno a Lisa di raggiungerlo.

L'ala del palazzo affacciava sulla pineta, lontana da occhi indiscreti. Il suo compito era quello di farla precipitare giù, così da inscenare un suicidio. A seguito del ricovero, nessuno avrebbe sollevato dubbi. Tutti avrebbero visto una donna depressa, decisa a porre fine alle proprie sofferenze.

«Vieni», disse uscendo fuori. «Di sicuro un po' d'aria ti farà bene. C'è una bella giornata».

«Scusa Riccardo, ma non ne ho voglia».

«Andiamo! Devi cercare di reagire, o sarà tutto inutile».

Lei gettò un'occhiata indecisa all'esterno.

«Su!» tornò a incitarla. «Sono solo pochi passi».

«Ok», fece Lisa alzandosi dal letto. E una volta fuori, disse: «Hai ragione. È proprio una bella giornata».

«Lisa io…»

Lasciando in sospeso una frase carica d'affanno, Riccardo fece un passo indietro, a rivelare un senso d'angoscia.

«Cos'hai?» chiese lei.

«Perdonami. Non vorrei farlo, ma... Non posso permettere che succeda qualcosa a Elena. Ha minacciato di ucciderci entrambi».

«Di cosa stai parlan...»

Fu allora che lui si piegò in avanti a sollevarla da terrà e la catapultò con forza al di là del parapetto.

Reagendo d'istinto, lei si aggrappò al bordo della ringhiera. Sentendo il corpo penzolare nel vuoto, emise un grido di terrore. Riccardo la guardò in quegli occhi sconvolti, ancora increduli.

«Mi spiace», disse. «Ma c'è in gioco la vita di Elena».

E così dicendo afferrò quelle mani che ribellandosi alla morte si rifiutavano di cedere. A forza, sollevò un dito e poi un altro e un altro ancora, fino a quando uno dei pugni perse la presa. Il corpo di Lisa prese allora ad altalenarsi nell'aria e le grida si fecero più acute.

***

Nardi si era lasciato guidare in silenzio. Con Sabrina Colasanti avevano percorso una lunga serie di corridoi. Si trovavano a pochi metri dalla stanza, quando si udì un grido provenire dall'interno. Istintivamente i due si guardarono in viso e lui fece subito per aprire, ma la porta era bloccata.

«Lisa!» gridò Sabrina. «Che succede? Apri questa porta».

«Aiuto! Aiutatemi!» si sentì urlare dall'altra parte.

Nardi prese allora a colpire la porta e, quando poco dopo la serratura cedette, vide un tizio fuori al balcone. Era alle prese con il corpo di una donna, al di là della ringhiera, che continuava a gridare in modo folle mentre oscillava nel vuoto.

Precipitandosi all'esterno, lui si affrettò ad afferrarla per un braccio e ammonendo l'uomo, sbraitò: «Non stia fermo così. Mi dia una mano».

Questo lo guardò terrorizzato. Tuttavia, solo quando lo vide fuggir via un istante dopo, Nardi capì come stavano realmente le cose. In un primo momento aveva pensato che quel tipo volesse soccorrere la sventurata, ma evidentemente era tutto il contrario.

Sabrina, dapprima impietrita dalla scena, si sbrigò a raggiungere il commissario. Agguantò la sorella per l'altro braccio. I due cominciarono ad avvicendarsi nel tirare con forza e in poco tempo la donna tornò al sicuro oltre il parapetto.

«Sta bene?» chiese lui.

Questa lo guardò con un'aria stralunata. Aveva ancora il terrore stampato sulla faccia, ma ormai era al sicuro. Così la lasciò alle cure della sorella e corse fuori.

L'aggressore però era già scomparso dalla visuale.

«Dov'è andato?» chiese a un paio di infermiere.

«Chi?» fece una di queste.

«L'uomo che è uscito di qui. Il tizio col camice. Dov'è andato?»

«Ha voltato a destra».

Nardi si lanciò all'inseguimento. Per una frazione di secondo intravide il medico in lontananza. Il tempo che questo svoltasse per un'altra corsia. Cercò di correre il più possibile, ma la distanza che li divideva era troppa e lui non era certo in ottima forma.

Quando raggiunse il punto in cui l'uomo era scomparso, si rese conto di averne perso le tracce. Notando poco avanti l'accesso alle scale, si assicurò allora che non fosse fuggito per di là.

Rientrando poi nella corsia, si imbatté nel tipo elegante del parcheggio.

«Ha per caso visto passare qualcuno?» chiese.

L'altro scosse la testa con fare indifferente e lui lo lasciò andare per la sua strada.

Non restavano che le stanze adiacenti. Convinto che il medico si fosse rintanato in una di queste, iniziò a perlustrarle a una a una, fin quando sentì delle grida giungere dall'esterno.

Le urla provenivano dal basso e incuriosito si sporse dalla finestra. In lontananza poté scorgere sulla strada il corpo dell'uomo. Accerchiato da un gruppo di persone, giaceva a terra in un lago di sangue.

Chiedendosi cosa lo avesse spinto a compiere quel gesto folle, ripensò all'espressione sconvolta che gli aveva letto in viso e al modo in cui era fuggito. Infine, lasciando in sospeso quel punto interrogativo, si ritirò dalla finestra, estrasse di tasca il cellulare e avvertì la centrale perché mandassero qualcuno.

38

L'autopsia di Rosa Fogliani era fissata per le undici di quella mattina. Quando Nardi arrivò all'Istituto di Medicina Legale, l'orario era già passato da un pezzo. Il tentato omicidio a discapito della Colasanti e la morte imprevista del suo aggressore lo avevano costretto a trattenersi alla clinica più del dovuto. Passando accidentalmente dalla veste di commissario a quella di testimone, si era soffermato a ragguagliare i colleghi sull'accaduto, finché, notando l'ora avanzata, gli era tornata alla mente l'autopsia. Aveva così rimandato il colloquio con la donna ed era corso via.

Entrando nei reparti di medicina legale, si sentì avvolgere da una sensazione pressoché claustrofobica. Accadeva ogni volta che metteva piede in quel posto. A lui quegli ambienti non piacevano affatto. Di cadaveri nel suo lavoro ne vedeva in continuazione, ma assistere mentre quelle salme venivano aperte, saccheggiate di tutto ciò che ne faceva ancora degli esseri umani, era qualcosa che lo disgustava nel profondo. Tra l'altro, le poche volte che aveva assistito a delle autopsie, era rimasto stomacato dal fetore nauseabondo esalato dall'interno dei corpi.

Gli bastò arrivare davanti alla sala anatomica per sentire come l'aria, tra un miscuglio di sudore e rimasugli andati a male, fosse amalgamata da un odore stucchevole che impregnava ogni cosa, dalle pareti agli oggetti e agli indumenti. Un odore del quale non ci si liberava per ore e ore e che non sarebbe venuto via neanche strappandosi la pelle di dosso. Un senso di marciume che si era obbligati a sopportare finché lo scorrere del tempo non lo portava via con sé. Ma forse quel lezzo lo sentiva solo lui, o chi, come lui, in quel posto non ci lavorava un giorno dopo l'altro.

Dalla finestrella della porta metallica scorse il corpo della vittima che giaceva nudo sul tavolo settorio, circondato dal dottor Padovani, dal suo assistente e da altri due ragazzi, probabilmente dei laureandi in medicina.

L'autopsia era ormai terminata. L'esame esterno e quello interno erano stati eseguiti entrambi e il medico stava terminando di ricucire il cadavere. Vedendo quei ragazzi che assistevano interessati, Nardi si chiese quale attrazione potessero mai trovare in un mestiere del genere. Tagli di membra e nervature non erano di certo uno spettacolo affascinante. Ma forse la sua era solo invidia, perché in fondo loro avevano il fegato di fare ciò che a lui non sarebbe mai riuscito. Infatti, in quell'istante avrebbe dato chissà cosa per trovarsi altrove. Ormai però era là e nell'attesa che l'esame autoptico giungesse al termine, prese a squadrare l'ambiente, pulito e sudicio al tempo stesso. Su banconi d'acciaio erano riposti utensili da taglio di ogni genere, forma e dimensione. Coltelli e coltellacci, seghe vibranti, forbici e pinze dagli aspetti più svariati e bizzarri. Tutto l'occorrente per sezionare un corpo nella sua parte più intima. In contenitori etichettati – piccoli, medi, grandi – organi di ogni tipo erano ben conservati sotto formalina, riposti su appositi ripiani come una piccola collezione dell'orrore.

Per fortuna non dovette assistere troppo a lungo a quella scena raccapricciante. Di lì a poco, infatti, vide Padovani allontanarsi dal corpo, liberarsi degli indumenti protettivi e venir fuori.

«Salve dottore. Cosa mi dice di interessante?»

L'uomo si passò uno straccio sul volto a tirar via il sudore. Asciugò il collo e parte delle braccia. «La causa di morte è confermata», disse poi. «È stata provocata dalla lacerazione alla gola. Comunque il corpo riportava alcuni graffi all'estremità del collo e una serie di lividi su entrambe le braccia. Escoriazioni causate prima del decesso. E sotto le unghie abbiamo rinvenuto dei residui di pelle».

«Quindi c'è stata una colluttazione».

«Già! Pare che qualcuno l'abbia afferrata in più riprese e anche con una certa intensità. La donna deve aver cercato di districarsi. Ma non sono in grado di dirle se il fatto sia correlato con quanto accaduto dopo».

«Altre informazioni interessanti?»

«Dall'angolazione della ferita direi che l'aggressore era alto più o meno sul metro e ottanta. Destrorso o ambidestro».

«È tutto?»

«Direi di sì».

«Ok. Allora la saluto».

«A presto commissario».

Nardi fece per allontanarsi, quando Padovani portò una mano alla fronte tornando a parlare.

«Oh! Quasi dimenticavo la cosa più interessante», disse.

«Cosa?» chiese lui.

«La donna era incinta».

«Incinta?»

«Proprio così. Dalle dimensioni del feto, direi che era al terzo mese».

«È possibile stabilire chi fosse il padre?»

«Avremo presto il DNA per un eventuale confronto. Ho già fatto prelevare un campione autoptico per gli esami istologici. Ma dovrà pazientare un paio di giorni».

«Benissimo dottore. La ringrazio».

«Di cosa? È il mio lavoro».

«Già!» replicò lui con un certo disagio. E sforzandosi di accennare un sorriso, ripeté: «È il suo lavoro».

Per quanto vedesse quella professione come immonda e disumana, nutriva profondo rispetto. Quella di Padovani era una figura indispensabile per lo svolgimento delle indagini.

I due si salutarono e, prima di incamminarsi verso l'esterno, lui gettò un'ultima occhiata al di là del vetro. Ricordò che l'impossibilità di rintracciare l'unica parente della vittima, una sorella, aveva richiesto il riconoscimento della salma da parte dei colleghi di lavoro. Non poté evitare di chiedersi se la donna fosse venuta a conoscenza dei fatti o se fosse ancora all'oscuro di tutto. Con quell'interrogativo nella testa, fece uscire il cellulare di tasca e telefonò al sostituto procuratore per informarlo sulle novità.

Come sempre la dottoressa Mellis ripose in lui la massima fiducia. Senza dilungarsi inutilmente, si limitò a chiedere di tenerla informata e di farle avere per tempo gli incartamenti del caso. Fu una telefonata breve. Giusto il tempo di raggiungere l'uscita.

Lasciando l'edificio Nardi ebbe l'impressione di uscire da una sorta di prigione, dove alle sbarre alle finestre era sostituito il puzzo della morte. Sentendosi sollevato, tirò allora un paio di respiri profondi, tanto da riempire i polmoni. Per quanto l'aria della giornata fosse tutt'altro che fresca, in quel gesto semplice e vitale si sentì rinascere. La mente tornò a mettersi in moto e, rinvigorito da nuova energia, lui riprese a pensare a quale piega stessero prendendo le indagini. Il fatto che la ragazza fosse incinta apriva la strada a nuove ipotesi e poteva rappresentare la chiave di quell'intreccio. Si poteva pensare a un padre dissenziente, o magari a un uomo che vedendosi rifiutato aveva finito con il perdere la testa. Uno come Mezzana per l'appunto. In fondo, il rapporto tra i due lasciava presupporre che fosse lui il padre del bambino.

Per quell'informazione, però, avrebbe dovuto attendere l'esito delle analisi. E qualora avessero confermato la sua ipotesi, c'era comunque da chiedersi se l'uomo fosse a conoscenza della gravidanza.

Alla fine Nardi andò via con le idee più confuse di quando era arrivato. Se di domande infatti ce n'erano molte, le risposte erano ben poche. Ma in fondo le indagini erano solo agli inizi e la strada era ancora lunga.

***

A differenza della mattina, il resto della giornata era trascorso in maniera alquanto monotona. Nardi si era trattenuto in centrale per l'intero pomeriggio, spulciando tra le carte in cerca di qualche elemento utile. Dalle poche informazioni sul caso, però, non era emerso nulla di particolarmente interessante.

Si era già fatta sera e lui era rincasato da un pezzo. Aveva da poco terminato di cenare e stava finendo di gustare un caffè. Bevendo a piccoli sorsi, pareva centellinare la bevanda come un degustatore di vini. Un modo di fare nel quale riusciva a trovare ispirazione. Tra un sorso e l'altro la mente non smetteva di lavorare e ogni volta che il liquido tornava a inumidirgli le labbra, aveva l'impressione che una lampadina gli si illuminasse in testa. In fondo il suo lavoro non era poi così diverso da quello di un sommelier. Se questo stappava bottiglie di vino, a giudicarne il colore, il profumo, la limpidezza, lui apriva scatole dalle verità nascoste, valutandone a sua volta la rilevanza, la concretezza e l'oggettività.

Mandato giù l'ultimo sorso di caffè, si avviò in quello che era il suo laboratorio.

La stanza straboccava di orologi di ogni tipo. In un caos armonioso erano dislocati orologi da tasca e orologi da polso, orologi da muro e orologi da tavolo, orologi a pendolo e altri a cucù. Alcuni erano perfino oggetti antichi e di valore, dall'alto livello artistico, con casse rifinite in oro, argento o bronzo. Ma c'erano anche semplici oggetti surclassati, come carillon, sveglie rotte e vecchi orologi ormai fermi da tempo.

Se infatti una passione era sopravvissuta alla morte della moglie, era quella per l'orologeria meccanica. Un'attrazione che aveva avuto sin da piccolo, generata da quel mistero che era lo scorrere del tempo. Una dimensione che l'uomo non sarebbe mai riuscito a imprigionare.

Il suo interesse si era trasformato in qualcosa di concreto quando, ancora ragazzo, aveva cominciato ad aprire i primi orologi. Affascinato da quelle rotelline che componevano gli ingranaggi, aveva affinato la sua tecnica fino a diventare un autentico esperto del settore. Conosceva tutto degli orologi meccanici. La storia, le caratteristiche, il funzionamento e tutto ciò che c'era da sapere. Insomma, era un vero e proprio fanatico.

Sedendosi allo sgabello accese la lampada innanzi a sé. Una luce calda illuminò il ripiano che ospitava gli attrezzi. Riposto sul tavolo, tra le altre cose, c'era un elegante orologio a cipolla, lasciato lì dalla sera prima. Uno strumento che aveva funzionato bene per anni, ma che da qualche tempo aveva preso a tralasciare il conteggio dei secondi e poi dei minuti, perdendo la sua impeccabile regolarità di marcia.

Osservando le lancette notò che lo scarto di tempo era aumentato di altri due minuti dall'ultima volta. Così aprì la cassa per dare un'occhiata al bilanciere. Questo aveva ormai perso il suo isocronismo e non effettuava più le oscillazioni nel medesimo tempo. Anche se a guardare l'ingranaggio nel suo insieme si sarebbe detto perfetto. La spirale, ruotando attorno all'asse, continuava ad alternarsi ritmicamente in un verso e poi nell'altro, scambiando l'energia cinetica con quella potenziale accumulata dalla molla a torsione. Un procedere cadenzato in cui l'ancora, inserendo le sue estremità fra le dentature della ruota di scappamento, impediva il rilascio veloce della carica. Liberando periodicamente ora un dente ora un altro, permetteva agli ingranaggi di avanzare passo a passo.

Dopo aver esaminato il meccanismo per diversi minuti, riuscì a capire dov'era il problema e mettendosi all'opera cominciò a modificare la compensazione per correggere l'accelerazione del bilanciere. Terminata l'operazione lubrificò gli ingranaggi, per diminuire l'attrito fra i perni degli assi e gli altri rotismi che generavano il moto. Quindi richiuse la cassa e restò a guardare con soddisfazione e malinconia quel piccolo gioiello di meccanica.

Era stato l'ultimo di una lunga serie di regali. La moglie gliene aveva fatto dono in occasione del loro anniversario di nozze. Constatando come le lancette fossero tornate a scorrere, con la loro irreprensibile regolarità, pensò a come quella sua dedizione fosse al tempo stesso una passione e una punizione che spontaneamente si autoinfliggeva. Se infatti quegli oggetti lui era in grado di riportarli in funzione, facendoli risplendere di nuova vita, non poteva fare altrettanto nei confronti della moglie. Una morte precoce gliel'aveva ormai portata via e la sola cosa che poteva limitarsi a fare era tenere stretti a sé i ricordi del passato.

Realtà alla quale non riusciva però a rassegnarsi, perché quella fase felice del loro vivere insieme si era conclusa troppo brevemente. Lacerando ogni dentatura negli ingranaggi della loro esistenza, il tempo non si era trattenuto. In una corsa folle si era spinto lontano, portando via con sé l'amore e la vita. La morte non aveva voluto attendere e lui si era visto privare di una moglie e di un figlio ancora sconosciuto.

A rendere il tutto insopportabile era il senso di colpa che senza tregua continuava a tormentarlo. Non c'era sera infatti, quando sedeva a quel tavolo, che non ripensasse all'insistenza con cui aveva manifestato il desiderio di avere un figlio. Benché i medici avessero rimarcato più volte il fattore di rischio nel portare avanti la gravidanza, la moglie si era rifiutata di ascoltarli. E lui non aveva fatto niente per impedirlo. L'aveva guardata morire, con la consapevolezza che quel gesto d'amore lei lo aveva fatto per lui.

Preso da quei rimpianti, non poté evitare di pensare alla donna uccisa. Il fatto che aspettasse un figlio aveva ridotto il distacco professionale che metteva di solito nel seguire un caso. La vicenda lo aveva inevitabilmente coinvolto, facendolo sentire più vicino alla vittima e a quel figlio che non sarebbe mai nato. E anche a quel padre che non conosceva.

Proprio pensando a quest'ultimo, si chiese cosa provasse in quegli istanti. Se come lui volgesse lo sguardo a rimpiangere il passato o se invece guardasse al futuro. Forse era Mezzana il colpevole, o forse no. Ma in ogni caso, non si sentiva poi molto differente da lui. In fondo, amore e odio erano i due pesi che facevano oscillare il pendolo del mondo. Due parti dello stesso ingranaggio, che permettevano all'universo di mantenersi in equilibrio e portare avanti inalterato quel moto perpetuo che era la natura umana.

39

Dopo l'increscioso evento in clinica, Lisa Colasanti aveva fatto immediato rientro a casa. Tenuto conto di quanto accaduto, Nardi non aveva ritenuto opportuno convocarla in centrale. Per cui il mattino seguente si recò di persona nella sua abitazione per porre i propri interrogativi.

Giunto alla villa sostò alcuni istanti al di fuori, in attesa che il cancello automatico si decidesse a schiudere i battenti e lo lasciasse passare. Imboccato il viale attraversò un giardino perfettamente curato, si spinse allo slargo che lasciava spazio alla costruzione e, una volta fuori dall'auto, salì la piccola gradinata che conduceva alla porta d'ingresso.

Era sul punto di suonare il campanello, quando la testa di una domestica spuntò fuori. Questa lo fece accomodare nel soggiorno e prima di ritirarsi, disse: «La signora arriva subito».

«Benissimo. Aspetto», rispose lui.

In attesa che la Colasanti si facesse viva, prese a volgere lo sguardo attorno a sé, concludendo che l'idea fantasiosa che si era fatto nei suoi confronti era ben lontana dalla realtà. L'ordine e l'equilibrio parevano la vera essenza di quella casa. Non un solo oggetto era fuori posto. In una disposizione pressoché perfetta, ogni suppellettile pareva rispettare lo spazio circoscritto dal vicino. Ma era normale in fondo, data la presenza della servitù.

Considerando che la sua era al contrario una vita fatta di caos, anche laddove il caos andava riordinato per stabilire l'ordine naturale delle cose, pensò a quanto i loro mondi fossero differenti. Lui non avrebbe saputo vivere in un posto del genere.

«Buongiorno commissario. Sono contenta di vederla», disse la Colasanti comparendo nella stanza.

«Oh, buongiorno».

«Non potrò mai ringraziarla abbastanza. Se non fosse per lei, ora non sarei qui».

«Ho fatto ciò che avrebbe fatto chiunque altro», replicò lui, che davanti ai complimenti provava sempre un certo disagio. «Piuttosto… Come sta oggi?»

«Ancora un po' scossa. Ma almeno sono tutta d'un pezzo», rispose lei invitandolo a sedere.

«Beh, ormai il peggio è passato. Deve solo sforzarsi di dimenticare».

«Non è così facile. Quell'uomo era il marito della mia migliore amica. Non riesco a darmi pace per quanto è successo».

«La smetta di farsi del male. Lei non ha nessuna colpa».

«Lo so. La verità è che vorrei aprire gli occhi e scoprire di aver solo vissuto un brutto incubo».

«Purtroppo sono situazioni spiacevoli. Specie se a farci del male è qualcuno di cui ci si fida. Lei non ha proprio idea su cosa possa aver spinto Monti a un tale gesto?»

«Assolutamente no. Ci conoscevamo da anni e non avrei mai pensato che una cosa simile potesse accadere».

«Però un motivo dovrà pur esserci. Ci pensi. Avevate forse avuto problemi ultimamente?»

«Niente di niente. I nostri rapporti erano gli stessi di sempre. Non so cosa gli sia passato per la testa».

«C'è qualcun altro che potrebbe avercela con lei? Che magari avrebbe avuto da guadagnare dalla sua morte».

«Non so cosa risponderle. Non vedo proprio chi possa trarre profitto…»

La donna lasciò la frase in sospeso e per qualche attimo il suo volto si contornò di un'aria enigmatica.

«A cosa pensa? Le è venuto in mente qualcosa?»

«No. Cioè sì. Un particolare che avevo rimosso».

«Sarebbe a dire?»

«Prima che lei entrasse nella stanza, Riccardo… il professor Monti… sì insomma lui, ha detto una cosa che lì per lì non avevo considerato. Mi pare abbia parlato di qualcuno che gliel'avrebbe fatta pagare se si fosse tirato indietro. Credo lo abbiano minacciato. Lui e la moglie».

«Ha fatto il nome di qualcuno?»

«No».

«E lei naturalmente non ha idea a chi si riferisse».

«Purtroppo no. Mi spiace».

«Uhm!» fece lui, sconcertato dalle parole della donna.

Non sapeva come comportarsi.

Considerandola un potenziale sospetto, si era recato da lei in cerca di qualche incongruenza che la portasse a tradirsi. Ma ora tutto era diverso. Era un puro caso se la sua sorte non aveva seguito quella della Fogliani. E il fatto che entrambe lavorassero al centro sollevava non pochi dubbi.

Si chiese se accidentalmente le due avessero visto o sentito qualcosa che non dovevano, tanto da rendere la loro presenza scomoda per qualcuno.

«Sa per caso se il professor Monti conoscesse la dottoressa Fogliani?» chiese allora.

«Non saprei. Perché me lo chiede?»

«Oh, semplice curiosità. Mi domandavo solo…»

«Però, aspetti!» interruppe lei. «Mi pare che la Fogliani avesse fatto ricoverare la madre proprio nella sua clinica. Quindi direi che è possibile. Ma perché? Pensa forse che sia stato lui a ucciderla?»

«Beh, è un'ipotesi».

«Oh mio Dio! Quell'uomo era un mostro. E in tutti questi anni non mi sono accorta di nulla».

«Si calmi. La mia è solo una congettura», disse lui. «Comunque immagino che lei voglia riposare. Non intendo disturbarla oltre. Avrei solo un'ultima domanda».

«Dica pure».

«Ho saputo che con la Fogliani non andavate molto d'accordo. Potrei sapere il perché?»

«Beh, vede… Pare brutto parlarne male, specie ora che non c'è più, ma quella donna era una sovversiva. Lavorare con lei era tutt'altro che facile. Mi creda. Non perdeva occasione per rendermi la vita difficile».

«C'era un motivo particolare per quel comportamento?»

«Gliel'ho detto. Era una sovversiva. Le piaceva mettere in subbuglio la vita degli altri, mettendo in discussione tutto e tutti. Me per prima».

«E questo è tutto?»

«Certo. Cos'altro dovrebbe esserci?»

«Mah! Anche una banalità. Ogni informazione può essere utile».

«Purtroppo non so cos'altro dirle».

Nardi si mostrò soddisfatto e la Colasanti lo accompagnò alla porta. Sul punto di uscire, però, lui tornò a voltarsi.

«Oh! Dimenticavo», disse in tutta naturalezza. «Lei dov'era venerdì sera?»

«Commissario!» fece lei stupita. «Sospetta forse di me?»

«Certo che no», mentì lui. «Ogni volta che seguo un caso sono solito chiedere un alibi a chiunque sia coinvolto. È un modo semplice e veloce per non perdere tempo dietro a chi non devo».

La donna lo guardò leggermente infastidita.

«Ero in casa», disse poi.

«E qualcuno può confermarlo?»

«Solo la cameriera. Mio marito era fuori».

Lui pensò che interpellare la domestica era qualcosa di superfluo. Da quella casa si poteva tranquillamente sgusciar fuori senza che nessuno lo notasse. Perciò mantenne per sé le sue perplessità e si congedò definitivamente dalla donna.

***

Da un paio di giorni la centrale di polizia ribolliva come la cucina di una tavola calda. Un guasto ai climatizzatori obbligava a respirare un'aria viziata, un condensato di aliti e sudore che interpidendo la mente appesantiva gli occhi. Entrando, Nardi si sentì subito investire dall'ondata di calore maleodorante e si lamentò ad alta voce affinché qualcuno sollecitasse l'intervento del tecnico. Ai lunghi tempi d'attesa c'era abituato. Accadeva ogni volta che c'era da riparare qualcosa. Lavorare in quelle condizioni però era troppo anche per lui.

Deciso a non addormentarsi del tutto, si fermò al distributore automatico per prendere un caffè, ma frugando nelle tasche si accorse di essere a corto di spiccioli. Stizzito da quell'insieme di cose tirò un paio di colpi contro la macchina, quando notò Lanzi poco distante che assisteva alla scena.

«Permette che offra io, commissario?» disse questo facendosi avanti.

«Sì grazie», rispose lui con un certo disagio.

Forse in altre circostanze avrebbe rifiutato, ma sentendo il bisogno di tirarsi su, evitò di fare complimenti. Lasciò che l'ispettore ordinasse due caffè e tornando a ringraziare prese quindi a bere. Mandati giù un paio di sorsi accostò il bicchiere al naso, ad annusare quanto era rimasto. L'aroma della bevanda parve smorzare l'odore sgradevole che regnava attorno e, anche se per poco, si sentì sollevare.

In quell'istante passò il vice sovrintendente. Con una serie di fascicoli tra le mani camminava a passo spedito.

«Ehi! Cataldo», fece lui.

Sentendosi chiamare, l'uomo si arrestò di colpo e si voltò nel suo fare impacciato.

«Sì commissario?» disse.

«Dovresti farmi una ricerca su Riccardo Monti. Cerca qualsiasi cosa che possa avere un nesso con la Fogliani».

«Subito. Finisco di portare questa roba e mi metto al lavoro».

«Dal momento che ci sei, fai anche una ricerca sul centro *VitaNuova*. Voglio sapere tutto di quel posto. Chi ci lavora, le persone che sono ospitate e ogni cosa che accade lì dentro. Controlla che sia tutto in regola. E se c'è qualcosa di strano fammelo sapere al più presto».

«D'accordo».

L'uomo si congedò e i due si spostarono nell'ufficio di Nardi. Lui ragguagliò l'ispettore circa l'incontro avuto con la Colasanti e sul presunto collegamento tra Monti e la Fogliani. Quindi chiese all'altro la sua opinione in merito.

«Beh», fece questo. «Se è vero che si conoscevano, e visto l'accaduto, mi viene da chiedermi se non avessero una relazione nascosta. Forse l'idea di un figlio in arrivo l'ha fatto uscire di testa. Magari la Colasanti aveva fiutato qualcosa e lui ha cercato di liberarsi anche di lei. In fondo la sua amicizia con la moglie ne faceva un pericolo».

«Uhm! Non saprei. La cosa non mi convince».

A quel punto si sentì bussare alla porta e Cataldo comparve nell'ufficio.

«Non dirmi che hai già fatto?» disse Nardi.

«No commissario. Volevo solo informarla. Pare che Rita Visentini sia rientrata in città».

«Chi?»

«La vicina della Fogliani».

«Ah!»

L'uomo fece per ritirarsi, ma lui lo richiamò.

«Dimmi una cosa Cataldo. Siete riusciti a rintracciare la sorella della vittima?»

«Purtroppo no», rispose questo. «Degli agenti si sono recati più volte al suo domicilio senza mai trovarla. Al telefono non risponde e nessuno ha saputo dirci niente».

«Ok, grazie», lo congedò allora lui e, tornando a guardare Lanzi, si chiese se almeno con la Visentini la fortuna sarebbe stata dalla loro parte.

***

Appena il portone tornò a chiudersi, l'interno del palazzo rimase nella penombra. Lanzi prese ad avanzare indifferente della cosa. Nardi, al contrario, preferiva vedere dove metteva i piedi e pigiò l'interruttore per illuminare le scale. Dopo un paio di tentativi, però, si rese conto che l'impianto era fuori uso. La prima volta che si era recato in quel posto c'era il sole del mattino a illuminare l'ambiente e quel particolare gli era sfuggito. Salendo le scale ripensò quindi all'orario in cui si era svolto l'omicidio. Data la scarsa illuminazione già a quell'ora del giorno, concluse che probabilmente la donna non aveva nemmeno visto in faccia il suo aggressore. Forse era morta proprio chiedendosi chi fosse il suo carnefice.

Al secondo piano c'erano ancora i sigilli intatti davanti all'appartamento della vittima. I due proseguirono fino al piano superiore e bussarono alla porta della Visentini.

«Chi è?» chiese questa poco dopo.

«Polizia», rispose l'ispettore.

La porta si aprì di poco, lasciando intravedere gli occhietti guardinghi di una signora anziana.

«Voglio vedere il distintivo», disse.

Lanzi esibì il documento e, solo dopo un attento esame, la donna si decise ad aprire la porta e a farli entrare.

«Immagino abbia saputo della spiacevole vicenda», disse Nardi dopo essersi presentato.

«Sì, ho saputo. Avete scoperto chi è stato?»

«Se fosse così non saremmo venuti a disturbarla».

«E su chi state indagando?»

«Scusi signora, ma se permette vorrei fare io le domand...»

«Avete almeno dei sospetti?»

La donna non smetteva più di porre interrogativi. Trascorsero un paio di minuti, prima che riuscissero a zittirla e a farla collaborare.

«La sera dell'omicidio ha visto o sentito qualcosa di insolito?» chiese Nardi.

«Altroché!» fece lei, riprendendo con i suoi sproloqui. «Qui dentro ne accadono fin troppe di cose strane. Lo dico sempre io che la gente non ha la testa a posto. Voi non sapete le volte che ho scritto all'amministratore, ma lui continua a far finta di niente».

La bocca della Visentini era una macchina senza freni che correva impazzita. I due parevano incapaci di arrestarla e passò un bel pezzo, prima che dal suo parlare a vanvera uscisse qualcosa di interessante.

«...e mi creda commissario, a me non piace parlar male degli altri, però lo sapevo che presto o tardi sarebbe successo. Quei due bisticciavano un giorno sì e l'altro pure».

«Di chi parla?» chiese Nardi.

«Di chi vuole che parli? Della Fogliani e del suo fidanzato».

«Il signor Mezzana?» puntualizzò Lanzi.

«E chi altro?»

«Mi faccia capire signora», disse Nardi. «Sta forse dicendo

di averlo visto la sera dell'omicidio?»

«Beh! In verità non l'ho proprio visto».

Più stressato che mai, lui sollevò gli occhi in aria, convinto di essersi imbattuto nella brutta replica del tipo bizzarro del quinto piano. Pensò che quel palazzo doveva essere un ritrovo per matti.

«Però l'ho sentito. E la sua voce la conosco bene. Io su queste cose non mi sbaglio mai».

I due poliziotti si scambiarono uno sguardo scettico, entrambi dubbiosi sull'attendibilità di quelle affermazioni. Ma quando la donna tornò a parlare, le loro incertezze si dissolsero definitivamente.

«Erano le dieci e trentacinque», disse lei. «Me lo ricordo bene perché quello screanzato mi ha tolto il sonno e io la mattina dopo dovevo partire presto per andare da mia figlia. Quello si è messo a dare pugni alla porta e quando lei lo ha fatto entrare hanno cominciato a gridare e litigare di brutto. Sentivo gli oggetti che volavano per la casa e credo abbiano pure distrutto uno specchio o qualcosa del genere, perché ho sentito dei vetri andare in frantumi».

La Visentini aveva fatto una descrizione perfetta e non c'erano più dubbi che fosse stata testimone del fatto.

«Lei è proprio certa che la voce fosse quella del signor Mezzana?» chiese Nardi.

«Oh, sì! Assolutamente. Dalle scale non l'ho riconosciuto perché era buio. Forse anche per la macchina. Non era quella che portava di solito, perciò all'inizio non ho proprio pensato a lui. Ma poi l'ho sentito bene mentre gridava come un pazzo».

«Sa descrivere l'automobile?» chiese Lanzi.

«No, mi spiace. Per me le macchine sono tutte uguali. So solo che faceva un rumore infernale ed era più verde di un semaforo».

Lanzi continuò a porre un'altra serie di domande, ma Nardi si era già isolato nei propri pensieri. Le indagini cominciavano finalmente a prendere una direzione e gli ingranaggi della mente non tardarono a mettersi in moto.

40

In attesa del responso definitivo degli esami medici e delle analisi della scientifica, l'inscrizione di Mezzana nel registro degli indagati non era stata divulgata. Solo la testimonianza della Visentini aveva convinto il pubblico ministero a lasciar cadere il segreto investigativo ed emettere un mandato di comparizione. Convocato per rispondere delle prove indiziare che lo rendevano parte in causa, quella mattina l'uomo si era presentato in compagnia del suo legale.

Nardi era stato autorizzato a sostenere l'interrogatorio e appena i due arrivarono diede ordine di farli accomodare in una delle sale adibite allo scopo. Deciso a giocare ogni carta a suo vantaggio, lasciò trascorrere una decina di minuti prima di mostrarsi. Sapeva bene che tra quelle mura senza finestre, dove la mobilia era ridotta al minimo indispensabile, l'attesa era un'arma a favore. Lì dentro la fantasia non aveva niente a cui appigliarsi. In mancanza di ogni stimolo, era assai difficile ignorare quanto accadeva. Il tempo sembrava dilatarsi. I secondi mutavano in minuti e poi in ore. Accadeva spesso che i colpevoli, in preda a un'agitazione crescente, perdessero la propria coerenza e cadessero poi in contraddizioni grossolane.

Ovviamente, lo stesso valeva per gli innocenti, che timorosi di dire una parola di troppo, davano l'impressione di nascondere qualcosa. Comunque Nardi di interrogatori ne aveva condotti fin troppi e sapeva distinguere una menzogna da un'altra.

Quando entrò nella stanza in compagnia dell'ispettore Lanzi, si accomodò dall'altra parte del tavolo ponendo un fascicolo davanti a sé. Intenzionato a schivare lo sguardo di Mezzana, iniziò a sfogliare il documento con falso interesse e, armandosi

di penna, prese a tamburellare sul tavolo in un ticchettio cadenzato che pareva rimarcare il proprio zelo. Racchiuso in quel fare assorto, al solo scopo di far scorrere il tempo, continuò la
sceneggiata per un paio di minuti, finché di colpo sollevò lo
sguardo scrutando l'uomo con occhio indagatore.

Lo studio delle risposte mimiche o verbali si protraeva per
tutta la durata dell'interrogatorio, eppure, la reazione iniziale,
inattesa, la diceva lunga sullo stato d'animo della persona. Preso alla sprovvista, l'indagato era privo di ogni difesa mentale.
Ciò che il viso mostrava, in quei primi istanti, suggeriva in automatico il modo migliore di procedere.

Lo sguardo di Mezzana lasciò intravedere un accenno di
nervosismo, ma non tanto da destare sospetto. A nessuno in
fondo piaceva essere interrogato.

Nardi lasciò quindi correre, anche se non smise di studiare il
comportamento dell'uomo. Mentre l'ispettore si occupava di
redigere le sue generalità, lui continuò a scrutarne con attenzione ogni minimo gesto o inflessione di voce.

Terminate le formalità burocratiche, informò Mezzana di
quelli che erano gli elementi a suo carico e cominciò a porre
domande apparentemente superflue e delle quali conosceva già
le risposte. L'intenzione era quella di capire se dall'altra parte
ci fosse o meno la volontà di collaborare.

«La dichiarazione di una testimone pare collocarla sul luogo
dell'omicidio», disse poi. «E proprio intorno all'ora in cui si è
consumato il crimine».

La Visentini aveva solo riferito di aver udito la voce
dell'uomo. Non certo di averlo visto. Ma il particolare rivestiva
un'importanza assai marginale. Indurre la persona a credere
nell'esistenza di prove a suo carico, iniettare il dubbio nella
mente, era un modo per portarla a cedere, o quantomeno a tradirsi. Per quanto il diritto a mentire fosse riconosciuto solo
all'indagato, una mezza verità se ben detta poteva risultare effi-
cace quanto e più di una menzogna.

Una linea sottile divideva il vero dal falso e occorreva fare
attenzione a non oltrepassare il confine. La legge non ammette-
va errori. Nardi però era sempre stato abile in questo genere di

cose.

«Dunque?» tornò a chiedere. «Conferma di essere stato nell'appartamento della vittima?»

L'avvocato posò una mano sulla spalla di Mezzana facendo cenno di rispondere.

«Sì d'accordo!» esclamò allora questo. «È vero. Ci sono andato. Ma solo perché volevo parlare».

«E perché ha mentito la volta scorsa?»

«Mi siete piombati in casa dicendo che Rosa era stata uccisa. Ero sconvolto. Inoltre temevo di mettermi nei guai. Non sono stato a pensare alle conseguenze. Comunque glielo ripeto, io sono andato lì solo per parlare».

«A che proposito?»

«Avevo scoperto che era incinta e volevo sapere se il bambino fosse mio. Si rifiutava di fare il test di paternità. Così sono andato da lei per cercare di convincerla».

«E cos'è accaduto dopo?»

«Lei continuava a opporsi, come se io non avessi il diritto di sapere. Abbiamo litigato. Comunque, quando me ne sono andato era viva. Non le avrei mai fatto del male. Quel bambino lo volevo. Sarebbe stata l'occasione per ricominciare. Dopo il divorzio il giudice mi ha negato il diritto di vedere mio figlio e lei commissario non può capire cosa significa perdere un figlio».

Nardi restò in silenzio. Lui in fondo capiva fin troppo bene. Avrebbe voluto poter dire qualcosa, manifestare all'altro la sua comprensione, tuttavia si sforzò di mantenere una certa imparzialità. Senza lasciar trasparire le proprie emozioni, estrasse dal fascicolo un paio di fotografie. Mostravano l'arma del delitto sulla scena del crimine.

«Riconosce quest'oggetto?» chiese.

Mezzana rimase sbigottito. Un colorito cereo si dilatò sul suo viso.

«Quello è il mio rasoio», sussurrò. «Ma non so come sia finito là. Qualcuno deve avercelo messo».

«Però le uniche impronte rinvenute sono le sue».

«Che vuole che le dica? Io lo tengo sempre in ufficio. Lì chiunque avrebbe potuto prenderlo. Non sono solito chiudere a chiave».

Nardi continuò a porre una serie di domande, fece allusioni di vario tipo, mise in luce le incongruenze dell'intera deposizione e il tutto proseguì per un'altra mezz'ora. Dichiarando poi concluso l'interrogatorio, disse a Mezzana di tenersi a disposizione e lo lasciò quindi libero di andare.

***

Il colloquio si era svolto senza colpi di scena. Benché le dichiarazioni di Mezzana mettessero in chiaro alcuni aspetti della vicenda, non davano alle indagini una svolta particolare. Le prove a suo carico erano solo indiziarie, insufficienti per giustificare uno stato di fermo. E per quanto l'uomo restasse il principale sospettato, Nardi non era affatto certo della sua colpevolezza.

Portando con sé i propri dubbi si recò nel suo ufficio per aggiornare il pubblico ministero. Si trattava solo di una telefonata di pro forma. Al più presto avrebbe provveduto a inviare copia del verbale. Per cui evitò di scendere nello specifico. Riportò quanto emerso dall'interrogatorio omettendo inutili dettagli.

Nel mezzo della conversazione, Lanzi comparve nella stanza. Lui fece cenno di sedere. Con un gesto del capo lasciò intendere che di lì a poco si sarebbe liberato. Sapeva bene che la dottoressa Mellis non era solita dilungarsi in chiacchiere. Infatti, appena ebbe terminato di informarla, questa lo congedò senza ulteriori repliche.

«Dunque commissario?» disse Lanzi. «Cosa ne pensa?»

«In realtà non sono convinto della colpevolezza di Mezzana. Per ora gli indizi sembrano portare a lui, ma a me è parso sincero. E poi non mi sembra un tipo così stupido da uccidere una persona e lasciare lì l'arma che lo inchioda».

«Magari in preda al panico...»

«Se è vero che teneva il rasoio in ufficio staremmo parlando di premeditazione. Avrebbe dovuto portarlo con sé nell'intento di usarlo. E in tal caso parlare di panico non ha tanto senso».

«Se devo essere onesto, neanche io sono riuscito a farmi un'idea precisa su quell'uomo. Mentre parlava sembrava convinto di ciò che diceva, eppure si è contraddetto in più di un'occasione. Oltretutto ha già mentito la prima volta che abbiamo parlato con lui».

«Sì, ma forse anch'io al suo posto avrei fatto lo stesso».

«Che intende dire?»

«Sapeva dall'inizio che tutti i sospetti avrebbero portato a lui. Lo sapeva dal giorno che siamo andati a parlargli. Come reagiresti tu, sapendo di trovarti invischiato dalla testa ai piedi in un caso di omicidio?»

«Non saprei. E spero di non doverlo mai scoprire. Resta il fatto che non ha detto nulla che possa scagionarlo».

«Qualcosa di interessante però siamo riusciti a saperla. Se quanto dice è vero, sulla riluttanza della donna a fare il test di paternità, si andrebbe a convalidare il sospetto che avevamo all'inizio. Probabilmente c'era qualcun altro nella sua vita intima. Qualcuno che adesso se ne sta nascosto nell'ombra e che potrebbe essere il vero colpevole».

«Comunque non possiamo sottovalutare le prove a carico di Mezzana».

Udendo quelle parole, Nardi capì di agire in modo tutt'altro che professionale. Lanzi aveva ragione. Stava sottovalutando la questione. Senza rendersene conto, andava cercando una scusante qualsiasi che giustificasse Mezzana semmai fosse risultato colpevole. E dietro a quel modo di fare era nascosto il disperato bisogno di discolpare se stesso.

Dopo aver riflettuto a lungo, fece per replicare alla frase dell'ispettore, quando Cataldo piombò nella stanza senza nemmeno bussare. Nardi lo guardò meravigliato. Il vice sovrintendente era un uomo schivo e impacciato, vittima della sua timidezza, e non si era mai comportato in quel modo.

«Commissario», disse questo. «Hanno ritrovato la sorella della vittima».

«E perché sei così agitato?»

«Morta, commissario».

«Come sarebbe?» fece lui.

«Ci hanno appena informato. È stata rinvenuta da alcuni ragazzi all'interno di un parco. E pare sia morta da diversi giorni».

Stupito dalla notizia, si voltò a guardare Lanzi come in cerca di una risposta, ma questo pareva disorientato quanto lui. Il caso si faceva sempre più complicato e i nodi, anziché sciogliersi, continuavano a intrecciarsi fra loro.

«Non sarà facile venire a capo di questa storia», disse, prendendo poi a riflettere.

41

La notte si era tramutata in qualcosa di terribile. Dormire era ormai un'impresa. E anche quella notte, in un sonno oltremodo agitato, Ivano non cessava di rivoltarsi nel letto. In un agglomerato di lenzuola umide e maleodoranti, la mente era trascinata da una serie di immagini confuse che seguitavano a sommergerlo come un mare in burrasca. Tra uno stridio di denti e lamenti di ogni genere, il senso di insofferenza era percepibile nell'aria.

Il volto di Giada prese pian piano ad affiorare all'interno di quel fondale sbiadito, parve delinearsi innanzi a lui, ma quando allungò una mano per sfiorarlo, tornò a farsi vago, indefinito, fino a svanire di nuovo nell'ombra.

Inspiegabilmente, si ritrovò all'interno di quel parco maledetto. Nel silenzio irreale di un ambiente immutabile, correva in modo folle per le viuzze della villa. In una miscela di affanno e agitazione, la Paura si era materializzata davanti ai suoi occhi assumendo una forma terrificante. Per quanto lui cercasse di fuggire, di allontanarsi il più possibile, questa era là, alle sue spalle, sempre più prossima e pronta a inghiottirlo. Svoltando per i vialetti c'era l'impressione di trovarsi sempre nello stesso identico posto. Una strada era uguale all'altra in ogni minimo dettaglio e ogni volta, la Paura era dietro l'angolo. Benché non riuscisse a vederla, poteva percepirne la presenza costante. Doveva fuggire lontano, per un terrore impiantato nella sua testa e dal quale era impossibile separarsi. In un oscuro tunnel senza fine, la sola cosa che poteva fare era correre e ancora correre senza mai fermarsi.

Parvero trascorrere ore interminabili in quel finto vagare.

Un'unica scena che continuava a ripetersi senza intervalli. Il tempo aveva interrotto il suo corso. E il tutto avrebbe potuto protrarsi all'infinito, se non fosse stato per la comparsa del vagabondo in cui si era imbattuto all'arrivo.

L'uomo non era più al cancello d'entrata. Fermo sul fondo della strada, pareva indicargli il cammino per districarsi dal labirinto. Nondimeno, per qualche inesplicabile motivo, la sua immagine lo terrorizzava. La figura del mendicante si era di colpo sostituita a quella della Paura. In un aspetto al contempo affabile e minaccioso, traslava un che di enigmatico. La sua bocca era quanto mai immobile, tuttavia una voce penetrante pareva scaturirgli dallo sguardo. E lui non voleva e non poteva ascoltarla. Il suono inesistente, eppur sempre assordante, era insopportabile.

Il tizio gli comparve alla vista per altre tre o quattro volte, ma a ogni occasione lui si rifiutò di seguirne il consiglio. Come contrariato dal suo atteggiamento, questo prese la scatola di cartone, ne rovesciò in terra il contenuto, dopodiché scomparve com'era apparso.

Quello sventurato gli aveva gettato ai piedi tutte le proprie monete. Lui continuò a guardarle rapito da un'avidità rapace e, nel bisogno insaziabile di impadronirsi di quel denaro, prese poi a raccoglierle a una a una.

Recuperato da terra l'ultimo pezzo di metallo, tornò a sollevare lo sguardo. Vide che Giada era là, poco distante, tranquillamente seduta alla panchina. Lasciò allora ricadere le monete dalle mani e trasportato da un desiderio irrefrenabile si incamminò verso di lei.

La sequenza prese quindi a scorrere in una serie di flashback ravvicinati e scomposti. Lui era di fronte a lei e si guardavano negli occhi.

«È venuta la polizia» disse lui.

«Ci hanno scoperto?» chiese lei agitata.

«No, tranquilla. Non erano lì per noi, ma per l'omicidio di tua sorella».

Il nastro si riavvolse ancora una volta e lui era di nuovo distante dalla panchina. Mentre una parte di sé viveva quella scena, un'altra pareva osservarla dal di fuori come un semplice spettatore.

«Ora che l'ho uccisa non potrà più farci del male», disse lui, rivedendosi davanti a lei.

«Sei solo un idiota. Il diario originale è nelle mani di Della Torre. Perciò non hai risolto nulla. Hai solo peggiorato la situazione».

«L'ho fatto per te. Per noi».

«Stupido! Scompari dalla mia vita».

In un primo istante quelle parole non riuscirono a toccarlo, perché lui era già lontano. A metri di distanza, si limitava a osservare quanto accadeva. Guardava Giada e guardava Ivano, con l'impressione di assistere a un litigio tra innamorati. Ma poco dopo rientrò in quel corpo che fronteggiava la ragazza. I loro occhi si distanziavano di pochi centimetri l'uno dall'altra. In uno sguardo profondo, lui era lì a fissare quelle iridi verdastre. E tramite lei, era in grado di vedere la propria persona e tutto ciò che accadeva attorno. Era entrato nei pensieri di Giada, mentre quelle parole cariche di freddezza lo colpivano in tutta la loro ferocia. Fu dai suoi occhi limpidi che vide se stesso sollevare le braccia e spingerla con violenza fino a farla cadere.

Come in una scena a rallentatore, sentì il proprio corpo scivolare indietro. Però non era il suo, ma quello di lei che lentamente si distaccava da lui. Non sapeva cosa stesse osservando, o almeno in quale modo. In un'alternanza di sguardi indefiniti, vedeva ora Giada cadere giù, ora Ivano in piedi a osservarla nella sua discesa. L'impressione di essere un istante nella testa dell'uno e subito dopo in quella dell'altra, rendeva impossibile stabilire chi cadesse a terra e chi restasse in piedi. Così rimase ad assistere passivo a quel lento precipitare, finché vide il capo di Giada urtare uno spigolo della panchina e sentì qualcosa frantumarsi dentro di sé.

Con lei a terra con la testa fracassata, il rosso del sangue prese a tingere di rosso l'intera scena. Poi il tutto s'interruppe di colpo. Ogni cosa sprofondo nel buio assoluto e lui sollevandosi di scatto si ritrovò a gridare nella notte.

Ancora terrorizzato, portò le mani al collo. Sentì il corpo

tremante, immerso in un bagno di sudore. Tirò allora qualche respiro per riprendere fiato e a forza si levò dal letto, con ancora indosso il peso di quella scena raccapricciante.

Spalancate le finestre di casa, fece un salto in bagno per darsi una rinfrescata e si recò poi in cucina per bere un po' d'acqua. Capendo però che un sorso d'acqua non bastava a placare il senso d'irrequietezza, tirò fuori la bottiglia di vodka e mandò giù d'un fiato un paio di bicchieri. Con lo sguardo perso nel vuoto, ripensò al terribile incubo di poco prima. Non riusciva a scacciare dalla testa l'immagine di Giada. Il ricordo di quando l'aveva spinta a forza verso la morte continuava a tormentarlo da giorni. Aveva tolto la vita all'unica persona che amava e che forse l'aveva amato e non sarebbe mai riuscito a perdonarselo. L'aveva uccisa per ben due volte. Prima spingendola giù e poi fuggendo via, lasciandola morente stesa in terra. Ripensando a quei brevi istanti si sentì avvolgere dalla vergogna. Invece di soccorrerla era scappato da vile e ora un bicchiere vuoto sembrava rimarcare l'assenza di lei, che ormai non sarebbe più tornata.

Per liberarsi da quei pensieri ripose il bicchiere nel lavandino, a nasconderlo alla vista, ma altre immagini si aggiunsero a quelle che lo assalivano già. Il sonno non lo aveva abbandonato del tutto e alcune scene del sogno rivennero a galla. Rivide il mendicante gettare a terra le sue monete. Rivide se stesso nell'atto di raccoglierle. Rivide l'uomo mentre gli indicava la strada e si chiese quale significato si celasse dietro a quelle fantasie.

Era ancora in cerca di una qualsiasi risposta, quando sentì inaspettatamente suonare il campanello. Con la testa subissata dai pensieri, non si sforzò neanche di chiedersi chi fosse. Si alzò in piedi e si incamminò verso l'ingresso. Quando aprì la porta, si trovò di fronte lo stesso tipo in cui si era imbattuto al centro *VitaNuova*. Lo riconobbe subito. Non aveva dimenticato lo sguardo penetrante del poliziotto.

Prima che l'uomo potesse dire una parola, lui richiuse istintivamente. L'altro però, con una spallata energica, spalancò la porta. La forza del contraccolpo fece volare Ivano all'indietro.

Per non cadere a terra fu costretto a sorreggersi al mobile. Ritrovato il suo equilibrio, vide poi che l'altro era entrato in casa. A quel punto gli si scagliò contro con un fare selvaggio, dando inizio a una colluttazione violenta.

Per quanto mostrasse una certa età, quel tipo si rivelò più agile del previsto. Solo dopo qualche tentativo andato a vuoto e dopo aver incassato qualche colpo, Ivano riuscì ad assestargli un pugno allo stomaco che lo fece collassare su se stesso. Le sue gambe presero a flettersi e il busto si piegò in avanti. Tossendo a fatica, l'uomo portò le mani al petto per il colpo subito. Sul punto di crollare, fece per estrarre la pistola da sotto la giacca, ma lui tornò a colpirlo con forza prima che potesse riprendersi del tutto. L'arma cadde a terra e Ivano sferrò un calcio per allontanarla. Fece poi per raggiungerla, quando si sentì afferrare alle spalle. L'uomo si era rimesso in piedi e cogliendolo impreparato gli sferrò una gomitata al mento. Immediatamente si sentì avvolgere da un dolore lancinante. Sentendo allora che non avrebbe resistito a un altro attacco, si allontanò, nel disperato tentativo di riprendere fiato. Si recò nel salone, come se quella rappresentasse una via di salvezza, ma un istante dopo capì di essere braccato in casa sua. Quando infatti si voltò, l'altro era già dietro di lui.

Per alcuni istanti i due restarono fermi, studiandosi a vicenda, finché Ivano, dall'altra estremità del tavolo, cercò di giocare d'astuzia. Facendo un passo da un lato, si catapultò poi nella direzione opposta, raggiunse la porta, quando il poliziotto si tuffò su di lui facendolo cadere a terra.

In pochi secondi si risollevarono entrambi, tuttavia, lui impiegò un istante di troppo. Voltandosi riuscì appena a scorgere il pugno dell'altro mentre lo colpiva in pieno viso. Si sentì barcollare all'indietro. Ciononostante, quando l'uomo tornò ad attaccare, reagì prontamente. Piegandosi avanti riuscì a schivare il colpo di quel falso vecchio, che squilibrato dal tiro andato a vuoto, tornò a cadere in terra. Per metterlo fuori combattimento, Ivano agguantò un recipiente pieno di solvente e glielo gettò in viso.

Il poliziotto portò allora le mani agli occhi e prese a lamentarsi per il dolore. L'impossibilità di difendersi parve scatenare tutta la sua furia. Come impazzito, afferrò una sedia roteandola in aria. Era chiaro che non riusciva a vedere. I suoi attacchi andavano alla cieca. Eppure, in quel movimento caotico e disorientato, il caso volle che dirigesse un colpo proprio in direzione di Ivano. Per evitare l'impatto, lui fu costretto a retrocedere di un passo. Un balzo all'indietro che lo portò a sbattere contro il davanzale della finestra. Nello slancio esagerato non riuscì ad arrestare il suo indietreggiare e perdendo la stabilità vide il mondo capovolgersi all'improvviso. Sentì i piedi sollevarsi da terra e il corpo cadere indietro, al di là del parapetto. Prese a scendere nel vuoto vinto dal panico, senza nemmeno la forza di gridare. Quanto riuscì a fare, fu guardare la strada sotto di lui. Quella strada che segnava la propria fine e che avrebbe raggiunto di lì a poco. In quella caduta in picchiata, ebbe l'impressione che lo spazio si dilatasse. Il terreno parve allontanarsi, come a protrarre quei secondi in un infinito istante di terrore. Fu allora che prese a gridare. E ancora una volta, tornò a svegliarsi nel buio della notte.

42

Sin dal primo omicidio, dal momento in cui si era tentato di contattare i famigliari della vittima, Nardi aveva notato l'inconsueta differenza tra i cognomi delle due sorelle. Il particolare aveva attirato la sua curiosità, ma non abbastanza da approfondire la questione. All'inizio di quella storia, considerava la Rubini come una parente da informare e nulla più, cosicché, quel dettaglio era lentamente scivolato nell'oblio. Aveva continuato a ignorarlo finché la sorte della donna non aveva seguito le orme della sorella. Quando infine da un'adeguata ricerca era risultato il divorzio dei genitori, di come questo avesse segnato il distacco fra le due, e come in seguito la Fogliani avesse assunto il cognome della madre, quella negligenza era riemersa di prepotenza fra i suoi pensieri, facendolo sentire colpevole.

Convinto di non aver fatto tutto il dovuto, continuava a chiedersi se un maggior rigore non avrebbe evitato la tragica fine della Rubini.

La sua morte aveva stravolto ogni elemento d'indagine raccolto fino a quel momento. Il protratto distacco dalla vita della sorella era ormai assodato. Eppure, il fatto che fossero pressoché identiche, aveva lasciato Nardi assai perplesso. Si era chiesto se non fosse lei il vero obiettivo da colpire; se perfino l'aggressore fosse stato sviato dall'impeccabile somiglianza, o se invece fosse tornato a colpire al solo scopo di intorbidare le acque.

Secondo il medico legale la morte era da ritenersi accidentale, ma lui non era disposto a commettere due volte lo stesso errore. Stavolta non avrebbe tralasciato nulla. E se c'era qualcosa da scoprire, l'avrebbe scoperta.

Decise dunque di fare un salto all'appartamento della donna.

In compagnia di Lanzi si recò sul posto per dare un'occhiata di persona, augurandosi che qualche traccia fosse sfuggita al sopralluogo iniziale.

I due erano sul punto di entrare in casa, quando lui esitò pensieroso. Con la strana impressione di violare la privacy della donna, avanzò fino al soggiorno incapace di levare lo sguardo da terra. Pensò che senza il cavillo che collegava il decesso a quello della Fogliani, né lui né altri avrebbero mai oltrepassato quella soglia. Il caso si sarebbe trasformato in una scartoffia da seppellire sotto altre centinaia di carte. In tutta probabilità, sarebbe stato archiviato come morte accidentale.

Assorto in quella riflessione, era ancora lì a fissare il pavimento quando l'intervento di Lanzi lo ridestò.

«Non credo ci sia un granché da cercare», disse questo indicando lo scompiglio generale. «Pare che i colleghi si siano dati da fare».

«Vale la pena tentare», rispose lui, tornando a guardare avanti a sé. «Una casa nasconde sempre dei segreti. Specie per chi conduce un'esistenza solitaria».

«Se vuole il mio parere commissario, l'unica pista da seguire è quella dei soldi».

«C'è già chi se ne occupa».

In effetti non si era riusciti a stabilire la provenienza del denaro. Chiunque avesse eseguito la transazione, lo aveva fatto con tutte le precauzioni possibili. Gli esperti erano ancora al lavoro per attribuire un nome e un volto alla misteriosa figura.

«Capire chi abbia fatto quel versamento sarebbe un bel passo avanti», insisté Lanzi.

«Sono d'accordo con te, ma scoprirlo non è compito nostro. Possiamo solo attendere una risposta».

«Allora speriamo che arrivi presto».

«Arriverà», concluse lui. «Nel frattempo però non possiamo certo starcene con le mani in mano».

Cominciando a ispezionare l'ambiente, prese dunque a dislocarsi per la stanza con un fare ritmico, quasi meccanico. Con la bocca leggermente increspata, serbava negli occhi un senso d'innaturale immobilità, lasciando che fosse la spontanea andatura del corpo a guidare il suo sguardo. Procedette in quell'andamento sofisticato per diversi minuti, finché l'attenzione ricadde sul piccolo scrittoio. Il contrasto con la polvere lasciava risaltare sul legno uno spazio ben definito, lucido e pulito. Qualcosa era stato portato via di recente e la dimensione dell'impronta, la forma squadrata, nonché una stampante piazzata lì di fianco, lasciavano intuire in modo chiaro che si trattava di un computer. Qualcuno evidentemente era interessato ai segreti della ragazza. Si chiese cosa mai potesse nascondere di così rilevante.

«Ehi, Lanzi» disse. «Venga a dare un'occhiata».

Indaffarato nell'altra camera, l'ispettore lasciò quanto stava facendo e lo raggiunse nel soggiorno.

«Ha trovato qualcosa?» chiese.

Lui si limitò a indicare la stampante e il ripiano vuoto.

«Il computer!» esclamò Lanzi afferrando al volo.

«Già!» ribadì lui. «Devono averlo sottratto prima del sopralluogo».

«Vuole che faccia venire qualcuno?»

«Sì. Chiama in centrale. Che facciano ispezionare questo posto da cima a fondo».

«Speriamo che abbiano almeno lasciato delle impronte».

«Non credo saremo così fortunati. Qui dentro non c'è niente da rubare. Chi è entrato cercava qualcosa di preciso. Direi un professionista. Cercava qualcosa e a quanto pare l'ha trovata».

Nardi si incamminò verso il corridoio in cerca di altri indizi. Con l'intenzione di recarsi nella camera da letto, non poté fare a meno di arrestarsi nell'ingresso, rapito dalla bellezza di un orologio a pendolo. Era un pezzo da collezione, con un discreto valore di mercato. Probabilmente la ragazza non sapeva nemmeno di possedere un oggetto di tale pregio. Anche perché il suo era un valore intrinseco, palese ai collezionisti come lui, ma difficilmente percepibile agli occhi dei profani.

Provò un certo dispiacere nel vedere come quell'opera d'arte fosse malridotta. La perfezione artistica e meccanica del congegno era stata totalmente trascurata nel tempo. Privato di ogni attenzione, il meccanismo aveva perso tutta la lucentezza originaria. Lo dicevano il legno liso, il logorio delle rifiniture e i segni di ruggine ai bordi di ogni singola tacca. Lo ribadivano chiaramente l'assenza di oscillazioni da parte del pendolo e le lancette ferme ormai da chissà quanto. Erano già trascorse le nove di mattina, ma quelle asticelle continuavano a indicare con insistenza le sei e trentacinque. Pendendo giù a caduta verso il basso, avevano smesso di girare, quasi a seguire il destino della ragazza.

Con un certo rammarico, Nardi sfiorò la vetrata del pendolo e fece per proseguire verso la camera da letto. Poi, all'improvviso, rammentò quale storia si nascondesse dietro a quell'orologio. Quei modelli erano famosi a metà del settecento, per i loro nascondigli segreti. Tornò allora a volgere lo sguardo al quadrante e a quelle lancette immobili. Rimase a fissarle per qualche istante riflettendo sul da farsi.

Riordinate le idee, tirò via il disco di metallo che tratteneva il vetro alla lunetta e prese a disporre le lancette in un cocktail di accostamenti casuali, nella speranza di trovare fortuitamente il giusto assetto. Le spostò a indicare ogni ora del giorno, ma nessun tentativo diede il risultato auspicato.

«Cosa fa commissario?» chiese Lanzi incuriosito.

«Vorrei saperlo anch'io».

«Lo so che è un patito di quella roba, ma… non le pare un po' fuori luogo?» si azzardò a sottolineare l'ispettore.

Mezzo infastidito, Nardi lasciò quanto stava facendo e si voltò a guardarlo. «Qui dentro potrebbe esserci una risposta alle nostre domande», disse.

Il fatto che l'altro non arrivasse a comprendere era giustificabile, ma non sopportava che la sua professionalità fosse messa in discussione.

Comunque, la sola cosa che al momento lo interessava era aprire quel dannato oggetto. Continuò in quel gioco enigmatico per un altro quarto d'ora, prima di darsi per vinto. Rassegnato, chinò il capo ad ammettere la sconfitta, ma quando lo sguardo si posò sul pendolo immobile, capì dove aveva sbagliato. Il meccanismo era fermo da tempo. Nessuno aveva provveduto a ricaricarlo. E se le lancette erano prive di moto, lo stesso valeva per ogni parte dell'ingranaggio. Così afferrò la chiave a farfalla riposta in basso, la inserì nell'apposita fenditura di carica e iniziò a ruotarla, finché il pendolo riprese lentamente a oscillare.

Appena il meccanismo si rimise in moto, l'asticella dei secondi rilasciò il tipico ticchettio. Il bilanciere era chiaramente fuori fase, perché ogni secondo si discostava dall'altro per un tempo esagerato, ma al momento il fatto era irrilevante. Il movimento era tutto ciò che serviva.

A dita incrociate, Nardi spostò le lancette delle ore e dei minuti a indicare le dodici e trenta, formando così un perfetto asse verticale. Quelle dei secondi nel frattempo continuavano a circolare liberamente. Quando coprirono un quarto di giro, creando una perpendicolare perfetta con le altre due, uno scatto si udì nell'aria e un piccolo cassetto fuoriuscì dalla struttura. Vedendo che un CD era contenuto all'interno, lui gettò allora uno sguardo all'ispettore e, con aria soddisfatta, disse: «Forse siamo di nuovo in partita».

***

Poco dopo le nove e trenta i due poliziotti fecero ritorno in centrale. Trascinati dalla curiosità, si precipitarono nell'ufficio del commissario ignorando persino il saluto dei colleghi. Quando Nardi sedette al proprio posto, l'altro si accostò al suo fianco senza badare al protocollo. Lui osservò il volto smanioso del ragazzo e capì che aveva il suo stesso desiderio. Molto probabilmente avevano trovato qualcosa di decisivo ed erano entrambi impazienti di scoprire cosa fosse.

Il computer era già avviato, tuttavia Nardi rimase a fissare il dischetto per qualche istante, come a voler prolungare quel momento di piacere.

«Avanti commissario!» fece Lanzi. «Cosa aspetta?»

«Calma», replicò lui.

Quando infine si decise a inserire il CD, sulla schermata apparve una singola cartella. Una serie di *file* era contenuta all'interno e lui ne selezionò uno a caso. L'immagine di Rosa Fogliani, coperta solo dalla biancheria intima, parve allora fuoriuscire dal monitor. Nella seconda inquadratura, la donna compariva invece in compagnia di una figura maschile. L'uomo però era di spalle ed era impossibile stabilire chi fosse. Solo la terza fotografia portò con sé la vera sorpresa. I due erano ripresi in maniera inequivocabile. Lei, completamente svestita, sostava sulla soglia della camera da letto, mentre l'uomo, girato verso la finestra, mostrava chiaramente il volto all'obiettivo.

«Mah…!» esclamò Lanzi stupito. «È chi dico io?»

«Credo proprio di sì», replicò Nardi, anche lui confuso da quanto stava osservando.

Nella stanza calò il silenzio. Il commissario iniziò a far scorrere le immagini in una sequenza sempre più veloce. Ogni foto pareva sovrapporsi all'altra, ad aggiungere piccoli dettagli che rendevano il tutto più reale.

«Beh! Che la donna avesse una relazione lo sapevamo», disse lui. «A quanto pare abbiamo scoperto l'uomo misterioso».

«Della Torre! Chi l'avrebbe detto?»

«In questo lavoro non c'è da meravigliarsi di nulla».

«Sì, però…» fece Lanzi.

Senza terminare la frase, l'ispettore girò attorno alla scrivania e andò a sedersi. I due restarono in silenzio, ognuno chiuso nei propri ragionamenti. Nardi non poté fare a meno di constatare come la storia continuasse a stringersi attorno alla comunità di recupero. In un modo o nell'altro, tutti parevano collegati a quel centro. Da Lisa Colasanti a Rosa Fogliani, da Giada Rubini a Mezzana a Della Torre. Per finire all'arma del primo delitto, che trovava in quel posto la sua originaria collocazione.

«Cerchiamo di fare un po' d'ordine», disse infine, riflettendo ad alta voce. «La Fogliani e Della Torre hanno una relazione. E chissà come, la Rubini lo scopre. Questa inizia allora a ricattare l'uomo, che messo alle corde è costretto a cedere all'estorsione. Però… qualcosa non quadra. Anche ammesso che Della Torre abbia voluto liberarsi di lei, perché uccidere la sorella? Non ha senso».

«Che la donna li ricattasse è sicuro. Si spiega il conto in banca», si intromise Lanzi. «Ma arrivare a ucciderla… Non saprei proprio. Quel tipo poteva comprare il suo silenzio senza problemi».

«Però aveva di certo un buon movente. E comunque in certe

situazioni è facile oltrepassare il limite».

«Sì. Ma che senso avrebbe? Lo ha detto lei stesso. Perché avrebbe dovuto uccidere la sorella? In fondo erano amanti e non avrebbe avuto nulla da guadagnarci».

A Nardi tornarono alla mente le affermazioni di Mezzana. Secondo le sue dichiarazioni, la Fogliani si era rifiutata di eseguire il test di paternità.

«E se avesse fatto credere a Della Torre di essere il padre del bambino?» disse allora. «Per uno come lui poteva rappresentare un problema. Chissà? Magari voleva semplicemente liberarsi del figlio».

«È possibile. Tuttavia non ce lo vedo a sporcarsi le mani in una faccenda simile. Quell'omicidio è opera di un dilettante e chi ha fatto il lavoro lo ha fatto da solo. Uno come Della Torre avrebbe incaricato un professionista».

«Hai ragione. Dobbiamo puntare più in basso. Anche se resto dell'idea che lui c'entri in qualche modo».

La discussione fu interrotta dalla comparsa di Cataldo.

«Scusi commissario», disse questo. «Volevo informarla che siamo riusciti a scoprire chi ha fatto il versamento».

Nardi e Lanzi si scambiarono un sorriso.

«Non ci crederà. Pare si tratti di Vincenzo Della Torre. Il presidente della *Co.S.Mic*».

«Sì, Cataldo. Ho capito. Vai pure, grazie».

«Veramente ci sarebbe dell'altro», continuò il vice sovrintendente.

«Di che si tratta?»

«Dallo stesso conto è stata versata anche un'ingente somma a favore di Riccardo Monti».

«Come?» fece Nardi meravigliato.

«Proprio così commissario».

«Grazie ancora Cataldo. Vai pure».

Quando l'uomo uscì dalla stanza, lui volse gli occhi al soffitto.

«Uhm!» disse tra sé e sé. «Riccardo Monti».

«A cosa pensa?» chiese Lanzi.

«Eh?» fece lui. «Oh, niente. Continuavo a chiedermi quale

fosse il motivo di quel gesto che pareva senza senso. Ora si spiega. Il professore è stato pagato per fare ciò che ha fatto».

«Crede che Della Torre abbia cercato di far uccidere la moglie?»

«È un'ipotesi. Dopo quanto abbiamo scoperto non mi sorprenderei. Quello che non mi spiego è il comportamento di Monti. Cosa lo avrà spinto a togliersi la vita?»

«Forse non lo ha fatto».

«Che vuoi dire?»

«Che magari qualcuno vuole farcelo credere. Quando invece potrebbe essere stato spinto giù, proprio per farlo apparire un suicidio».

«Chissà?» fece lui ripensando a quel giorno.

Ricordò allora la donna oltre la ringhiera. Ricordò l'inseguimento e la tragica immagine di Monti spalmato sul ciglio della strada. E infine, ricordò l'uomo elegante della Porsche nera. A eccezione di lui, era stata l'ultima persona ad attraversare quella corsia d'ospedale. Non riusciva più a rievocarne il volto. Impressi nei suoi ricordi c'erano solo la macchina di lusso e i vestiti di gran classe. Chiedendosi chi potesse essere quel tipo, se non fosse stato lui a spingere Monti dalla finestra, continuò a riflettere in cerca di una risposta. Quando poi un particolare gli tornò in mente, pensò che era stato un idiota a non pensarci prima.

Levandosi dunque dalla sedia, disse: «Tu vai da Della Torre e senti cos'ha da dire su questa storia».

«Lei non viene?»

«Devo seguire un'altra pista».

«Quale pista?»

«Ah! Mi raccomando», replicò lui, ignorando la domanda dell'ispettore. «Fai fare una ricerca su di lui. Dobbiamo scoprire se potesse avere un motivo per far fuori la moglie».

43

Elena Monti era chiusa da giorni nel suo lutto, a piangere in solitudine la morte del marito. Quella mattina, come ormai d'abitudine, se ne stava seduta su una sdraio nel terrazzo a sfogliare un vecchio album fotografico. Tutto ciò che restava del suo matrimonio. Voltava i fogli con fare lento, a protendere i minuti che la separavano da un'ultima pagina che sarebbe inesorabilmente giunta a mostrarsi. Nascosta dietro a un paio di lenti scure, continuava ad ammirare se stessa in abito bianco, col bouquet tra le mani, e Riccardo, allora giovane e bello, che con lo sguardo raggiante l'attendeva all'altare. Un giorno felice di tanti e tanti anni prima, ma ancora vivido nella sua mente.

Guardare quelle foto rappresentava per lei il solo modo di tornare indietro e, nel desiderio di rivivere quegli istanti, rievocò alla memoria tanti preziosi ricordi. Ricordi che credeva ormai perduti; belli e meno belli; piccolezze all'apparenza inutili, che tuttavia plasmavano fra loro il mosaico di un'intera esistenza. Tornarono alla mente gioie e dolori, assieme al rimpianto per quei progetti rimandati nel tempo e che ora sarebbero rimasti irrealizzati e spogli di significato.

Sentendo il viso farsi umido, fece scorrere un dito sulla guancia. Nel constatare che le lacrime avevano ripreso a scendere giù, rimase sorpresa. Perché ormai la forza di piangere non c'era più. Il suo dolore lo aveva tirato fuori tutto assieme, il giorno stesso in cui Riccardo era morto. Nemmeno quando Lisa si era recata a farle visita, era riuscita a versare una lacrima. Il cuore si era svuotato, per far spazio a nostalgie che solo il tempo, forse, un domani avrebbe portato via con sé.

Incapace di reagire, tornò quindi a inabissarsi nell'oceano

ombroso della memoria. Sarebbe rimasta così per chissà quanto, se non fosse stato per il sopraggiungere della domestica.

«Le occorre nulla signora?» chiese questa.

«No, grazie».

«Vuole che le porti qualcosa da bere?»

«Sto bene così. Non preoccuparti».

«Sono di là, nel caso cambi idea».

Dalla morte di Riccardo, il comportamento della ragazza verso di lei era cambiato.

Educata lo era sempre stata. Doveva esserlo. Ma da quel fatidico giorno i suoi modi di fare, come anche i suoi sguardi, esprimevano una forma di compassione che a Elena non piaceva affatto. Odiava l'idea di essere commiserata.

Fu proprio quel pensiero che la costrinse a reagire.

Vide che l'orologio segnava un quarto alle dieci. Aveva già trascorso buona parte della mattina a rimpiangere il passato e concluse che era tempo di guardare avanti. Così si levò a forza dalla sdraio per recarsi nello studio del marito. Si sarebbe liberata delle carte e degli oggetti che gli erano appartenuti e avrebbe iniziato a rimettere ordine nella propria vita.

Indecisa da dove cominciare, pensò che la scrivania, sommersa da pile di fascicoli e documenti sparsi, era un buon punto di partenza. Passando dall'altra parte si lasciò cadere sulla poltrona e con fare incerto posò le mani sul pianale, a carezzare il legno logoro. Capì allora di essersi gravata di un compito troppo difficile. Non era pronta a compiere quel passo. Ogni oggetto rievocava in un modo o in un altro la memoria di Riccardo. Era arduo decidere cosa tenere e cosa no. Tuttavia non voleva cedere. Sapeva che se l'avesse fatto sarebbe sprofondata nel baratro, assieme a quel dolore che le squarciava il cuore. Mise dunque da parte i propri sentimenti e afferrando ogni carta che le capitasse a tiro, prese a gettarla nel cestino. Dopo aver sommerso il contenitore, continuò gettando i documenti in terra con fare maniacale. Un gesto liberatorio che si protrasse per una decina di minuti, finché una lettera, messa lì in bella vista, attirò la sua attenzione.

L'aveva avuta sotto gli occhi per tutto il tempo, ma forse si era sforzata di ignorarla. Perché a differenza delle altre, quella era indirizzata a lei. Riconoscendo la calligrafia del marito, la schiuse con apprensione, fino a trovare le ultime parole di un uomo che le diceva addio.

Gli occhi scorsero le righe con avidità, mentre un'espressione sempre più incredula si andava man mano delineando sul suo viso. Non riusciva a credere a quanto stava leggendo. Per un attimo pensò di sognare. Ogni cosa nella stanza parve girarle attorno. Frastornata, lasciò allora cadere il foglio a terra. Con lo sguardo sperduto nel vuoto, tentò di convincersi che la mente le stesse giocando un brutto scherzo.

44

Nardi avrebbe voluto ascoltare Della Torre di persona. Era curioso di sentire cosa avesse da dire sulla faccenda. Tuttavia doveva mettere a tacere i propri dubbi. Perciò era tornato alla clinica *Santa Caterina* per accertare la fondatezza dei suoi sospetti.

All'esterno del complesso una singola entrata consentiva l'accesso. Arrestò la macchina davanti alla barra mobile, in attesa che gli uomini della sorveglianza lo lasciassero passare. Questi, però, infervorati a discutere tra loro non sembravano degnarlo di attenzione, quasi non si fossero accorti della sua presenza. Lui comunque non aveva fretta di entrare. Si era recato lì in cerca di una conferma. E in quel momento ce l'aveva dritta in faccia. Infatti, proprio sopra di sé, erano piazzate due telecamere a circuito chiuso, a riprendere ogni veicolo che varcasse il passaggio. Ripensò quindi al tipo elegante di cui aveva scordato il volto, alla sua Porsche nera, e accennò un sorriso. Individuare l'auto sarebbe stato facile.

A ogni modo le registrazioni potevano attendere. I filmati non sarebbero scappati via. Prima era opportuno fare un salto all'interno. Il caso di Monti era stato considerato un suicidio e come tale era stato trattato dagli agenti. Non c'erano state indagini dettagliate da parte di nessuno. Per cui ora spettava a lui il compito di trovare eventuali tracce, qualora ne fossero rimaste.

Dal gabbiotto, uno degli uomini si decise a volgere lo sguardo all'esterno e accorgendosi della sua presenza sollevò la sbarra lasciandolo passare.

Nello spiazzo del parcheggio vide che il posto in cui aveva sostato la prima volta era libero e decise di infilarsi là. Non era mai stato un tipo superstizioso, tuttavia per una volta volle sforzarsi di credere e preferì non sfidare la sorte.

Sceso dall'auto si avviò verso l'entrata, ma dopo pochi passi levò lo sguardo in alto, rifletté un istante, e decise di recarsi nel punto in cui Monti era precipitato. Raggiunto l'altro lato del palazzo, si fermò a guardare il suolo. Pensò che se solo avesse avuto modo di dargli voce, quel pezzo di terra ne avrebbe raccontate di cose sulla morte dell'uomo. La sua fine infatti continuava a evocarla sfacciatamente. Macchie di sangue, divenute ormai un tutt'uno con l'asfalto, serbavano ancora il ricordo di quella giornata. Un giorno in cui gli eventi si erano succeduti velocemente e in maniera confusa. L'aggressione, l'inseguimento, il suicidio; tutto si era svolto troppo in fretta e qualche dettaglio era di certo sfuggito all'attenzione.

Perso nel mondo astratto delle ipotesi, rimase a fissare quel terreno pigmentato da chiazze rossastre, finché, rivedendo l'immagine di Monti steso in terra, volse lo sguardo in cerca di qualcosa che mostrasse l'evento da una diversa prospettiva.

Dal momento che nulla di insolito sembrava richiamare l'attenzione, si allontanò di qualche metro per ampliare il campo visivo. Tornando a guardare in alto, alla finestra da cui l'uomo era precipitato, constatò allora che il punto d'impatto distava dall'edificio tre o quattro metri, o forse più. Una distanza troppo elevata per chi si era lasciato cadere nel vuoto. Qualcuno doveva averlo spinto violentemente.

Il giorno in cui tutto era accaduto, sormontato dalla serie di eventi che lo avevano coinvolto, quel particolare non lo aveva proprio notato. Era la conferma che Monti era stato ucciso. Perciò, senza perdere altro tempo, si recò all'interno per dare un'occhiata alla stanza.

Seguì il percorso che aveva fatto in compagnia di Sabrina Colasanti, ma giunto al piano le idee si fecero confuse. Avendo rincorso l'uomo da un corridoio all'altro, fece fatica a orientarsi. Quando infine arrivò dove voleva, trovò la stanza deserta come l'ultima volta. Nessuno evidentemente ci aveva più messo piede. Se era rimasta una traccia dell'accaduto, doveva trovarsi ancora là.

Guardandosi intorno pensò che l'arredo sobrio avrebbe facilitato il compito. Prese a frugare nella speranza che qualcosa saltasse fuori. Quando poco dopo notò un bottone, nascosto dietro a un sostegno del letto, lo raccolse con un pezzo di carta, ben guardandosi dal toccarlo. Quell'oggetto minuscolo poteva essere una prova e lui non aveva intenzione di inquinarla in alcun modo. Forse si trattava solo di un banalissimo bottone, ma l'intuito gli diceva il contrario. Se Monti era stato scaraventato giù a forza, aveva di certo cercato un appiglio qualunque per sfuggire alla morte. E forse, nel tentativo disperato, aveva afferrato l'aggressore in qualche punto della giacca strappando via il bottone. In quel caso, anche se non era riuscito a salvare la vita, aveva quantomeno lasciato traccia del suo assassino.

Dopo aver rovistato per qualche altro minuto, Nardi capì che non c'era altro da trovare. La sola cosa che restava da fare, era smascherare il misterioso tipo della Porche.

Si recò dunque in amministrazione, si presentò e chiese di visionare i filmati dei giorni precedenti. Una delle segretarie contattò il responsabile della sicurezza. E questo, senza nulla da obiettare, diede disposizione affinché venisse accompagnato.

Un uomo lo scortò fino alla sala di monitoraggio. Una volta lì, fece un cenno col capo e si congedò, lasciandolo alle cure degli addetti all'interno della stanza.

«Buongiorno», disse lui, rivolgendosi a uno di loro. «Sono il commissario Nardi. Avrei bisogno di vedere alcune registrazioni».

«Sì, ci hanno avvertito», rispose l'agente. «Quali le interessano?»

«Quelle dell'altro ieri».

«Potrebbe essere un po' più preciso?»

Rendendosi conto della richiesta assai generica, Nardi precisò quindi l'orario che lo interessava.

Mentre l'uomo prese a cercare il materiale in questione, lui diede un'occhiata ai monitor. Notò che anche il parcheggio era sorvegliato. Con un pizzico di fortuna, di lì a poco avrebbe visto la faccia di quell'uomo.

Dopo aver fatto scorrere le riprese fino al punto indicato dal commissario, il giovane agente rallentò la sequenza e i due presero a controllare le varie auto che, in quel lasso di tempo, erano entrate nella clinica. Nardi non ricordava precisamente l'ora del suo arrivo, per cui aveva fornito un orario approssimativo. Ci volle qualche minuto, prima che la Porsche saltasse fuori.

«Eccola! È quella» fece, appena la vide apparire sullo schermo.

L'automobile era ripresa proprio davanti all'entrata, col numero di targa in bella mostra. Lui lo appuntò immediatamente su un pezzo di carta e chiese poi di vedere le riprese nel parcheggio.

Sfortunatamente il volto dell'uomo non era visibile. Le inquadrature erano tutte dall'alto e quel tipo aveva sempre tenuto lo sguardo basso.

A Nardi tornò allora in mente il bottone. Chiese di confrontare le immagini dell'arrivo con quelle della partenza. Purtroppo l'uomo appariva di fronte solo all'entrata. Sulla strada del ritorno veniva ripreso di spalle.

«Maledizione!» disse lui, infastidito dalla cosa.

«Aspetti commissario», replicò l'agente poco dopo. «Ecco! Qui si volta. Quando sale in macchina».

Ancora una volta, era impossibile rilevare il suo volto, ma quanto interessava a Nardi in quel momento era dare conferma alla propria ipotesi. Fece quindi zoomare l'immagine per quanto possibile e vide che in effetti alla giacca dell'uomo mancava un bottone.

«È stato lui!» fece soddisfatto.

L'agente non sapeva a cosa si riferisse il commissario. A ogni modo anche lui parve appagato, forse contento di aver contribuito. Nardi gli strinse la mano e dopo un ringraziamento sincero uscì.

Una volta fuori si soffermò nel corridoio, affrettandosi a chiamare in centrale. Chiese a Cataldo di fare un controllo sul numero di targa e rimase in attesa. Dopo qualche attimo di silenzio, la voce del vice sovrintendente tornò a farsi sentire.

«Commissario?» disse questo.

«Sono qui. Dimmi tutto».

«Si tratta di una Porsche modello Boxster…»

«Non mi interessa la macchina. Voglio sapere il nome del proprietario».

«Ah, sì… Appartiene a un certo Gianni Spada».

«Perfetto. Fai una ricerca su di lui e guarda cosa riesci a scoprire».

Nardi fece per interrompere la conversazione, ma sentì che dall'altro capo del telefono la voce dell'uomo continuava a gracchiare. Riaccostò dunque l'apparecchio a sé e disse: «Scusami Cataldo, non ho capito. Cosa dicevi?»

«Che questo nome l'ho già sentito. Pazienti solo un istante. Sto controllando se è la stessa persona».

«Di che parli?»

«Sì! Eccolo qua. Lo sapevo di averlo letto da qualche parte».

«Insomma, Cataldo! Vuoi far capire anche a me o hai intenzione di tenere la cosa nascosta?»

«Oh, certo commissario. Mi scusi. Riguarda quel famoso conto bancario. Anche quest'uomo risulta nella lista dei nominativi. Pare che Della Torre abbia effettuato diverse transazioni a favore di questo tipo. In passato e di recente».

«Ah, interessante», concluse lui.

Salutando mise quindi fine alla telefonata e incamminandosi verso l'uscita, tentò di fare ordine nella mente.

Che Monti fosse stato ucciso era ormai indubbio. E appariva chiaro chi fosse il mandante. Ciò che non trovava una spiegazione logica era il perché di quella macchinazione. Perché mai Della Torre avrebbe dovuto sbarazzarsi di un uomo che giocava per lui? Nardi si sforzò di trovare una ragione valida, ma tutto sommato la cosa non aveva più importanza. A questo punto c'erano prove a sufficienza per incastrarlo. Il resto sarebbe venuto fuori durante l'interrogatorio o in fase processuale.

45

Da anni, ormai, Della Torre era cliente della *Verde&Verde*, un'impresa specializzata nella manutenzione di giardini. Il lunedì un incaricato si recava in villa per la falciatura del prato e la potatura delle siepi. E come ogni primo della settimana, quella mattina il furgoncino della ditta si apprestava a varcare i cancelli dell'abitazione, con l'unica eccezione che l'uomo alla guida non era quello di sempre. Infatti alle prime ore del mattino, Spada si era introdotto nel deposito che ospitava i veicoli e aveva atteso pazientemente l'arrivo dell'addetto. L'uomo si era visto assalire alla sprovvista quando, aperto lo sportello, lo aveva trovato all'interno dell'abitacolo. Senza lasciargli il tempo di capire cosa accadesse, lo aveva tramortito con un colpo violento alla testa. Legato e imbavagliato a dovere, lo aveva poi rinchiuso nella parte posteriore del furgone. Infine, indossati i suoi abiti da lavoro, sostituita la foto sul cartellino di riconoscimento, si era messo alla guida del mezzo.

Al suo arrivo alla villa passò praticamente inosservato. Il furgoncino era quello di sempre e nessuno prestò attenzione al cambio di persona. Dopo anni passati a lavorare per Della Torre, era la prima volta che metteva piede in casa sua. Ne rimase subito affascinato, nel momento stesso in cui l'apertura del cancello lasciò agli occhi la libertà di spaziare oltre. Si guardò attorno colmo d'ammirazione, rapito perlopiù dall'artificioso contorno floreale. Incantato dall'eleganza di quell'ambiente, pensò che un giorno anche lui avrebbe abitato in un posto simile.

Una volta dentro si spinse sul retro e parcheggiò accanto a una piccola rimessa. Dietro precise istruzioni, sapeva perfettamente come muoversi. Della Torre si era preso lo scrupolo di pianificare il tutto personalmente, incaricandolo di portare a termine ciò che Monti aveva lasciato a metà.

Spada teneva il volto nascosto, riparato dalla visiera del berretto e da un paio di occhiali scuri. L'esterno dell'abitazione però era ben protetto. L'apparato di video sorveglianza copriva l'area intera. Si mosse quindi con la massima accortezza affinché non restassero tracce del suo passaggio. Estratta di tasca una planimetria, iniziò a ripassare a uno a uno i punti strategici già memorizzati in precedenza. La pianta indicava le zone in cui erano collocate le telecamere, nonché i tempi impiegati da ciascuna per orbitare da una parte all'altra. Ogni singola rotazione creava un'alternanza di punti ciechi nel sistema di ripresa, ma per intervalli assai risicati. Quindici secondi. Era quello il lasso di tempo a disposizione tra l'esecuzione di un ciclo e l'inizio del successivo. Non era molto, comunque a lui sarebbe bastato per introdursi all'interno del parcheggio coperto. A differenza dell'esterno, lì non c'era sorveglianza. Una volta dentro avrebbe potuto lavorare in tutta tranquillità.

Quella mattina Lisa Colasanti sarebbe uscita e il piano era quello di manomettere i freni della sua auto. Per raggiungere la strada principale avrebbe dovuto percorrere una lunga discesa, piena di costoni e curve insidiose. Quando i freni avrebbero smesso di funzionare, non sarebbe riuscita a tenere la strada. La discesa e la forza di gravità avrebbero fatto il resto. La macchina sarebbe andata accelerando sempre più, portandola inevitabilmente a schiantarsi.

Erano da poco passate le dieci e venticinque. Dalle informazioni ricevute, la donna sarebbe uscita per le undici. Lasciando un margine di sicurezza di venti minuti, a lui restava un quarto d'ora per portare a termine il compito.

Manomettere i freni era un lavoretto della massima semplicità e non ci avrebbe impiegato molto. Tuttavia si era recato lì nella veste di giardiniere e se non voleva attirare l'attenzione avrebbe dovuto calarsi nella parte almeno per un po'. Cosicché i quindici minuti andavano a ridursi in una manciata di tempo veramente irrisoria. Aveva i secondi contati per agire e la cosa non gli piaceva affatto. Lui era un tipo accorto e operare in quel modo non era sua abitudine. Come sempre aveva predisposto tutto nei minimi particolari, ma gli imprevisti non poteva certo prevederli. Quella mattina il caso aveva voluto che un cavalcavia, sul tragitto di marcia, subisse un cedimento strutturale. A causa dei lavori di manutenzione il traffico era stato deviato. Si era visto costretto a compiere un giro assai più lungo del previsto.

Rischiava di pagare quel ritardo a caro prezzo, ma ormai era inutile rimuginarci sopra. Continuare a pensarci non avrebbe cambiato le cose. Perciò aprì il portellone sul retro del furgone e tirò fuori gli attrezzi da lavoro.

L'operaio aveva ormai ripreso i sensi. Agitandosi in modo pressoché ridicolo, tentava inutilmente di gridare aiuto. Dalla sua bocca uscivano solo una serie di mugolii incomprensibili. Senza degnarlo di troppa importanza, lui prese un paio di cesoie e dei guanti. Nel richiudere il portello tornò a gettargli uno sguardo. Dopo averlo immobilizzato si era preoccupato di bendarlo, in modo da non farsi riconoscere. Quel tipo non rappresentava un pericolo. A lavoro finito avrebbe abbandonato il furgone da qualche parte con l'uomo all'interno. Presto o tardi qualcuno si sarebbe preoccupato di cercarlo.

Guanti alle mani, si portò quindi in prossimità di alcune siepi cominciando a tagliuzzare qui e là. Dopotutto, lavorare di braccia era un ottimo espediente. Poteva guardarsi attorno senza essere notato. Con lo sguardo puntato alle telecamere, prese a memorizzarne i tempi di spostamento. Certo, le informazioni su carta erano state utili, ma ora era tempo di lasciar fare alla vista. Gli occhi dovevano assorbire in modo naturale quel movimento ritmico, perché al momento di agire non avrebbe potuto concedersi esitazioni di alcun tipo. C'era una grossa partita in gioco. E sarebbe durata quindici brevi interminabili secondi.

***

Tornare al lavoro era la medicina migliore. Dopo i tanti incitamenti da parte del marito, Lisa se n'era convinta del tutto. Quella mattina avrebbe ripreso a vivere e tutto sarebbe ripartito da zero per l'ennesima volta.

Sin dalla sera prima aveva avvertito la segretaria del suo rientro. Questa era all'oscuro dei motivi che l'avevano tenuta lontana, ma era comunque parsa sollevata dal ricevere la notizia. Una sincera contentezza, percepita nella voce della donna, aveva portato Lisa a ricredersi. La costante messa in dubbio dei propri meriti, il peso del nome che portava, erano svaniti dalla mente tutto a un tratto. Perché se la sua assenza si era fatta sentire, significava che il proprio lavoro lo aveva svolto bene e che dopotutto per il centro rappresentava una figura importante. Per la prima volta si rese conto di essere un punto di riferimento per molte persone. E scoprirlo la rese felice.

Tuttavia, ricominciare non era facile. Per il primo giorno aveva deciso di lavorare solo mezza giornata. Sarebbe andata là un po' prima della pausa pranzo, per riprendere confidenza con l'ambiente, e nel pomeriggio sarebbe tornata a svolgere le sue normali mansioni.

Erano già passate le dieci e mezza e di lì a poco sarebbe dovuta uscire. Dopo una mattinata trascorsa a frugare negli armadi, però, non era ancora pronta. Cercava qualcosa di particolare da indossare, perché quel giorno voleva apparire bella agli occhi degli altri. Aveva passato il tempo ad afferrare abiti per gettarli sul letto poco dopo. Ogni volta che lo sguardo era rimasto attratto da un modello, da una combinazione di colori, o da un tessuto particolare, l'incertezza era subentrata a farle cambiare idea.

Incapace di prendere una scelta, sentì il nervoso salire lentamente, per aumentare sempre più con lo scorrere dei minuti. L'eccitazione di ricominciare, la nostalgia di quanto si era lasciata alle spalle e la paura di quanto avrebbe dovuto affrontare, giustificavano pienamente quello stato d'animo, ma questo lei pareva ignorarlo. Nel timore che un intreccio di sensazioni potesse bloccarla sulla linea di partenza, non riusciva a essere sincera con se stessa.

Per sfuggire al senso d'inquietudine si portò alla finestra, a respirare un po' d'aria fresca. Prese a fissare il vuoto provando a sgomberare la testa, ma ben presto fu distratta dal rumoroso armeggiare di un giardiniere, indaffarato nella potatura delle siepi. Evidentemente l'impresa doveva aver sostituito l'addetto per qualche motivo, perché era certa di non averlo mai visto prima. Per un istante lo guardò con aria indifferente, poi il suo sguardo si posò sulla pianta. Attratta dalla forma stravagante di quell'ammasso di foglie, pensò di ispirarsi a loro per fare la sua scelta. Tornò allora all'armadio e prese a cercare qualcosa che richiamasse il più possibile quell'accostamento. Rovistò un paio di minuti, finché, trovando una specie di tunica dal colore verdognolo, decise di indossare quella. Non era certo il vestito più adatto per recarsi al lavoro, ma non le importava. Ormai aveva deciso. Quindi si girò verso lo specchio e, poggiata la veste al corpo, si ammirò per qualche secondo. Soddisfatta, fece allora un sorriso a se stessa e pensò che niente quel giorno poteva andare storto.

**

Erano ormai trascorsi più di dieci minuti, ma Spada era ancora fermo nel giardino a tagliare rami. Una delle telecamere si era arrestata su di lui. Cercando di apparire il più verosimile possibile, si era dunque messo a fare quel lavoro di tutto impegno. Qualcuno lo stava osservando e non poteva far altro che continuare la messa in scena. Una situazione spiacevole, che gli aveva portato via tanti minuti preziosi. Per non destare alcun sospetto, aveva ridotto i suoi gesti al singolo movimento di braccia richiesto dall'attrezzo. D'allora non aveva più dato uno sguardo all'orologio. Nella testa sentiva il tempo scorrere veloce e non era in grado di stabilire se, quel tanto o poco che restava, sarebbe stato sufficiente per agire. Tornando a volgere lo sguardo, vide con la coda dell'occhio che l'obiettivo continuava a puntarlo. Non ne capiva il motivo. Nulla di quanto aveva fatto poteva attirare l'attenzione. Evidentemente qualcuno della sorveglianza si stava divertendo alle sue spalle. Infatti gli apparecchi di ripresa erano automatizzati, ma al tempo stesso manovrabili manualmente. E finché lo sconosciuto dall'altra parte non si fosse stancato, di utilizzare lui come passatempo, non avrebbe potuto muoversi.

Deciso a non cedere all'agitazione, fece compiere alle braccia un movimento quasi innaturale. Senza sottrarsi alla presa delle cesoie e senza interrompere il moto degli arti, fece spostare i guanti in avanti. Il tanto necessario per dare un'occhiata alle lancette. Immediatamente i suoi occhi si spalancarono a dismisura. Era già un minuto oltre il tempo stabilito. Quello che avrebbe dovuto rappresentare un margine di sicurezza era ormai una semplice fantasia. Sbirciò ancora una volta in direzione della telecamera e capì che la situazione gli era sfuggita di mano. Chi manovrava quell'aggeggio non sembrava affatto deciso a cambiare angolazione. Intuendo perciò il fallimento, tirò un sospiro in segno di rassegnazione. Fu allora che un ronzio, pressoché impercettibile, tornò a farsi sentire dopo un lungo silenzio. La telecamera aveva finalmente ripreso a muoversi normalmente.

Istintivamente tornò a guardare l'orologio.

Diciassette minuti alle undici.

Poteva ancora farcela.

Lasciò che l'apparecchio eseguisse un giro completo verso di sé, prima di lanciare la mente in un conto alla rovescia. Quindici, quattordici, tredici… tre, due, uno… Zero! La telecamera era interamente rivolta nella direzione opposta e lui schizzò come un'anguilla. Interrompendo la marcia ogni quindici secondi, si mosse a intermittenza lungo un percorso zigzagato, sfruttando i diversi punti ciechi. Impiegò un minuto e quindici secondi per superare i quattro dispositivi che lo separavano dal garage e una volta dentro tornò a guardare l'ora. Stava camminando su una lama di rasoio. Restava veramente poco tempo.

Cinque automobili erano parcheggiate all'interno, ma la Colasanti era solita prendere sempre la stessa. Senza perdere tempo si precipitò verso la vettura che gli era stata indicata e con fare rapido e deciso praticò un'incisione sul tubo dei freni. Non lo tranciò di netto. Fece un leggero taglio laterale, in modo che l'olio fuoriuscisse un po' alla volta. A metà discesa il serbatoio del liquido sarebbe rimasto a secco e la pompa freno non sarebbe più stata in grado di azionare i pistoncini e premere le pastiglie contro il disco.

Aveva ormai terminato il lavoro, quando il cellulare prese a vibrare. Non aveva certo intenzione di rispondere. Le undici erano già passate da un paio di minuti e la donna avrebbe potuto comparire da un momento all'altro. Estrasse l'apparecchio di tasca al solo fine di rifiutare la chiamata, ma sul display vide il nome di Della Torre. Doveva esserci una seria ragione se lo chiamava in quel momento delicato.

Pensò che forse era il caso di rispondere.

«Sì?» bisbigliò.

«Interrompi», disse bruscamente Della Torre dall'altra parte. «Lascia stare tutto e vieni via».

«Come sarebbe a dire. Ormai il lavoro è fatto?»

«Maledizione!»

Ci fu un attimo di silenzio.

Spada non riusciva a capire cosa stesse accadendo.

«Dove ti trovi? Sei già uscito?»

«No. Sono ancora nel garage. Ma il lavoro è fatto».

«Allora fai in modo che mia moglie non salga in macchina».

«È tardi ormai. Non c'è tempo…»

«Fai come ti dico», gridò Della Torre. «La polizia è appena stata qui. Sospettano di me. Sono troppo esposto, quindi cerca una soluzione alla svelta. Fa' ciò che vuoi, ma non farle prendere quell'auto».

«D'accordo», concluse lui, mettendo fine alla telefonata.

Agitato, gettò allora un'occhiata al cancello. Era certo che a breve si sarebbe trovato la donna di fronte. Non c'era tempo per fare niente. Non un lavoro fatto a dovere. A ogni modo non aveva più il potere di decidere. Perciò, senza esitare oltre, si accostò alla vettura, estrasse un coltello di tasca e forò entrambi le ruote anteriori. Subito dopo si riportò all'esterno. Con la massima attenzione percorse a ritroso il tragitto già fatto e, tornato al punto iniziale, riprese a tagliuzzare le siepi con fare indifferente.

Un minuto più tardi la donna si fece viva. Gli passò a fianco gettandogli un'occhiata e lui portò la mano alla visiera del cappello ad accennare un saluto. Lei avanzò indifferente, fino a scomparire all'interno del garage. Quando infine fuoriuscì il ruggito di un motore, la Colasanti ricomparve, alla guida di un'auto che non era la sua. Lui restò a guardarla mentre usciva dalla villa. Pensò che quella donna doveva avere una gran fortuna. A sua insaputa era scampata alla morte per l'ennesima volta.

46

Nardi era alquanto su di giri. La soluzione era ormai a portata di mano e l'impazienza palpitava nell'aria. Messo piede in centrale, vide il vice sovrintendente corrergli incontro.

«Hai trovato le informazioni su quel tipo?» chiese lui, prima che l'altro potesse parlare.

«Come? Oh, sì, sì! Ma volevo dirle…»

«Perfetto! Dammi tutto».

Senza obiettare Cataldo si portò in quel cubicolo che era il suo ufficio; piccole vetrate in un angolo di muro. Poco dopo rivenne fuori con il dossier fra le mani, glielo consegnò, e riprese a parlare. «È successa una…»

«Ah!» lo interruppe di nuovo lui. «Per l'altra ricerca che ti avevo chiesto? Le informazioni su Giada Rubini?»

«Ho fatto come mi aveva chiesto. Gliele prendo subito. Ma prima dovrebbe sapere…»

«Dopo, dopo. Ora porta tutto nel mio ufficio. Grazie».

«Ah, commissario!» fece Lanzi, sopraggiunto in quell'istante. «Finalmente è tornato».

L'ispettore aveva in viso una strana espressione. Sembrava attendere che qualcosa uscisse dalla bocca del commissario. Forse era solo curioso di sapere cosa avesse scoperto alla clinica. Eppure un modo di fare che non gli apparteneva, esitante, lasciò Nardi leggermente perplesso.

«Cos'è successo?» chiese allora lui. «Perché quella faccia?»

«Come sarebbe?» replicò Lanzi. E rivolgendosi a Cataldo, disse: «Non l'hai ancora informato?»

«Ho cercato di dirglielo ispettore. Ma non mi ha lasciato parlare».

«Dirmi cosa?»

L'espressione di poco prima scomparve improvvisamente dal volto di Lanzi, lasciando spazio a un'aria seria e risoluta.

«Si tratta di Della Torre. È stato ucciso».

«Come dici?»

«Pare assurdo. Ho fatto appena in tempo a parlarci».

«E com'è accaduto? Si sa già qualcosa?»

«Oh! Molto di più. Abbiamo già il colpevole. È di là che sta rilasciando una piena confessione».

Nardi restò di stucco. Non sapeva cosa dire. Per uno strano motivo ripensò alla Colasanti. Quella donna aveva visto la morte in faccia; si sentiva colpevole della morte di Monti; e ora avrebbe dovuto sopportare la verità assai più atroce della morte del marito. Un marito che la voleva morta.

«Non le interessa sapere chi è stato?» disse Lanzi.

«Eh? Sì certo. Dimmi».

«Non ci crederà, ma si tratta della moglie di Monti. Dice che voleva vendicare il marito».

«Cosa?»

«Proprio così. E pensare che l'ho incrociata nel corridoio. Avevo appena lasciato l'ufficio quando ho sentito lo sparo venir fuori. L'ho trovata con la pistola in mano. Un'arma registrata a nome del marito».

«Ma come sapeva che Della Torre era coinvolto in questa storia?»

«Il marito le ha lasciato una lettera. A quanto pare aveva già deciso di farla finita».

«Che lettera? Di che parli?»

«Venga. Gliela mostro».

L'ispettore fece per incamminarsi, ma il commissario lo trattenne afferrandolo per un braccio.

«Avete già provveduto ad avvertire la Colasanti?» chiese.

«Non ancora».

«Bene. Vorrei occuparmene di persona».

«Come vuole».

I due si spostarono in una sala adiacente. Lanzi indicò la lettera, messa lì su una scrivania, e lui prese subito a leggerla più curioso che mai.

Addio amore mio,

so che quando leggerai queste parole io non ci sarò già più.
Ti scrivo per chiederti perdono. Ormai è tardi per rimediare
agli sbagli, ma non è mai troppo tardi per chiedere perdono.
Non riuscirei a dirtelo guardandoti negli occhi. Perdonami ca-
ra Elena. Non vorrei far del male a Lisa, ma devo farlo. Cre-
dimi! Preferirei morire. Ma Vincenzo ha minacciato di
uccidere sia me che te. So bene che non esiterebbe a farlo e
non posso lasciare che sia tu a pagare le mie colpe. Quindi fa-
rò ciò che vuole e poi la farò finita. Non potrei vivere con un
tal peso sulla coscienza. Forse penserai che il mio sia un gesto
egoistico e vigliacco, e probabilmente lo è, ma non trovo altra
soluzione.
Spero che un giorno tu riesca a capirmi e perdonarmi.
Per sempre tuo,

Riccardo

La reazione di Nardi non fu immediata. Con sguardo incerto
continuava a fissare la lettera, come se qualcosa non lo convin-
cesse. Quando poi notò che non era scritta a mano, una scintilla
di acume trapelò dai suoi occhi e un senso di autocompiaci-
mento gli si andò tratteggiando in viso.

«Ha detto come l'ha avuta?» chiese allora.

«Pare l'abbia trovata in casa. Perché?»

«Deve essere stata messa lì di proposito», rispose lui. «Da
qualcuno che evidentemente voleva la morte di Della Torre.
Chi lo ha fatto deve aver previsto la reazione della donna».

«Cosa glielo fa pensare?»

«Hai mai scritto una lettera?»

«Certo. Perché?»

«E come lo hai fatto?» replicò lui mostrando il testo. «Carta
e penna alla mano, o davanti allo schermo di un computer?»

«È vero!» fece Lanzi. «Non ci avevo pensato. Però questo

non vuol dire...»

«Tra l'altro non poteva che essere così» riprese lui. «Perché Monti non si è suicidato. È stato ucciso».

«Come sarebbe?»

«Proprio così. Avevi visto giusto. Ne ho avuto conferma in clinica. E sai qual è il bello della storia? Che a muovere i fili era proprio Della Torre».

L'ispettore aggrottò le ciglia. Era chiaro che non riusciva a mettere insieme i pezzi del puzzle.

«Vieni», disse lui. «Andiamo a parlarne nel mio ufficio».

Lanzi fece un rapporto dettagliato sugli eventi susseguiti all'incontro con Della Torre.

Nardi a sua volta lo aggiornò su quanto scoperto in clinica.

«Dobbiamo trovare questo Spada», disse poi, porgendo all'altro il relativo dossier.

Quando questo prese a leggere la scheda dell'uomo, fece un breve commento sul suo passato nelle forze dell'ordine.

Nardi però aveva già rivolto l'attenzione altrove. Si limitò a rispondere con un cenno del capo. Intento a esaminare gli ultimi ragguagli sulla Rubini, sfogliava le pagine in cerca di qualcosa che gli permettesse di dare un senso a quell'insieme di vicende. Fatta eccezione per l'esile suono dello sfrego di carte, la stanza rimase avvolta dal silenzio, finché un particolare colpì la sua attenzione. Un nome che aveva già sentito da qualche parte.

«Il nome Ivano Terravalle ti dice niente?» chiese a Lanzi.

«Non mi pare. Perché?»

«Pare abbia testimoniato in passato a favore della Rubini. Lei era sospettata per l'omicidio del padre. E io sono certo di averlo già sentito».

«Magari lo avrà letto in qualche rapporto».

«Ma certo», fece lui.

Cominciando allora a spulciare sulla scrivania, lasciò correre lo sguardo fra le carte, gettando occhiate qui è là in cerca di quel nominativo.

«Eccolo qua! È lui», disse infine.

«Chi è?» chiese Lanzi.

«È sulla lista del personale di *VitaNuova*. Per cui non solo conosceva la Rubini da anni, ma lavorava a contatto con la sorella. E guarda caso, pare sia stato assunto poco prima che questa storia avesse inizio».

«Pensa che fossero complici nella faccenda del ricatto?»

«Non saprei. È probabile. Sono troppe le coincidenze. A ogni modo sono sempre più convinto di una cosa. Ci siamo mossi male sin dal principio».

«A che si riferisce?»

«Collegando l'omicidio della Fogliani con quanto accaduto alla Colasanti, ci siamo posti le domande sbagliate. Avremmo dovuto trattare i due casi in modo distinto».

Lanzi era sul punto di dire la sua, quando Cataldo piombò nella stanza. La porta era aperta e questo si fece avanti senza problemi.

«Commissario, è arrivato l'ultimo rapporto della scientifica», disse. «Ecco il fascicolo».

«Grazie. Lascialo pure qui».

Quando l'uomo si fu congedato, Nardi rimase in silenzio alcuni secondi, in attesa che l'ispettore terminasse quanto aveva da dire. Ma questo pareva più interessato a conoscere le ultime novità, perciò lasciò andare e prese a visionare l'incartamento.

«Pare che siano state rilevate tracce di una sostanza sull'arma del delitto», disse poi.

«Di che tipo?»

«Essenza di trementina. Un solvente per vernici. Nocivo per inalazione o contatto con la pelle, per ingestione, irritante agli occhi… e tutta un'altra serie di informative tecniche che non ci servono a nulla».

«Come no? Questo spiegherebbe perché le uniche impronte sull'impugnatura erano quelle di Mezzana».

«Di che parli?»

«Per i prodotti corrosivi è consigliato l'utilizzo di guanti. Giusto? Quindi chi ha preso il rasoio dalla sua scrivania evidentemente li indossava».

«Quella dei guanti sarebbe un'ipotesi plausibile. Ma parliamo di un centro di recupero. Chi userebbe del solvente…»

Colto da un'intuizione, Nardi lasciò la frase in sospeso e riprese a sfogliare l'elenco in cui era catalogato l'organico di *VitaNuova*. La lista era correlata delle relative mansioni svolte da ogni addetto e, per quanto poco prima l'avesse consultata in modo rapido e superficiale, alla semplice ricerca di un nominativo, era certo di aver letto ben altro sul conto di Terravalle. Quando infine ne ebbe conferma accennò un sorriso e disse: «Sai di cosa si occupa il nostro uomo?»

«Scusi commissario, ma non la seguo più. A chi si riferisce?»

«Oh! Hai ragione», fece lui, rendendosi conto di aver solo ragionato fra sé e sé. «Parlo dell'amico della Rubini. Pare sia un pittore, o qualcosa del genere. Lavora al centro come arteterapeuta».

«Beh, non è di certo una prova schiacciante, ma almeno è un punto di partenza».

«Un punto di partenza? Quel tizio conosceva entrambe le vittime. Lavorando al centro aveva accesso allo studio di Mezzana. E la sostanza trovata sul rasoio riporta sempre a lui. Io direi che è un punto di arrivo».

«Vuole che mandi qualcuno a prelevarlo?»

«Andiamo anche noi», disse lui.

Nardi pensò che di lì a poco avrebbe visto in faccia il vero colpevole e messo al caso la parola fine.

Provò una certa soddisfazione all'idea.

A metterlo di malumore era solo un pensiero. Quello di dover comunicare alla Colasanti la realtà dei fatti. Considerando che Della Torre era morto e ormai non era perseguibile in alcun modo, fu sfiorato dall'intento di non rivelare nulla alla moglie. Ma fu un pensiero passeggero. Tutto sarebbe comunque affiorato dal rapporto. E lui non poteva impedirlo.

47

Si era già fatta ora di pranzo quando due volanti della polizia e un'auto in borghese si arrestarono di fronte all'entrata di *Vita-Nuova*.

Nardi lasciò un poliziotto di guardia all'uscita e un paio di uomini a sorvegliare il perimetro esterno. Poi si incamminò verso l'amministrazione, seguito da Lanzi e altri due agenti. Si rivolse alla segretaria senza nemmeno salutare.

«Cerchiamo Ivano Terravalle», disse. «Dove posso trovarlo?»

«Perché, cosa ha fatto?» si azzardò a chiedere lei dopo un attimo di esitazione.

Nardi ricordava bene la reazione della donna l'ultima volta che era stato là. Appresa la brutta notizia sulla Fogliani, era scoppiata in lacrime. E lui non aveva né la voglia né il dovere di rispondere alle sue domande.

«Dove lo trovo?» ripeté quindi in modo brusco. «Può dirmelo lei o devo rivolgermi a qualcun altro?»

«Beh... A quest'ora dovrebbe trovarlo nella sala di pittura».

«E dove sarebbe?»

Lei schiuse di poco le labbra per parlare, ma si trattenne. Rifletté un istante, dopodiché, disse: «È un po' difficile da spiegare. Se vuole vi accompagno. Facciamo prima».

«Sì, grazie».

La donna lasciò allora la sua postazione e passando dall'altra parte si avviò facendo segno di seguirla. Nardi prese a camminare al suo fianco e gli altri tre si accodarono. Svoltarono per diversi passaggi senza che nessuno dicesse una parola. Solo la segretaria, di quando in quando, voltava leggermente il capo a guardare il commissario, come se volesse dire qualcosa. Lui replicava agli sguardi con l'accenno di un sorriso rassicurante.

Imboccato un nuovo corridoio, Nardi ricordò di essersi recato là per due ragioni. L'ufficio della Colasanti era proprio di fianco alla segreteria, ma lei non si era vista. Nonostante lui avesse parlato con un tono alquanto roboante, lei non si era nemmeno sporta a vedere cosa accadesse. Sapendo che la donna aveva lasciato il lavoro per qualche tempo, chiese alla segretaria: «La direttrice non è ancora tornata?»

«Oh, sì! Proprio oggi. Si è assentata un attimo dall'ufficio, altrimenti l'avrebbe vista».

«Ah!» fece lui.

«Ecco, siamo arrivati. È il prossimo corridoio».

«Benissimo. Allora lei vada pure. Ci indichi solamente la porta».

«La seconda sulla destra».

«Grazie ancora».

La donna tornò indietro voltandosi un paio di volte. Quando infine scomparve dietro l'angolo, Nardi ordinò agli agenti di non far passare nessuno e con Lanzi si avviarono verso la sala di pittura.

Vedendo che la porta era aperta, lui sporse di poco la testa senza farsi notare. L'uomo era solo all'interno della stanza. Fermo davanti a una delle finestre, gli voltava le spalle. Fece dunque segno a Lanzi di avanzare.

«Ivano Terravalle?» disse l'ispettore appena dentro.

Quando questo si voltò, Nardi lo riconobbe all'istante. Era lo stesso tipo che aveva incrociato nel corridoio la volta precedente. Evidentemente anche lui doveva averlo riconosciuto, perché di colpo balzò su se stesso ruotando con l'agilità di un gatto e saltò fuori dalla finestra.

«Fermo!» gridò Lanzi. E con la medesima facilità scavalcò il parapetto e corse dietro all'uomo.

Nardi al contrario non era un tipo scattante. Portandosi alla finestra si sollevò a fatica. Una volta fuori cercò di tenere il passo degli altri due, ma inutilmente. L'inseguimento di Monti al confronto era stato uno scherzo. Già allora il fiato gli era venuto meno. Ora la situazione era ben diversa. Si trattava di stare dietro a due ragazzi con la metà dei suoi anni. Vide le loro figure allontanarsi sempre più e rimpicciolirsi man mano che la distanza aumentava. Terravalle si portò sul retro del fabbricato e la sua immagine scomparve assieme a quella di Lanzi. A ogni modo lui continuò a correre. In quell'istante non pensava nulla. La sola cosa che la testa gli diceva era di tenere duro e non fermarsi.

Raggiunta l'estremità dell'immobile tornò a vedere i due, poco distanti l'uno dall'altro. L'uomo si stava dirigendo verso il parcheggio, dove delle inferriate separavano un tratto di strada interna dallo spiazzo riservato alle auto. Quando lo vide raggiungere la recinzione e arrampicarsi su, pensò che di certo lui non sarebbe riuscito a fare altrettanto. Continuò a procedere senza un perché. Sapeva che una volta lì non sarebbe andato avanti. Tuttavia non volle fermarsi, forse motivato alla vista di Lanzi che a sua volta scalava la palizzata metallica.

Nell'attimo in cui la raggiunse tentò poi di imitare quelle acrobazie, ma riuscì a malapena a sollevare il corpo da terra. Non più di trenta o quaranta centimetri, l'altezza che lo separava dal suolo. Le sue braccia erano immobilizzate. I muscoli non riuscivano a spingere oltre. Si sforzò fino allo stremo, finché, privo di energia, fu costretto a cedere la presa. Incapace di muoversi a causa dello sforzo, restò a osservare l'inseguimento da dietro le sbarre. In lontananza, scorse i due agenti all'esterno sopraggiungere in soccorso di Lanzi. Erano ancora distanti, ma al contrario di lui erano dall'altra parte.

Terravalle si arrestò in prossimità di un'automobile ed estrasse le chiavi di tasca. Evidentemente non aveva scelto a caso quel percorso tortuoso. Non potendo far nulla per bloccarne la fuga, lui sentì la collera salire su. Avrebbe voluto buttar giù quella maledetta inferriata e correre a perdifiato. Invece fu costretto ad assistere passivamente, mentre l'uomo montava in macchina apprestandosi a partire. Sarebbe riuscito a fuggire, se l'ispettore non lo avesse afferrato in quell'istante per ritirarlo fuori a forza. I due presero subito ad azzuffarsi tra loro, ma presto gli altri agenti giunsero a dare manforte al collega e immobilizzarono l'uomo.

Solo allora, lui si lasciò andare alla stanchezza. E sorreggendosi alle stesse sbarre che lo avevano trattenuto, gridò il nome di Lanzi.

«Ci vediamo dall'altra parte», disse, sollevando una mano a complimentarsi col suo uomo.

L'ispettore portò due dita alla fronte in cenno di conferma, quindi si incamminò al seguito del gruppo.

Anche Nardi poco dopo si fece forza e si avviò. Stremato da una corsa che superava le proprie capacità, non riusciva a fare un passo senza che il dolore dei crampi mordesse i polpacci, ma con fatica riuscì a raggiungere l'entrata principale. Quando fu nuovamente fuori, si guardò alle spalle, giurando di aver impiegato un'eternità per passare da una parte all'altra dello stabile.

Terravalle era rinchiuso in una delle volanti e da dietro al finestrino continuava a guardarlo. I curiosi del centro avevano già fatto la loro comparsa, solleticati da un piccolo evento al di fuori dell'ordinario. Lui avrebbe volentieri ordinato di tenerli lontani, ma preferì risparmiare quel poco fiato che gli restava. Non si era ancora ripreso del tutto. Sentendo i dolori alle gambe tornare all'assalto, fu costretto a sedersi in terra, sulla piccola gradinata che fronteggiava l'entrata.

In quell'istante venne fuori Lisa Colasanti. Come molti altri, doveva essere stata attratta dal frastuono.

«Cosa succede?» chiese, vedendo le auto della polizia.

La sua domanda non era rivolta a nessuno in particolare e nessuno si degnò di risponderle.

«Commissario», disse poi, quando notò Nardi seduto poco distante. «Cos'ha? Si sente male?»

«No, non si preoccupi. Sono solo stanco».

«Può spiegarmi cosa sta accadendo?»

Lui sollevò lo sguardo e tirò un sospiro. Non aveva voglia di parlare con nessuno, ma di fronte alla direttrice si vide costretto a farlo.

«Abbiamo arrestato Ivano Terravalle. Uno dei vostri dipendenti. Potrebbe essere l'autore dell'omicidio».

«Terravalle?» replicò lei cambiando espressione.

«Sì».

«E per quale motivo avrebbe ucciso quelle povere ragazze?»

«Non saprei. Siamo ancora all'oscuro del movente».

«Oh mio Dio!» fece la donna portando le mani al volto. «Se penso che sono stata proprio io a farlo assumere».

«Non vorrà farsi colpa anche di questo, spero».

«Ma non capisce? Ho insistito io perché inserissero un arte-terapeuta nel nostro centro. Se non l'avessi fatto, tutto questo non sarebbe successo».

Nardi guardò la donna scoraggiato. Il suo compito si faceva sempre più difficile. Non aveva il coraggio di rivelarle della morte del marito e di come questo avesse complottato alle sue spalle. Ma doveva farlo. Così, con uno sforzo sovrumano, si sollevò da terra e disse: «Potrei parlarle in privato? Dovrei informarla su questioni che la riguardano».

«Sì, certo. Venga nel mio ufficio».

«Voi andate pure avanti. Ci vediamo in centrale», disse agli altri poliziotti, e senza aggiungere altro seguì la donna all'interno.

Nonostante i muscoli doloranti, avrebbe voluto non giungere a destinazione. Era una triste verità quella che avrebbe dovuto rivelare di lì a poco.

***

Parlare con la Colasanti era stato più difficile del previsto. Nardi non aveva mai affrontato una situazione simile. Lui si occupava di dare la caccia ai colpevoli. Informare i parenti delle vittime era un compito che non lo riguardava. Questa volta però si era sentito obbligato a farsi carico dell'onere.

Ormai comodo nel suo ufficio, continuava a ripensare alla scena fastidiosa, agli attimi di profondo disagio, e si chiese il perché della sua scelta. Dové ammettere a se stesso di provare una certa simpatia per quella donna. Gli era piaciuta sin da subito. Forse per i suoi atteggiamenti insicuri, o per il senso di fragilità che emanava. Tuttavia, a condizionare il suo modo di agire era stato un motivo ben più profondo. Aveva commesso lo sbaglio di lasciarsi coinvolgere emotivamente dal caso. E questo aveva interferito anche con la sua obiettività di poliziotto. Si era mosso in modo tutt'altro che professionale, permettendo a tutta una serie di sviste di prolungare la durata delle indagini. Fortunatamente la faccenda era giunta alla fine. Terravalle si trovava già in sala interrogatorio, in attesa del suo arrivo, e di lì a breve lo avrebbe fatto parlare. Il tempo necessario da innervosirlo a dovere.

Quando uscì dall'ufficio, trovò Lanzi fuori della porta e si complimentò con lui. Un'azione ripetuta più volte dal rientro in centrale. Era tutto suo il merito della cattura.

«Pensa che parlerà?» chiese l'ispettore dopo l'ennesima stretta di mano.

«Oh, sì!», rispose lui. «Dal modo in cui è fuggito non lo definirei un tipo dai nervi saldi. Alla prima difficoltà cederà senza problemi».

«Vedo che non ha dubbi».

«Se mi sbaglio lo scopriremo presto», concluse lui. E facendo cenno all'altro di seguirlo si incamminò verso la sala.

Una volta dentro trovarono il difensore d'ufficio accomodato con aria indifferente, mentre il suo assistito, con i gomiti sul tavolo e la testa fra le mani, tirava i capelli come a volerli strappar via. Nardi pensò che l'interrogatorio sarebbe stato più facile del previsto. Tanto ne era convinto, che evitò perfino di utilizzare i suoi giochetti. Senza il minimo espediente, disse direttamente a Lanzi di prendere le generalità dell'uomo, lo informò delle accuse a suo carico, riguardo i suoi diritti, e gli chiese quindi di esporre la propria versione dei fatti.

Terravalle impiegò del tempo a parlare. Quando finalmente si decise ad aprire bocca, si distinse chiaramente la paura rimarcata nel tono di voce. Le giustificazioni con cui cercò di difendersi erano totalmente prive di coerenza. Fantasie, inventate lì per lì, esposte in un succedersi di contraddizioni che sarebbero tranquillamente venute giù alla prima domanda.

«Che tipo di rapporto c'era tra lei e Giada Rubini?» chiese Nardi, passando all'interrogatorio vero e proprio.

«Non conosco nessuno con quel nome».

«A noi risulta il contrario», replicò lui mostrando un foglio.

«Riconosce la sua firma?»

L'altro gettò un'occhiata al pezzo di carta e, timoroso di pronunciarsi, restò in silenzio. L'avvocato si affrettò a esaminare il documento, ma non disse nulla.

«Stando a quel verbale, otto anni fa ha testimoniato a suo favore scagionandola da un'accusa di omicidio».

«Oh, sì. L'avevo dimenticato».

«Quindi la conosceva».

«Beh... Sì. Ma il nome lo avevo scordato. È stato tanto tempo fa».

«Strano. Molto strano. Lavorare al fianco della gemella non ha risvegliato in lei il minimo ricordo?»

Terravalle pareva incapace di ribattere. L'agitazione che lo attraversava era chiaramente visibile nei suoi modi di fare. Mani tremolanti continuavano a stringere i pantaloni all'altezza delle cosce. Due sfere impazzite, al posto degli occhi, non cessavano di levarsi in aria in cerca d'ispirazione. Un labbro obliquo era piazzato tra i denti, forse a impedirne il ticchettio frenetico. Insomma, tanti piccoli elementi che parlavano al suo posto.

Nardi afferrò la foto dell'arma del delitto. La stessa che aveva mostrato a Mezzana.

«Riconosce quest'oggetto?» chiese.

«Perché dovrei? Non è mio».

«Lo sappiamo. Ma sopra sono state rinvenute tracce di una sostanza. Essenza di trementina. Lei ne fa un uso abituale».

«E allora? Si può comprare ovunque. La utilizzano in tanti».

«Certo. Ma non tutti quelli che la usano erano a contatto con le vittime. Lei invece le conosceva entrambe».

«Dica qualcosa anche lei maledizione», gridò Ivano rivolgendosi all'avvocato.

«Non credo che ci sia molto da dire», ribatté Nardi, pronto a sferrare il colpo decisivo. «Ci sono ben due testimoni. Uno l'ha vista in compagnia di Giada Rubini e un altro mentre entrava nel palazzo della Fogliani la sera dell'omicidio».

Lui stava bleffando, ma questo Terravalle non poteva saperlo. Era certo che quelle parole sarebbero bastate a far cadere ogni difesa, perché l'altro era ormai al massimo della sopportazione.

L'avvocato fece per parlare, ma non ebbe il tempo di dire nulla. Terravalle scoppiò in un pianto isterico. Deciso a mettere fine a quel supplizio, cominciò a parlare come in un atto liberatorio. Il difensore d'ufficio continuava a ripetere di non aggiungere altro, ma inutilmente. Lui proseguì imperterrito, confessando l'omicidio di Rosa Fogliani, la propria responsabilità per la morte della Rubini e il fatto che con questa si conoscessero da anni.

Non c'era più bisogno di porre domande. Ormai deciso a rendere piena confessione, l'uomo parlò delle due sorelle e dei punti oscuri che contornavano il loro passato. Di come il destino avesse giocato con le loro vite e come lui vi avesse assistito in maniera passiva. Raccontò della sua relazione con Giada Rubini. Di come avessero perso i contatti e di come si fossero poi casualmente ritrovati otto anni dopo. Parlò dell'intenzione della donna di vendicarsi della sorella, dell'odio covato negli anni, e del piano ideato per ricattare Della Torre.

Infine il silenzio tornò a regnare nella stanza.

Nardi era soddisfatto. Non c'erano più questioni in sospeso.

«Ok! Direi che può bastare», disse allora levandosi in piedi.

Lanzi pose il verbale sul tavolo per far firmare Terravalle. Dopodiché i due uscirono senza dire altro e con la confessione in mano si recarono nell'ufficio del commissario.

«Aveva ragione», disse Lanzi accomodandosi.

«Su cosa?»

«Quando diceva che avrebbe parlato facilmente».

«Ah!» fece lui, sedendosi a sua volta.

«Certo, pare una storia inverosimile».

«Non più delle altre».

«Comunque ora possiamo dichiarare chiuso il caso».

«Direi proprio di sì».

Nardi si lasciò andare sulla spalliera della sedia e prese a rileggere le dichiarazioni.

«Non informa il pubblico ministero?» chiese Lanzi.

«Come dici?»

«La dottoressa Mellis vorrà essere informata».

Nardi restò in silenzio. In quell'istante non prestava molta attenzione alle parole dell'ispettore. La sua mente era concentrata sulla sequenza di domande e risposte riportate sul verbale. C'era qualcosa che ancora non lo convinceva.

Rilesse il tutto un paio di volte, prima che lo sguardo si soffermasse su una specifica frase.

"Lei invece le conosceva entrambe"

Era stato lui a fare quell'affermazione, in risposta alla replica di Terravalle. Eppure non aveva intuito il pieno spessore di quelle parole. Solo allora, ricollegando la frase all'intera vicenda, si rese conto che quel dettaglio si estendeva a chiunque. Capì che si era fatto giocare come uno stupido.

«Perché ha parlato al plurale?» disse ad alta voce.

«Chi?» chiese Lanzi.

Lui non rispose. Riflettendo sulla questione, portò una mano a sorreggere il mento. Rimase così per diversi istanti, fin quando di colpo sollevò le ciglia, spalancò la bocca, e con fare convulso prese a cercare la falsa lettera di Monti.

Appena la trovò, bastò leggere quelle poche righe. All'improvviso, tutto nella mente divenne chiaro.

«Allora commissario?» tornò a chiedere Lanzi. «Di chi sta parlando?»

«Tu credi alle coincidenze?»

«No. Perché?»

«Beh! Neanche io», replicò lui. «E in questa vicenda ce ne sono state fin troppe».

Con quelle parole si alzò e uscì dall'ufficio.

48

Scendendo dall'auto, Nardi gettò un'occhiata all'orologio sul cruscotto. Erano trascorse alcune ore dal momento in cui aveva parlato con la Colasanti, eppure, se qualcuno glielo avesse chiesto, avrebbe detto il contrario. Poteva tranquillamente giurare di aver vissuto quella scena appena una manciata di minuti avanti. E ora si trovava dinanzi alla casa della donna, pronto a incontrarla ancora una volta, ma per motivi ben diversi.

Percorsi i pochi metri che lo separavano dall'abitazione, bussò alla porta e attese che qualcuno venisse ad aprire. La domestica comparve pochi istanti dopo.

«Buongiorno commissario», disse questa. «Sono spiacente, ma la signora si è ritirata in camera e non desidera ricevere visite. Ha appena saputo della morte del marito. Immagino possa capire».

«Sì certo», rispose Nardi. «Ma la mia non è una visita di cortesia. Temo che dovrà disturbare la signora e chiederle di scendere».

La donna aggrottò le ciglia guardandolo con un certo biasimo. Restò a fissarlo alcuni secondi, prima di scostarsi dalla porta e invitarlo a entrare.

«Vuole attendere nel salone mentre informo la signora?»

«Certamente».

Nardi entrò e prese a guardarsi attorno. Ebbe l'impressione di non aver mai messo piede in quella stanza. Le sue opinioni erano cambiate e con esse anche il modo di valutare le cose. La prima volta i suoi occhi si erano soffermati a contemplare un ambiente ordinato in modo maniacale, mentre ora non cessavano di squadrare il mobile bar. Ormai conosceva la storia della

Colasanti e il suo passato da alcolista. Quella specie di cassa-forte a vetri, che in principio aveva ritenuto un qualcosa di semplicemente bizzarro, adesso sembrava far sfoggio di una mente acuta, capace di prevedere il pericolo e anticipare gli eventi. Era sempre stato bravo nel giudicare le persone, ma questa volta si era sbagliato. Quella donna lo aveva giocato alla grande.

Quando finalmente la vide arrivare, prese a scrutarla negli occhi. Non erano quelli di chi aveva pianto.

«Salve commissario», disse lei. «A cosa devo questa visita inattesa?»

«Non le pare una domanda inutile?»

«Cosa intende dire?»

«Beh... A questo punto della partita direi che possiamo tranquillamente mettere le carte in tavola».

La Colasanti si accomodò sul divano e con uno sguardo sagace in viso, disse: «Prego. Si accomodi».

«No, grazie. Preferisco stare in piedi».

«Allora commissario... Vuol far capire anche a me?»

«Oh, sono sicuro che ha capito perfettamente. A ogni modo è giusto che sia io a parlare per primo».

Quello di Nardi era un tono di voce alquanto allusivo, ma la donna non disse nulla. Limitandosi a tenere gli occhi puntati sui suoi, smosse un'estremità del labbro accennando un sorriso.

«Lasci che glielo dica. È stata veramente brava nell'architettare tutta questa messinscena, ma purtroppo per lei, si è lasciata sfuggire qualche parolina di troppo».

«Non capisco di cosa stia parlando, ma sono curiosa. Quindi la prego, vada pure avanti».

«Certo! È il motivo per cui sono qui», replicò lui. «Sono poche le persone che riescono a farmela sotto il naso, eppure lei ci è riuscita in pieno. Glielo ripeto. È stata veramente brava. Stamattina però si è tradita».

«E sentiamo. Cosa avrei fatto?»

«Cercando di mostrarsi sorpresa per l'accaduto ha parlato di povere ragazze».

Nardi lasciò volutamente l'argomento in sospeso. Voltò il

capo a scrutare l'atteggiamento della donna. Questa però non pareva mostrare alcun cenno di esitazione.

«Mi ha chiesto perché Terravalle avesse ucciso quelle povere ragazze», riprese allora lui. «Ricorda?»

«E con ciò?»

«Io non le ho mai rivelato che c'era stato più di un decesso, né dell'esistenza dell'altra ragazza. Eppure conosceva un dettaglio di cui pochi erano al corrente. Questo perché c'è sempre stata lei dietro a questa sporca faccenda. Ha architettato tutto. Lo ammetta! Sapeva ogni cosa sin dal principio. E lontana da ogni sospetto ha continuato a tramare dai retroscena». Ancora una volta Nardi scrutò la donna in cerca di una conferma, ma vedendola ostentare l'indifferenza di poco prima, continuò nella sua arringa accusatoria. «Prima di venire qui sono stato alla comunità e ho parlato col signor Bernini. Mi ha rivelato un particolare molto interessante. Ivano Terravalle non ha mai fatto domanda di assunzione presso di voi. È stata lei a inserire la sua candidatura e a far pressioni perché il posto fosse offerto a lui».

Le labbra della Colasanti si sollevarono da entrambi le estremità e il sorriso sul suo viso si fece più accentuato.

«Bravissimo commissario», disse. «Non credevo ci sarebbe arrivato. In fondo non mi ero sbagliata su di lei. L'ho ritenuta da subito una persona intelligente. Ha tutta la mia stima. E questa volta per davvero».

L'atteggiamento della donna non era quello di una persona braccata. Al contrario, sembrava divertita da quanto accadeva. Nardi la guardò con fare provocante e lei, senza distogliere lo sguardo, lo imitò in quel cenno di sfida.

«Allora? Si decide a parlare o vogliamo continuare con i giochetti?» disse lui.

«Non volevo toglierle il piacere di arrivare da solo alla verità. Ma visto che me lo chiede, sarò ben lieta di prendere la parola».

«L'ascolto».

«Prima però… la prego. Si segga», disse lei facendo cenno con la mano.

«D'accordo», fece lui, accomodandosi alla poltrona.

«Vede commissario... tutto è iniziato con il sospetto che mio marito avesse una relazione. Un'idea che non potevo accettare. Ho assunto un investigatore privato nella speranza di liberarmi dai dubbi, ma purtroppo le mie supposizioni si sono mostrate fondate. Quando ho saputo del suo rapporto con la Fogliani mi sono sentita umiliata. Così ho fatto fare delle indagini anche su di lei. Non so neanche dirle il perché. Non cercavo nulla di preciso allora. A ogni modo, sono venuta a conoscenza del suo passato e del fatto che avesse una gemella. Incuriosita ho chiesto di indagare più a fondo. E inaspettatamente è venuto alla luce un mondo di verità nascoste. Qualcosa che non mi aspettavo assolutamente che accadesse. Ma è accaduto. Giada Rubini odiava la sorella. Forse più di me. Nel rapporto che mi era stato consegnato si parlava anche di Terravalle. E il caso ha voluto che facesse l'arteterapeuta e fosse in cerca di lavoro. Coincidenze fortunate? Un segno del destino? Chi può dirlo? Non potevo lasciar scappare una tale opportunità. Per liberarmi di quella donna avrei dovuto solo dare il via e poi stare a guardare, mentre ogni cosa si svolgeva da sé. Così ho chiesto alla direzione generale del nostro centro di introdurre l'arteterapia e al momento opportuno ho inserito la candidatura di Terravalle. Ero certa che il suo incontro con la Fogliani sarebbe bastato a mettere in moto il meccanismo. E tutto è andato come doveva».

Per tutto il tempo Nardi era rimasto ad ascoltare in silenzio. Le sue ipotesi avevano avuto conferma. A parte piccoli particolari, infatti, tutto si era svolto nel modo in cui aveva immaginato.

«Allora commissario!» fece Lisa. «Ho soddisfatto la sua curiosità, o c'è ancora qualcosa che vuole sapere?»

«Soltanto una cosa. Sapeva che la dottoressa Fogliani aspettava un bambino?»

Al seguito di quella domanda, l'espressione della Colasanti cambiò radicalmente, ma Nardi riprese subito la parola.

«Oh, stia tranquilla», disse. «Non era di suo marito, se è questo che sta pensando».

«No. Non lo sapevo», rispose allora lei.

«Beh! Ora lo sa», replicò lui in tutto il suo biasimo.

Per qualche attimo i due rimasero a fissarsi a vicenda in un disprezzo reciproco, ognuno chiuso nei propri pensieri. Un velo di silenzio calò nella stanza e una calma ingannevole parve diffondersi nell'ambiente.

«Mi tolga lei una curiosità», disse infine la Colasanti. «Qual è il vero motivo per cui si è scomodato a venire fin qui? Non credo che voglia incriminarmi per aver raccomandato l'assunzione di un dipendente. Lei sa quanto me di non potermi accusare di nulla per tutto ciò che è accaduto. Non ha niente contro di me. Per cui mi chiedo perché sia venuto qui. Voleva forse vedere di persona la mia reazione? O è stato solo per appagare il suo ego? Magari la soddisfazione di dirmi in faccia che aveva capito tutto. Mi dica commissario. Quale di queste?»

Nardi restò in silenzio. La donna aveva detto il vero. Non poteva accusarla per quel crimine e lo sapevano entrambi. L'omicidio della Fogliani non sarebbe mai riuscito a vedere un'aula di tribunale. Non con Lisa Colasanti in veste di imputata. Sarebbe stato archiviato fra i tanti casi irrisolti, se non fosse stato per Terravalle. Lui, solo lui, avrebbe pagato per quel crimine, mentre la vera colpevole l'avrebbe fatta franca.

«Allora se non c'è altro», riprese Lisa, «direi che qui le nostre strade si dividano». Soddisfatta, sollevò poi un braccio a mezz'aria e aggiunse: «Che ne dice di salutarci con una stretta di mano?»

Lui si alzò fingendo di ignorare la provocazione canzonatoria e senza rompere il silenzio si incamminò verso l'uscita a capo chino. Percorsa metà della sala, però, tornò a voltarsi all'improvviso, come colto da una folgorazione. Il suo atteggiamento era mutato. Ora un'espressione divertita gli contornava il viso.

«Oh! Che stupido», esclamò. «Quasi dimenticavo la parte più interessante».

«Non vedo cos'altro ci sia da dire».

«Quando dicevo che si è tradita… Avrei dovuto precisare che ha ripetuto lo stesso sbaglio due volte. Una di troppo direi».

Evidentemente la Colasanti non capiva a cosa alludesse. La vide infatti aggrottare le ciglia, mentre una certa inquietudine andava delineando il suo viso. Senza ombra di dubbio, mancava del coraggio di porre questioni, perciò lui riprese a parlare.

«Sarebbe riuscita a passarla liscia, se non avesse commesso l'errore di falsificare la lettera di Monti».

L'atteggiamento della donna si fece più esasperato. Un'aria allibita era rimarcata dal pallore della sua pelle. Schiuse di poco le labbra, forse nel tentativo di contestare quell'affermazione, ma dalla sua bocca non venne fuori alcun suono.

«Lei e io eravamo gli unici a sapere di quella minaccia di morte», riprese imperterrito Nardi. «Ma ciò che lei non poteva sapere è che Monti non si è affatto suicidato. È stato il suo amato marito a farlo uccidere. Inoltre, chi ha lasciato quella lettera deve averlo fatto dopo la morte di Monti. E d'allora, stando alla testimonianza della moglie, solo lei, a eccezione della domestica, ha messo piede in quella casa».

«Non so di cosa stia parlando», disse lei con tono rauco.

«Andiamo! Al punto in cui siamo è inutile fingere. Lei aveva capito che suo marito la voleva morta. Forse era anche disposta a vivere con un uomo che la tradiva, ma non poteva certo restare al suo fianco dopo quella scoperta. Sapeva che presto o tardi ci avrebbe provato di nuovo, così ha deciso di agire per prima. E per farlo non ha esitato ad approfittarsi della sua amica, istigandola affinché commettesse il crimine al posto suo».

In quell'istante si udì il suono del citofono. Al passaggio della domestica, la Colasanti gettò uno sguardo in direzione della porta.

«Sta dicendo solo idiozie», ribatté poi. «Per quale motivo mio marito avrebbe dovuto fare una cosa del genere? Lui mi amava, come io amavo lui. Quella stupida relazione non significava niente».

«Suo marito aveva milioni e milioni di ragioni. Abbiamo fatto qualche controllo. Quasi tutti i vostri beni risultano intestati a lei. Con la sua morte sarebbe stato lui a ereditare il tutto».

«A ogni modo non può dimostrare nulla di quanto dice. Le sue sono solo...»

Lisa non ebbe la forza di terminare la frase quando l'ispettore Lanzi e altri due agenti comparvero nella sala.

Nardi lo aveva contattato dopo aver parlato col Bernini, mettendolo al corrente della situazione.

«Commissario», fece Lanzi in segno di saluto.

«Mi stavo giusto chiedendo dove foste finiti», disse lui battendo un dito sull'orologio. Poi, replicando alle parole della donna, disse: «Io non devo dimostrare nulla. Non è quello il mio lavoro. Io mi limito a raccogliere prove. Per tutto il resto lascio volentieri il compito alla magistratura. Sarà il tribunale a dichiararla colpevole o innocente. Sappia comunque che sulla carta da lettere sono state rilevate le impronte di due persone. Sono certo che assieme a quelle della signora Monti troveremo anche le sue. Vorrei che pagasse per l'assassinio della Fogliani, ma dovrò accontentarmi di accusarla di concorso in omicidio per la morte di suo marito».

Incapace di ribattere, la Colasanti si lasciò crollare sul divano. Nardi le porse allora la mano, a replicare la presa in giro di poco prima. «Se non ha cambiato idea…», disse soddisfatto.

Lei lo guardò con disprezzo assoluto. L'espressione malevola che le comparve in viso parve deturparne all'istante ogni singolo tratto. Lui restò impassibile, a rimarcare lo stato dei fatti. Dopo essere stato giocato, voleva sottolineare chi dei due avesse vinto la partita. Quando infine lasciò ricadere il braccio, si guardò brevemente attorno. Era disgustato da quel luogo artificioso, che celava nella raffinatezza l'immoralità di chi l'abitava.

«Pensateci voi», disse, rivolgendosi all'ispettore. «Io non voglio restare un secondo di più».

«Non si preoccupi commissario».

Quando fece per allontanarsi, la Colasanti tornò inaspettatamente a parlare.

«E se fosse toccato a lei?» chiese.

«Uh?» fece lui.

«Se si fosse trovato lei al mio posto. Come si sarebbe comportato?»

«Non so risponderle. Mia moglie non mi ha mai tradito».

«Già! Lo pensavo anch'io, prima di scoprire la verità», concluse lei, tornando a chiudersi nel silenzio.

Nardi si astenne dal replicare. Cercò di non darlo a vedere, ma quell'ultima frase lo aveva colpito in pieno.

Osservando ciò che restava di una persona sconfitta, annientata dalla gelosia, dall'egoismo e dal proprio passato, non poté evitare di scorgere le analogie che lo accomunavano a lei. Viaggiavano in direzioni opposte, per le tante casualità del destino, ma non erano poi così diversi l'uno dall'altra. Anche lui aveva vissuto buona parte della propria esistenza nell'illusione, nella falsità delle certezze, fin quando la vita aveva colpito al cuore demolendo ogni punto saldo. No, non erano poi così diversi. Erano due vittime. E anche se in modo differente, la sfortuna li aveva giocati entrambi.

In cerca di conferma gettò un'ultima occhiata alla donna. Quando però incrociò il suo sguardo, si sentì trafiggere da quegli occhi ormai spenti, ammaccati dalla rassegnazione e dal rimpianto. Con l'impressione di specchiarsi nel profondo dell'anima, schiuse la bocca come per dire qualcosa, ma non c'era nulla che potesse dire. Non a se stesso. Così infilò le mani nelle tasche, si strinse nelle spalle, e con le parole della Colasanti che continuavano a ronzare per la testa si incamminò verso l'uscita.

Era impaziente di lasciare quel posto. Voleva andarsene e lasciarsi tutto alle spalle. Tuttavia, appena mise piede fuori, si arrestò sulla soglia, rapito da un tramonto che spalmava raggi di luce tenue nel cielo limpido. Nel perenne viaggio verso l'indomani, il sole stava terminando di compiere il suo giro. Dileguandosi all'orizzonte, sembrava portare con sé tutti i dubbi e le risposte dell'esistenza.

Alla vista di quel paesaggio dipinto, si sentì sollevato, quasi libero di tornare a vivere come un tempo. Ma il tutto durò una frazione di secondo. Il tempo di pensare che anche se quel brutto caso era giunto alla fine, il sole sarebbe tornato a sorgere. E lui, dal giorno dopo, sarebbe tornato a fare i conti con i fantasmi di sempre. Sapeva bene che le ombre del passato non lo avrebbero mai abbandonato, perché era lui a non lasciarle andare. Erano il giusto prezzo da pagare per le proprie colpe.

Pensò alla moglie, a suo figlio, quando un dolore improvviso lo slegò dai ricordi. Sentì i polpacci rigidi come tronchi d'albero e capì che stava ancora scontando la corsa frenetica della mattina. Perciò si decise a estrarre le chiavi e si avviò verso l'auto, chiedendosi se non fosse il caso di prendere un giorno di ferie per recuperare le forze. Convinto che una bella dormita lo avrebbe rimesso a nuovo, lasciò però andare l'idea, salì a bordo e mise in moto.

Uscendo dalla villa gettò suo malgrado un'occhiata nello specchio retrovisore. In un'inquadratura in movimento, che andava man mano discostandosi da lui, scorse la Colasanti venir fuori con le manette ai polsi. Notando che la scena lo lasciò indifferente, capì di aver messo la parola fine alla vicenda.

Solo l'immagine di Spada continuava a punzecchiare la sua mente. Quell'uomo era ancora a piede libero. Con dei documenti falsi sarebbe facilmente scomparso dalla circolazione. Il pensiero di averlo avuto a portata di mano era un boccone amaro da ingoiare. Per un istante, quasi in cerca di rivalsa, si chiese se avrebbe più sentito parlare di lui. Ma ormai il caldo e la stanchezza annebbiavano la mente, così fece scendere i finestrini per rinfrescare l'abitacolo. Nell'andatura sostenuta, sentì subito l'aria impattare il viso. E con il desiderio di soffocare ogni emozione, prese a premere sull'acceleratore, lasciando che la violenza del vento portasse tutto via con sé.

Manufactured by Amazon.ca
Bolton, ON

32340694R00149